O
*Desaparecimento
de
Katharina Linden*

Helen Grant

O Desaparecimento de Katharina Linden

Tradução
Flávia Carneiro Anderson

Copyright © Helen Grant, 2009

Título original: *The vanishing of Katharina Linden*

Capa: Silvana Mattievich

Editoração: DFL

Texto revisado segundo o novo
Acordo Ortográfico da Língua Portuguesa

2011
Impresso no Brasil
Printed in Brazil

CIP-Brasil. Catalogação na fonte
Sindicato Nacional dos Editores de Livros – RJ

G79d	Grant, Helen, 1964-
	    O desaparecimento de Katharina Linden/Helen Grant; tradução Flávia Anderson. – Rio de Janeiro: Bertrand Brasil, 2011.
	    322p.: 23 cm
	
	    Tradução de: The vanishing of Katharina Linden
	    ISBN 978-85-286-1509-8
	
	    1. Crianças desaparecidas – Ficção. 2. Pessoas perdidas – Fição. 3. Ficção inglesa. I. Anderson, Flávia Carneiro. II. Título.

11-3287	CDD – 823 CDU – 821.111-3

Todos os direitos reservados pela:
EDITORA BERTRAND BRASIL LTDA.
Rua Argentina, 171 – 2º andar – São Cristóvão
20921-380 – Rio de Janeiro – RJ
Tel.: (0xx21) 2585-2070 – Fax: (0xx21) 2585-2087

Não é permitida a reprodução total ou parcial desta obra, por
quaisquer meios, sem a prévia autorização por escrito da Editora.

Atendimento e venda direta ao leitor:
mdireto@record.com.br ou (21) 2585-2002

Para Gordon

Capítulo 1

Minha vida teria sido muito diferente se eu não tivesse ficado conhecida como a menina cuja avó explodiu. E se não tivesse nascido em Bad Münstereifel. Se a gente, por acaso, tivesse vivido numa outra cidade — bom, não estou querendo dizer que o evento teria passado despercebido, mas o estardalhaço, na certa, só teria durado uma semana, pois as atenções logo se voltariam para outro acontecimento. Além disso, numa cidade grande eu seria anônima, e as chances de me apontarem como a neta de Kristel Kolvenbach seriam quase nulas. Já numa pequena... Bem, cidadezinhas do mundo inteiro são repletas de fofocas, mas, na Alemanha, as pessoas conseguiram transformá-las numa forma de arte.

Eu me lembro de Bad Münstereifel como um lugar com grande senso comunitário, ora reconfortante, ora sufocante. A mudança das estações costumava ser comemorada com festivais frequentados por todos os moradores: o *Karneval* em fevereiro, a Festa da Cereja no verão, a procissão do dia de São Martinho em novembro. Nesses eventos, eu via os mesmos rostos: nossos vizinhos da Heisterbacher Strasse, os pais que se aglomeravam no portão da escola na hora do almoço, as atendentes da panificação local. Se a minha família decidisse sair para jantar à noite, provavelmente seria atendida pela mesma mulher com a qual minha mãe tinha conversado no correio naquela manhã e, na mesa ao lado, estariam os vizinhos de frente. Seria uma tremenda ingenuidade tentar manter qualquer acontecimento em segredo num lugar daqueles — ao menos, era o que todo mundo pensava.

Quando me lembro daquele ano, vejo que era uma época inocente, um período em que minha mãe me deixava de bom grado, já aos dez anos, perambular sem supervisão pela cidade — um período em que os pais permitiam que os filhos brincassem sem que lhes passasse pela cabeça a terrível possibilidade de eles não voltarem para casa.

Isso mudou depois, claro. Meus próprios problemas começaram quando a minha avó morreu. Um acontecimento que, na época, causou rebuliço e que, teoricamente, já deveria ter sido esquecido no período em que ocorreram os verdadeiros horrores do ano seguinte. Mas, quando ficou óbvio que alguma força maligna atuava na cidade, a opinião pública perscrutou o passado e assinalou a morte de *Oma* Kristel como a precursora da maldição. Como um Sinal.

E a grande injustiça em relação a isso foi que *Oma* Kristel não tinha exatamente explodido, mas sofrido uma combustão espontânea. Porém, fofoca se espalha que nem vento, e nunca deixa a verdade impedir uma boa narrativa. Se alguém ouvisse a história recontada nas ruas de Bad Münstereifel, sobretudo no pátio da *Grundschule*, onde eu estudava na época, acabaria achando que a minha avó tinha detonado como fogo numa fábrica chinesa de artigos pirotécnicos, em meio a estrépitos, estouros e clarões fascinantes de luzes coloridas. Só que eu estava lá; vi tudo acontecer com os meus próprios olhos.

Capítulo 2

Era 20 de dezembro de 1998, data que ficaria marcada para sempre na minha lembrança. Esse domingo anterior ao Natal, quando acenderíamos a última vela da coroa do Advento, acabou se tornando o último da vida de minha avó e a última vez que a família Kolvenbach celebrou o Advento.

Minha mãe, que, na época, era um dos três cidadãos britânicos morando na cidade, nunca tinha aceitado bem os costumes natalinos da Alemanha. Normalmente só se lembrava da coroa do Advento quando o primeiro domingo estava para chegar e as únicas à venda eram malacabadas e feiosas, expostas do lado de fora do supermercado nas cercanias da cidade. A coroa daquele ano não passava de um adornozinho lamentável, com quatro velas azuis sem graça mal-encaixadas num aro de folhas verdes artificiais. Bastou *Oma* Kristel botar os olhos nela para em seguida sair com o intuito de comprar uma outra mais apropriada.

A que ela trouxe era linda: uma guirlanda volumosa, com laços dourados e vermelhos, e pequenos adornos de Natal enfeitando as folhas de tom verde-escuro. *Oma* Kristel carregou-a com pompa até a nossa sala de jantar, como se estivesse levando um incenso para o próprio Menino Jesus, e colocou-a no centro da mesa. A coroa de minha mãe, com as velas azuis sem graça, ficou relegada ao aparador e, depois, sem ser acesa, foi parar na lata de lixo. Se minha mãe tinha algum comentário a fazer, ficou calada e apenas contraiu um pouco os lábios.

Naquele domingo, um jantar especial fora planejado. Além de *Oma* Kristel, esperávamos o irmão do meu pai, *Onkel* Thomas, a minha *Tante* Britta e os meus primos Michel e Simon, que tinham vindo de Hannover. Minha mãe, que normalmente não se preocupava muito com faxina na Alemanha, ficara histérica com a limpeza e o preparo da comida. A nossa casa era uma daquelas típicas de Eifel, bem tradicionais e antigas, tipo *Fachwerk*, ou seja, de madeira aparente. Bastante pitorescas, essas construções têm o pé-direito baixo e o interior escuro, além de janelas pequeninas, que deixam passar um mínimo de claridade e fazem com que os quartos mais limpos pareçam encardidos.

O cardápio também fora uma fonte de estresse para a minha mãe; *Onkel* Thomas era um homem de gostos simples e teria preferido comer larvas a algo não alemão. Minha mãe atormentou meu pai pouco antes do evento, ameaçando servir curry e batata-frita, mas, por fim, a perspectiva de *Onkel* Thomas ficar empurrando a comida no prato, com um garfo, como um patologista investigando uma amostra de fezes, pareceu-lhe demais. Daí ela resolveu preparar *Gänsebraten*, ganso assado com recheio de *Leberwurst*, resmungando:

— Thomas e Britta, com certeza, vão gostar de qualquer coisa que tenha *Leberwurst*.

Enquanto minha mãe dava os últimos retoques no ganso e meu pai abria uma garrafa de vinho, *Onkel* Thomas e a família chegaram. Meu tio quase bloqueou a claridade ao passar pela porta da frente, os ombros preenchendo o caixilho. *Tante* Britta, uma mulher diminuta, com pernas e braços esqueléticos e um jeito ágil de se mover, similar ao de uma ave, seguiu-o e, logo atrás dela, vieram Michel e Simon.

Na Alemanha, as crianças tinham que cumprimentar os adultos com um aperto de mãos; eu detestava fazer isso e me escondia atrás das pessoas, mas, naquele dia, *Oma* Kristel me empurrou com uma cutucada enfática nas costas. Com relutância, dei a mão a *Onkel* Thomas, que a estreitou com a garra enorme e rechonchuda.

— *Hallo*, Pia.

— *Hallo*, *Onkel* Thomas — saudei obedientemente, torcendo para que ele soltasse a minha mão e eu pudesse limpar sorrateiramente os dedos na minha calça; as mãos dele eram sempre pegajosas.

— Você cresceu — comentou, com seu jeitão cordial.

— A-hã — sussurrei e, então, subitamente inspirada: — Tenho que ajudar a mamãe na cozinha.

Com certo alívio me dirigi para lá, onde a condensação do vapor escorria pelas vidraças diminutas e minha mãe se movia de forma frenética, lembrando aqueles sujeitos que alimentavam a caldeira na casa de máquinas de um barco a vapor. Ela me lançou um olhar severo.

— Sai. — Foi tudo o que disse.

— Mãe, *Onkel* Thomas e *Tante* Britta chegaram.

— Ah, meu Deus! — exclamou encorajadoramente. Então, ela me expulsou da cozinha e me mandou voltar para a sala, onde me deparei com Michel comendo o último chocolate que eu tinha ganhado de São Nicolau no dia 6 de dezembro. O rebuliço que se seguiu continuou até o jantar ficar pronto e minha mãe sair da cozinha com o semblante estressado, para nos informar que podíamos nos sentar. Ela olhou para o rosto vermelho de Michel, manchado de chorar, e contraiu os lábios de novo, porém sem fazer nenhum comentário. Em boca fechada não entra mosca; mamãe voltou para a cozinha e terminou de fatiar o ganso.

Assim que ela anunciou que serviria o jantar, foram todos para o banheiro, inclusive *Oma* Kristel. Para a minha avó, sentar à mesa sem dar um último retoque na maquiagem estava fora de cogitação. Nenhum de nós a tinha visto sem maquiagem ou sem penteado, pois ela andava sempre com o cabelo armado, cheio de laquê, formando uma espécie de capacete prateado e brilhante.

Naquele dia, o capacete tinha murchado um pouco porque *Oma* Kristel fora diversas vezes à cozinha dar dicas sobre o preparo dos pêssegos dourados que acompanhariam o assado. Pensando nisso, ela levara um enorme frasco de laquê, parecido com um torpedo, juntamente com a bolsa volumosa, cheia de batons caros e cremes antirrugas de efeito industrial, até o banheiro.

Oma Kristel estava com excelente aparência naquele dia, algo com que meu pai, Wolfgang, e o irmão dele, Thomas, concordaram de forma lúgubre, no enterro. Sempre cuidadosa com a dieta, ela se mantivera elegante até a velhice. Usava uma saia de um tecido aveludado preto, justa demais, porém incontestavelmente chique, um casaco de angorá rosa-shocking, meias-calças transparentes nas pernas esbeltas e sapatos de bico fino e salto alto. No peitilho, o qual ainda se destacava, mantendo a aparência evocativa da mulher atraente que fora nos tempos da guerra, ela colocara um broche grande de zircônia, como uma medalha presa à frente de um uniforme. Gosto de pensar que, ao dar uma última espiadela em si mesma no amplo espelho do banheiro, *Oma* Kristel ficou satisfeita com o que viu.

Seja como for, a vovó passou um tempo retocando a maquiagem, de maneira que minha mãe já colocava as travessas na mesa quando ela chegou na parte do laquê.

— *Oma* Kristel! — gritou minha mãe, num tom de voz hesitante, sem querer parecer estridente demais com a sogra de personalidade forte.

— Mama! — vociferou *Onkel* Thomas, que era menos melindroso em relação a esses aspectos e que, sem dúvida, estava louco para devorar o ganso e o *Leberwurst*.

Oma Kristel ajeitou os cabelos e, em seguida, borrifou-o com a dedicação de um mecânico de automóvel repintando um BMW. Conseguiu espalhar o produto no busto e nos ombros, até o casaco de angorá ficar brilhando com gotículas pequeninas e uma nuvem de laquê se formar ao seu redor. Em seguida, guardou o frasco na bolsa e foi direto para a mesa.

As luzes principais haviam sido apagadas; meu pai aguardava, segurando uma caixa de fósforos para acender as velas da coroa do Advento. *Oma* Kristel lançou-lhe um olhar que dizia "quem é que manda aqui?" e estendeu a mão com o intuito de pegar os fósforos. Abriu a caixa, pegou um palito e acendeu-o com um floreio.

A chama irrompeu em meio à penumbra da sala escura, um mini-farol dourado. *Oma* Kristel segurou-a por um instante no alto e, em seguida, o inimaginável aconteceu. O palito escorregou de seus dedos e caiu direto no casaco de angorá rosa-shocking dela. Com um *vuuuuuumpt!* similar ao som de um aquecedor acendendo, o laquê que ela espalhara na parte de cima do corpo pegou fogo, envolvendo-a numa coluna de chamas.

Por um momento estarrecedor e interminável, fez-se silêncio e, em seguida, veio o pandemônio. *Tante* Britta deu um tremendo berro, digno de filme de terror, levando as mãos ao rosto. Houve o ruído de móveis sendo arrastados quando meu pai se moveu aos trancos e barrancos, desviando-se de uma série de cadeiras, na tentativa de encontrar algo que apagasse as chamas. *Onkel* Thomas, que lutava para tirar a jaqueta com o intuito de envolver a mãe em chamas, praguejava descuidadamente, os olhos arregalados de pavor. Tanto Michel quanto Simon uivavam, horrorizados. Acho que eu fiz o mesmo, porque durante dias, após o ocorrido, fiquei rouca, com a garganta coçando. Minha mãe, que tinha acabado de chegar da cozinha com o ganso assado nas mãos enluvadas, deixou cair tudo no piso de cerâmica, provocando um estrondo com o impacto.

Somente Sebastian, em sua cadeira alta, permaneceu alheio ao que ocorria, pelo visto achando que tudo aquilo fazia parte da celebração do Advento. Todos os demais entraram em pânico. Dali a pouco, num final horripilante, *Oma* Kristel projetou-se à frente, tombando na mesa em meio aos estilhaços de taças de vinho e louças.

Seus dois filhos finalmente tomaram uma atitude; meu pai despejou uma jarra de água mineral nos seus restos fumegantes, e *Onkel* Thomas jogou a jaqueta, que finalmente conseguira tirar, em cima dela. Porém, foi tarde demais para *Oma* Kristel: ela já estava esturricada como um *rato morto*, ou *Maus tot*, como dizem os alemães. O choque fez seu coração parar de bater com o requinte de uma marreta estraçalhando um relógio de mesa. Com as pernas ainda elegantemente cobertas voltadas para fora, minha avó não parecia nem um pouco com *Oma* Kristel, e sim com um manequim de vitrine de loja. No silêncio que se seguiu, Sebastian por fim começou a chorar.

Capítulo 3

Acho que foi isso que acabou fazendo com que eu me sentisse atraída pela história de Hans, o Inabalável, um moleiro corajoso, que, segundo se dizia, tinha vivido no Eschweiler Tal, o vale ao norte da cidade. Se alguém acreditasse em todas as lendas locais, aquele vale teria de ser o lugar mais assombrado da face da Terra — era simplesmente abarrotado de fantasmas — e Hans, o único que ousara viver lá. Isso — e seu nome singular — fizeram dele uma figura bem mais real para mim do que quaisquer outros personagens históricos, como o abade Markward, a respeito de quem nós fizemos inúmeros e chatíssimos trabalhos na escola.

A ideia de uma pessoa enfrentando bruxas e fantasmas sem pestanejar era por demais atraente para alguém que arrastava por todos os cantos, como uma bola presa a uma corrente, uma história familiar fantasmagórica. Agora que já estou numa idade em que posso ser considerada adulta, talvez conseguisse enfrentar a fofoca e as piadinhas com mais facilidade, porém, aos 10 anos, ser a menina cuja avó explodira fora a pior coisa do mundo para mim e a mais isoladora.

Hans, o Inabalável, não teria nem pestanejado se cada um dos meus parentes tivesse explodido: disso, eu tinha certeza. Eu o imaginava como um sujeito alto e musculoso, usando a tradicional jaqueta de lenhadora verde-escura, com botões de osso. Seu rosto era grande e agradável, com uma barba espessa e grisalha, além de brilhantes olhos azuis. Ele já teria ouvido falar na história da morte da minha avó, claro, como todo mundo num raio de dez quilômetros. Ainda assim, Hans, o Inabalável, me cumprimentaria com simpatia, mas sério, sem se referir ao final explosivo da minha parente idosa.

Se alguém tocasse no assunto, como por exemplo algumas das velhas megeras que assolavam as ruas da cidade feito vampiras em busca de pescoços desprotegidos, Hans se limitaria a me olhar com os olhos reluzentes, a afagar meus cabelos e a dizer *"Ach, Kind"*, como se toda aquela discussão não passasse de uma grande bobagem infantil. Como se não fosse o tema mais comentado na cidade nos últimos 50 anos e o equivalente social, para mim, de um sino de portador de hanseníase.

Eu não fui para a escola na segunda e na terça após o acidente de *Oma* Kristel. Os funcionários de lá, por sua vez, nem se deram ao trabalho de telefonar quando não apareci; *Frau* Müller, que trabalhava no setor administrativo da escola, morava na casa em frente à nossa; ela saíra à rua, de antena ligada, assim que escutara as sirenes da ambulância.

Como sempre nesse tipo de situação, uma colega ficara encarregada de me entregar os deveres de casa. Talvez eu devesse ter desconfiado quando Thilo Koch levou os deveres na segunda, e Daniella Brandt, na terça. Nenhum dos dois era meu amigo.

Thilo, uma das crianças mais velhas da nossa classe, havia começado a estudar aos sete anos; alto para a idade e já barrigudo, de cabelos cortados bem rentes, tinha rosto rechonchudo e olhos fundos, como os botões de uma almofada de sofá cheia demais. Eu costumava me manter bem longe dele, como se faz com um animal genioso.

Daniella Brandt não era tão escancaradamente imponente quanto Thilo, mas podia ser, à sua maneira, tão perigosa quanto ele. Com o rosto ossudo e pálido e o nariz pontudo como o bico de uma ave, ela parecia que a qualquer momento daria uma bicada no ponto fraco de alguém. Thilo e Daniella nunca tinham demonstrado o menor interesse em fazer qualquer coisa que ajudasse alguém, nem podiam ser considerados a escolha óbvia para aquele tipo de missão; Marla Frisch, que vivia três casas depois da minha, teria sido a candidata ideal para me entregar a tarefa, como fizera quando eu tive catapora na primeira série.

Thilo não chegou a entrar em casa, já que foi meu pai que abriu a porta. O garoto era uma criatura estereotípica, o brigão com grande queda para a covardia; ele fitou meu pai, que, apesar dos olhos vermelhos de tanto chorar, ainda podia ser considerada uma figura impactante, e decidiu não perder tempo com bate-bocas desnecessários. Ainda assim, ousou esticar a cabeçona com o corte de cabelo rente o máximo possível sob o alizar da porta, esperando vislumbrar o teto coberto de fuligem ou a toalha de mesa queimada. Meu pai pegou o dever de casa das mãos gorduchas do menino, empurrou-o com delicadeza e fechou a porta.

No dia seguinte, Daniella Brandt apareceu e acabou conseguindo entrar em casa. Minha mãe, que atendeu à porta, supôs que era uma amiga da escola. Eu estava sentada na sala, encolhida na poltrona favorita do meu pai, segurando um livro sem conseguir ler por causa das lembranças que voltavam à minha mente como um videoclipe curto sendo repassado sem parar.

A porta abriu e minha mãe apareceu. Daniella estava atrás dela, o rosto angular parecendo um triângulo esbranquiçado à penumbra.

— Olha quem está aqui — disse minha mãe, num tom de voz vacilante. Olhou-me sem ver e, em seguida, desviou o olhar. Continuava estarrecida. Meu pai tinha conseguido chorar, mas ela ainda não fora capaz de admitir a morte de *Oma* Kristel; durante dias, após o ocorrido, ela perambulara feito uma sonâmbula, levando os mesmos enfeites de Natal para os diversos ambientes da casa, perdida em pensamentos. Naquele momento, mamãe esfregou as mãos no avental e desapareceu, rumo à cozinha.

Daniella entrou na sala num piscar de olhos. Enquanto o olhar de minha mãe fora vago, o de minha colega pareceu perfurar o ar. Seus olhos não deixaram escapar nada; eu podia até jurar que seu nariz fino e longo se retorcia também.

— Eu trouxe o seu dever de casa, Pia — informou Daniella, sem me fitar, examinando cada detalhe da sala com uma curiosidade indisfarçada.

— Obrigada — disse eu. Não abaixei o livro, aguardando, propositalmente, que ela fosse embora.

Fez-se uma longa pausa.

— Sinto muito sobre... você sabe — acrescentou a menina, por fim.

— Sobre o quê? — perguntei, de forma brusca. Virei a página com
tanta força que ela rasgou.

Daniella deu uma risadinha, similar ao ronco breve de uma raposa.

— Sobre a sua avó — explicou a garota, em sua melhor voz de
nossa, você-por-acaso-é-tapada?. Então, ela traçou uma linha no
assoalho com a ponta do sapato e tirou algumas mechas castanho-claras
do rosto. — Todo mundo está falando disso. A gente nem pôde acreditar, sabia? — Passou a sussurrar num tom de conspiração, olhando de
soslaio para a porta, caso minha mãe estivesse ao alcance do ouvido.
— Foi aqui que aconteceu, nesta sala?

Não ergui os olhos.

— Vai embora, senão eu vou gritar — mandei.

— Não seja boba — disse Daniella, com a voz ofendida. Então, deixou
escapar um suspiro pesado, como se falasse com alguém irremediavel-
mente tapada. Se ela estivesse no meu lugar, não tenho dúvida de que
adoraria atrair o interesse de todos; teria achado que valia a pena perder
duas avós e talvez até algumas tias, só para ser o centro das atenções,
para variar um pouco. — Ah, vai, Pia...

— Vai embora, senão eu vou gritar — repeti.

Daniella deu a risadinha afetada outra vez.

— Não precisa ser...

Ela não continuou porque inclinei a cabeça para trás repentinamente
e gritei *de verdade*, várias vezes, com toda força. Antes que a garota
tivesse tempo de reagir, a porta abriu de supetão, e minha mãe entrou na
sala como um rinoceronte em defesa dos filhotes. Por incrível que parecesse, usava a luva de forno quadriculada, em tons de azul e branco,
numa das mãos.

— Meu Deus, Pia! O que foi que houve?

Fechei a boca rápido e lancei um olhar ameaçador para Daniella. Eu
arfava por causa do esforço. Minha mãe olhou para mim, em seguida

para a minha colega, daí, outra vez para mim. Então, pegou Daniella pelo ombro com delicadeza e começou a conduzi-la para fora da sala.

— Acho que você tem que ir, minha querida. A Pia está bastante chateada — disse ela para a menina pasma, enquanto abria a porta da frente com a mão enluvada. — Obrigada por trazer o dever dela. Foi muita gentileza sua.

Instantes depois, mamãe voltou para a sala; ao que tudo indicava, a súbita onda de energia se dissipara, e ela aparentava estar distraída de novo. Foi até onde eu estava e ajoelhou-se na minha frente, como se eu fosse uma garotinha.

— A sua amiga disse algo que aborreceu você? — Poderia até ter dito *a sua amiguinha*.

— Ela não é minha amiga — expliquei.

— Bom, foi legal da parte dela trazer seu dever de casa.

— Não foi nada — ressaltei, sentindo que poderia soltar outro grito a qualquer momento. — Ela quis saber se tinha sido nesta sala que *Oma* Kristel... você sabe.

— Ah — disse minha mãe. Houve uma longa pausa enquanto ela ponderava a respeito. Por fim, deu uns tapinhas no meu ombro. — Não se preocupe, Pia. Vai ser um acontecimento passageiro. Logo vão se cansar de falar disso.

Minha mãe tinha razão a respeito de vários assuntos, mas num deles estava redondamente enganada: no interesse pela morte de *Oma* Kristel. Até mesmo agora, passado tanto tempo, depois de tudo que aconteceu naquele ano abominável, estou bastante convencida de que, caso se mencionasse o nome de Kristel Kolvenbach para qualquer pessoa em Bad Münstereifel, ela perguntaria na mesma hora: "Não está se referindo àquela mulher que explodiu no jantar do Advento"? Sem dúvida alguma, não foi um acontecimento passageiro.

Capítulo 4

As aulas na *Grundschule* recomeçaram na primeira semana de janeiro. Eu costumava caminhar até lá com Marla Frisch. No primeiro dia, enquanto eu arrumava a minha *Ranzen*, a mochila enorme que permitia aos estudantes alemães carregar a costumeira quantidade de livros para entortar a coluna, fiquei surpresa ao ver Marla passar em frente à minha janela sem parar, as trancinhas castanho-claras balançando. Quando vesti o casaco de inverno e abri a porta da frente, ela já tinha sumido de vista na esquina da rua. Procurei-a, intrigada. Bom. Talvez tivesse achado que eu ainda não voltaria para a escola.

Coloquei a *Ranzen* nas costas, dei tchau para a minha mãe e saí para a rua, calçada com pedras, batendo a porta. Ainda estava meio escuro, e o céu apresentava um tom cinza-chumbo. Diminutos flocos de neve serpenteavam no ar, e minha respiração saía em pequenas baforadas. As poucas pessoas que passaram por mim fecharam mais os casacos, estremecendo por causa do frio.

Quando cheguei ao portão da escola, olhei para o relógio. Eram 8h12; o sino tocaria dali a exatamente três minutos. Entrei apressada, subi a escada, de dois em dois degraus, até o primeiro andar e tirei a *Ranzen* do ombro. Ao pendurar o casaco num cabide, olhei de esguelha e vi a face angular de Daniella Brandt espiando da porta da sala de aula, pouco antes de entrar correndo, como um ratinho desaparecendo na toca.

Por um instante, fiquei ali parada perto do meu cabide, perguntando-me se era imaginação minha ou se eu estava mesmo ouvindo a irrupção súbita de um burburinho animado na sala?

— *Frau* Koch disse que a avó dela explodiu de verdade!

— Detonou feito uma bomba...

— E virou cinzas...

— A minha *Tante* Silvia contou que só deu para saber quem era por causa dos dentes.

De repente, perdi a vontade de entrar. Uma premonição arrepiante tomou conta de mim. Não adiantaria nada gritar naquele momento; *Frau* Eichen não aceitaria isso e, além do mais, um berro contra uma classe de vinte e duas crianças de 10 anos não seria só perda de tempo — serviria apenas para me transformar ainda mais em um alvo irresistível de curiosidade.

Ninguém se importava com *Oma* Kristel, nem com a forma como ela tentara se manter atraente muito depois de a juventude ter feito as malas e se mudado da habitação envelhecida, nem com seu costume de sempre levar uma lembrancinha para mim: uma amostra de perfume horroroso ou um broche brilhante feito de massapão. Ninguém se importava com sua paixão por licor de cereja.

Nada disso tinha significado para as pessoas — de jeito nenhum. O que queriam saber era se minha avó havia *mesmo* detonado como uma girândola, lançando faíscas para todos os lados. Se todo o seu cabelo tinha queimado. Se fora realmente preciso identificá-la pelos anéis. Se *Tante* Britta havia tido mesmo um ataque epiléptico ao testemunhar a cena. Se de fato...

Os sussurros cessaram assim que eu entrei na sala de aula. Vinte e dois pares de olhos, arregalados e curiosos, fixaram-se em mim, enquanto eu andava, com relutância, até a mesa à qual costumava sentar e puxava a cadeira para me acomodar. *Frau* Eichen ainda não havia chegado; ela vinha de carro, de Bonn, e muitas vezes só chegava na hora que tocava o sino.

Quando me sentei, o silêncio ao meu redor era palpável; as crianças permaneceram de pé, olhando fixamente para mim, como gado, e mantendo uma distância segura. Assim que tirei um livro da biblioteca da minha mochila e o coloquei com força em cima da mesa, deu para notar que elas recuaram. Notei, então, que ninguém tinha colocado o material na minha mesa. Alguém deixara uma *Ranzen* com flores cor-de-rosa na cadeira à minha frente; com um movimento súbito, Marla Frisch a pegou e, em seguida, recuou de novo.

Antes que eu pensasse em como reagir, o sino tocou e *Frau* Eichen entrou na sala, com aparência meio ansiosa, os cabelos castanhos esvoaçando em torno da tiara de prata e o cardigã pendendo num dos ombros.

— Sentem-se, crianças — mandou, tentando disfarçar o próprio atraso com certa aspereza. Houve uma súbita comoção. Fitei minhas mãos, sem querer olhar para os meus colegas, e, ao mesmo tempo, percebi que ninguém tomara seu lugar à minha mesa. O espaço parecia se prolongar infinitamente nos meus dois lados.

Houve certa agitação perto da outra mesa, quando Thilo Koch e outro rapaz tentaram se sentar numa cadeira ao mesmo tempo. *Frau* Eichen, que até aquele momento se concentrara em colocar na mesa os arquivos e os livros que carregava, ergueu os olhos de repente e viu que toda a classe, com exceção de mim, tentava se acomodar nas quatro das cinco mesas e que eu — Pia Kolvenbach — estava sentada sozinha na que restava, cabisbaixa, com a nuca rubra de vergonha. Enquanto ela assimilava a cena, ouviu-se um baque surdo quando Thilo Koch por fim conseguiu empurrar o outro garoto da cadeira, fazendo-o cair no chão. Então, todos ficaram calados por alguns instantes.

— O que significa isto? — perguntou *Frau* Eichen, num tom de voz cheio de frieza.

Reinava um silêncio absoluto enquanto ela olhava, exasperada, de um rosto para o outro.

— Quem normalmente se senta ao lado de Pia? — quis saber. Ouvi sussurros e cutucadas, mas, pelo visto, ninguém queria admitir. *Frau* Eichen escolheu alguém, dentre o grupo que se espremia a uma mesa, perto da janela.

— Maximilian Klein.

Mas o garoto não fez menção de se mover; antes, pareceu se encolher no lugar, espremido entre duas outras crianças, olhando para todos os lados, menos para a professora e para mim.

— Marla Frisch.

Quando ela disse esse nome, ergui a face; supostamente, nós duas éramos amigas. Lancei um olhar suplicante para Marla, que desviou o rosto.

As maçãs do rosto de *Frau* Eichen enrubesciam cada vez mais; não estava acostumada com aquela desobediência deslavada.

— Querem me fazer o favor de explicar o que está acontecendo? — exigiu. — Por que Pia está sentada sozinha?

Por fim, Daniella Brandt falou, incapaz de resistir à oportunidade de aparecer.

— Por favor, *Frau* Eichen, a gente acha que não deve sentar com ela.

— Como assim, vocês acham que não devem se sentar com ela?

— Caso seja contagioso, *Frau* Eichen — explicou Daniella, com um sorriso malicioso.

Uma das outras meninas deixou escapar uma risadinha abafada. Os olhos da professora se concentraram em mim por uns instantes, como se tentassem discernir sintomas de alguma moléstia desagradável. Então, ela soltou um longo suspiro.

— Caso seja contagioso o *quê*? — perguntou, com voz cansada.

— A detonação — explicou Daniella, deixando escapar um gritinho, como a risada de uma hiena.

Foi o bastante; todos os alunos se exaltaram. Algumas das meninas começaram a brincar, tentando puxar as cadeiras mais para trás, longe do alcance de Pia Kolvenbach, a colega potencialmente explosiva, porém a maioria pôs as mãos na barriga e gargalhou. Assim que a primeira onda de risadas começou a diminuir, Thilo Koch fez um gesto, simulando uma explosão com os braços, acompanhado do ruído característico de um peido, e todos caíram na gargalhada de novo, os rostos vermelhos, cingindo-se como se realmente fossem ser levados numa maré de arrebatamento.

Eu olhei, muda, para *Frau* Eichen, em busca de ajuda. Para meu espanto, vi pela expressão contraída de seu rosto e pelo biquinho que fizera que ela também lutava para não ter um acesso de riso. Então, a professora se deu conta de que eu a fitava e, com uma força de vontade que só pode ser descrita como hercúlea, controlou-se e bateu um livro com força na mesa, provocando um som que se expandiu como um disparo de arma em meio aos risos.

— *Fiquem quietos*! — mandou. Após alguns instantes em que os alunos engoliram em seco e tossiram, a ordem se estabeleceu parcialmente na sala. — Voltem aos seus lugares!

Ninguém se moveu. Houve um longo silêncio, ressaltado apenas pelo rangido das cadeiras e a movimentação desconfortável de corpos apertados, lutando para manter a posição. Depois do que pareceu uma eternidade, ouvi o ruído de uma cadeira sendo arrastada para trás, e alguém se levantou.

Essa não. Stefan Fedido. E, para início de conversa, ele nem se sentava comigo antes. O que achava que estava fazendo? Vinte e um outros pares de olhos fixaram-se no garoto, enquanto ele se dirigia com determinação para a minha mesa, a *Ranzen* desmazelada oscilando numa das mãos, a cadeira na outra. Ele a colocou do meu lado, sentou e cruzou os braços, como se esperasse por algo. Àquela altura, eu realmente já estava morta de vergonha.

Stefan Fedido, o garoto menos popular da sala. Se eu precisava *dele* como aliado, então já não restavam esperanças para mim. Abaixei a cabeça outra vez, decidida a não olhar para aquele menino. Ele não precisava achar que eu ficaria grata por causa do seu apoio. Ainda assim, embora o gesto dele não tivesse sido bem-vindo, deu certo: instantes depois, outras duas crianças se levantaram e voltaram a acomodar as mochilas e as cadeiras à minha mesa. Por fim, Marla Frisch veio também, apesar de dar a impressão de estar sendo levada para a própria execução; ela se sentou o mais longe possível de mim.

Quando o sino tocou no final da manhã, foi um enorme alívio, e levei tanto tempo para ajeitar a mochila que, quando por fim saí discretamente, todos já tinham ido embora. Todos, exceto Stefan Fedido. Ele estava do outro lado da porta pesada de incêndio, no alto da escada, esperando por mim.

Peguei a *Ranzen*, abri a porta e passei por ele com firmeza, sem dizer uma palavra. Quando comecei a descer a escada, pensei tê-lo ouvido dizer algo e, sem querer, dei meia-volta e olhei para ele. Nossos olhos se encontraram. Por um instante, nós nos entreolhamos e, então, com um trejeito na cabeça, desci correndo a escada, percorri depressa o corredor e saí rápido da escola, rumo a um lugar qualquer, bem longe dali. Mas não adiantou nada: eu e Stefan Fedido já formávamos um par.

Capítulo 5

Não nevava no dia em que Stefan Fedido conheceu *Herr* Schiller, mas o céu mostrava-se esbranquiçado, e o clima, extremamente frio. Enfurnada nas profundezas de uma jaqueta acolchoada, eu caminhava rápido pela Kölner Strasse, a rua ampla que dava acesso à saída da cidade, rumo norte, quando percebi que Stefan me seguia. Continuei a andar depressa, para me manter aquecida, sentindo também certa satisfação na tentativa de deixar meu colega para trás.

Na pressa, quase esbarrei em alguém, na esquina perto da ponte.

— Fräulein Pia.

Meus olhos ficaram na altura de um cravo vermelho, chamativo como uma mancha de tinta, na botoeira da lapela de um sobretudo elegante e antigo. Ergui a cabeça e vi um rosto de feições marcantes me observando, bem como sobrancelhas grossas arqueando-se sobre olhos azuis assombrosos.

— *Herr* Schiller.

Senti um aperto no coração. Numa outra ocasião eu teria adorado me encontrar com ele; mas, naquele momento, vi seus olhos se dirigirem para a sombra atrás de mim e me dei conta de que teria que apresentar Stefan. Examinei o ambiente à minha volta, como que na busca de uma escapatória, mas foi tarde demais.

— É um amigo seu? — perguntou *Herr* Schiller, o tom de voz levemente divertido.

— Hã... — Enquanto eu hesitava, Stefan tirou a luva da mão direita e estendeu a mão.

— Oi, sou Stefan Breuer.

— Heinrich Schiller — informou ele, com seriedade, cumprimentando o meu colega. Então, virou-se para mim. — E aonde é que você está indo neste tempo inclemente, *Fräulein* Pia? — *Herr* Schiller sempre falava daquele jeito; nunca tentava se dirigir a mim de um jeito condescendente, só por eu ser criança.

— Para o parque em Schleidtal.

— Sei — disse o idoso, puxando a manga do sobretudo para checar a hora no relógio, uma bela relíquia de prata. — Bom, se quiserem dar um pulo lá em casa mais tarde, depois de terem congelado até os ossos, será um prazer oferecer um café ou um chocolate quente, o que preferirem.

Olhei para Stefan.

— Bom, na verdade... — hesitei. — Eu não estou fazendo nada agora.

— Nem eu — intrometeu-se Stefan, olhando desafiadoramente para mim.

— E está frio demais — disse eu, fazendo o possível para ignorá-lo.

Herr Schiller deixou escapar uma risada seca, cheia de chiados, como um par de foles velhos.

— Então, por favor, venham comigo. Podemos dar um pulo no *Café am Fluss* para comprar uma sobremesa. Você escolhe os bolos, *Fräulein*, e *Herr* Breuer carrega a caixa.

Nós o acompanhamos, obedientemente. Apesar da idade — tinha uns oitenta e poucos anos —, *Herr* Schiller era incrivelmente enérgico. Nunca usava bengala, nem mesmo quando o chão estava escorregadio, por causa do gelo; naquele momento, andava à nossa frente. No grande portão, no Werther Tor, entrou na tabacaria; eu e o Stefan ficamos esperando do lado de fora.

— Como é que você conheceu *esse cara*? — perguntou Stefan, pelo canto dos lábios, checando para ver se o homem podia escutar.

Dei um suspiro.

— Eu costumava ir visitar *Herr* Schiller com a minha *Oma*.

— A que...?

— Isso. — Fixei os olhos nas pedras de cantaria e esperei as inevitáveis perguntas que ele faria, mas Stefan ficou quieto. Olhei de soslaio para ele; pareceu estar entretido, lendo um pôster colado na vitrine da tabacaria, convidando os que tinham mais de trinta anos para uma festa no hotel-spa. Acabei relaxando.

— Ele é velho, mas legal — informei. — Conta um monte de coisa para mim; bom, era o que costumava fazer, quando eu ia até a casa dele com *Oma* Kristel. Fala da cidade nos velhos tempos.

Stefan me olhou cético.

— Dos acontecimentos históricos?

— Não, de coisas *interessantes*. Tipo... Bom, ele já falou do fantasma de um cachorro branco que, se fosse visto por alguém...

Como *Herr* Schiller apareceu no patamar da escada na frente da tabacaria, parei de repente. Mas ele não me olhava, nem chegara a prestar atenção quando mencionei seu nome. Fitava alguém do outro lado da rua, a expressão tensa — não dava para dizer se sentia raiva ou aversão. Segui seu olhar e reconheci a pessoa.

— *Herr* Düster — disse Stefan, por entre os dentes. Ele também reconhecera aquela figura esquelética, embora o rosto estivesse bastante escondido pelo chapéu surrado.

Herr Schiller desceu a escada. Quando passou por mim, seu cotovelo esbarrou no meu ombro, mas juro que ele nem notou. Aproximou-se de *Herr* Düster como um homem afugentando um animal perigoso numa esquina, estufando o peito como se quisesse afastar o homem.

— *Guten Morgen* — ouvi-o dizer e, embora as palavras fossem gentis, seu tom era acusatório.

Herr Düster ergueu um pouco o queixo, e seus olhos brilharam sombriamente sob a aba do chapéu. Seu olhar ia de *Herr* Schiller para nós e de novo para ele. O homem tinha um aspecto meio ameaçador e, ao mesmo tempo, cauteloso, como se fosse um animal selvagem levado pela fome extrema a considerar o ataque a seres humanos. Balbuciou algo incompreensível e, então, virou-se devagar e retirou-se. Andava de um jeito peculiar, meio esquivo, que me lembrava um caranguejo deslizando de forma sorrateira pelo leito do mar. Ele passou na frente da agência de correio e sumiu de vista ao contornar a esquina.

— Venham — disse *Herr* Schiller bruscamente, e nós o seguimos.

Não ousei fazer perguntas sobre *Herr* Düster. O velho era uma lenda entre os estudantes, como Troll, o pastor-alemão bravo de *Herr* Koch, que se jogava latindo no portão do jardim, dando bocanhadas enfurecidas quando passava alguém. A reação de *Herr* Schiller, de alguma forma, tornou *Herr* Düster ainda mais sinistro. Naquela época, falar com esse sujeito ou ficar diante de Troll sem um portão que o contivesse podiam ser consideradas as duas situações mais assustadoras a acontecer com o morador de Bad Münstereifel. Até, claro, Katharina Linden desaparecer.

Capítulo 6

Estranhamente, eu tenho a vívida lembrança de ter visto Katharina Linden naquele domingo. Mal a conhecia — como ela estudava numa outra turma, com crianças de Eicherscheid e Schönau, vilarejos periféricos, acho que nunca cheguei a falar com ela; só a conhecia mesmo de vista.

Eu a vi parada perto do chafariz, na frente do estúdio de fotografias. A fonte era uma criação peculiar, nos tons de cinza e bronze, com uma estátua do rei Zwentibold de Oberlothringen olhando benevolentemente do alto. Embora fosse fevereiro, e continuasse bastante frio, o sol brilhava, e seus raios gelados e pálidos refletiam em Katharina. A lembrança é tão vívida que às vezes duvido de mim mesma — será que a minha mente criou essa imagem porque eu *queria* ver minha colega ou será que ela estava mesmo lá?

Katharina Linden usava uma fantasia de Branca de Neve — um traje reconhecível na hora, já que se baseara na roupa da Disney: corpete azul, saia amarela na altura do tornozelo, capa vermelha, colarinho alto e tiara com laço carmesim nos cabelos negros. Acho que talvez fora por isso que ela e a mãe escolheram aquela roupa: Katharina tinha o cabelo cheio e ondulado, quase preto-azeviche, de forma que dava uma perfeita Branca de Neve, com a tez muito branca e os olhos escuros. Quando ela desapareceu, parecia algo saído de um conto de fadas, como se ela fosse uma das doze princesas dançarinas, que dava um jeito de escapar do quarto trancado, todas as noites, e voltava para casa pela manhã, com os sapatos esburacados. Porém, Katharina nunca voltou para casa.

Não sei quem primeiro se deu conta de que havia algo errado. O desfile começara — como mandava a tradição — às 14h11. Todos os carros alegóricos do *Karneval* já estavam enfileirados na rua, do outro lado do Orchheimer Tor, o grande portão no lado sul da cidade. Caixas de som gigantescas transmitiam a todo volume a música de *Karneval*, competindo com os gritos e as aclamações da multidão.

Quando o primeiro carro alegórico passou pelo *Tor*, eu, Stefan e uma dúzia de crianças avançamos para pegar as quinquilharias e os punhados de balas que estavam atirando. Sempre havia uma boa quantidade, e nós tínhamos ido bem preparados, munidos de sacolas de lona para carregar o que pegássemos. Embora os carros alegóricos não despertassem tanto interesse quanto a tentativa de juntar a maior quantidade possível de lembrancinhas, lembro que vários deles eram impressionantes, naquele ano — um navio pirata, com canhões de verdade, lançando gelo seco, e uma paisagem submarina cheia de peixes e polvos, com Netuno em seu trono no alto, servido por sereias de ombros expostos, tremendo no ar gelado de fevereiro.

Quase todo mundo estava fantasiado: Marla Frisch passou, vestida de Chapeuzinho Vermelho, e me ignorou de propósito. Thilo Koch, gorducho, usava um traje de pirata, com a pança enorme espremida pela camisa de cetim. Por mais que eu o odiasse, não consegui evitar a inveja: ao menos a mãe dele *tinha comprado* uma fantasia legal.

Minha mãe não captara muito bem o conceito do *Karneval*. Ao que tudo indicava, ela achava que os pais que faziam as fantasias dos filhos ganhariam alguns pontos extras. Achava que comprar um traje era trapaça. Não entendia o quanto eu queria ser como Lena ou Eva, da minha classe, e usar uma fantasia de princesa da Barbie ou um vestido de fada da Kaufhof.

Naquele ano, ela resolvera fantasiar a família com as roupas dos personagens de *O mágico de Oz*: ela era o Homem de Lata, meu pai, o Espantalho, e Sebastian, o Leão Covarde (embora pudesse ser confundido com Totó, já que a tentativa da minha mãe de reproduzir a anatomia leonina dera muito pouco certo). Fiquei com o papel de Dorothy, e usei um vestido sem manga, quadriculado de azul e branco, com uma blusa branca de babados por baixo e um par de sapatilhas velhas, pintadas de vermelho, com lantejoulas coladas. Depois que Daniella Brandt parara, inclinara a cabeça e perguntara se éramos a família Von Trapp, eu me senti ainda mais amargurada e resolvi que no ano seguinte *compraria* uma fantasia, mesmo que tivesse que economizar toda a minha mesada desde aquele momento.

Stefan estava um pouquinho melhor; usava uma fantasia de Homem-Aranha perfeitamente reconhecível, com máscara facial e tudo. Formávamos um par esquisito, Dorothy e Homem-Aranha, andando a passos rápidos pelas ruas calçadas com pedras, carregando as sacolas cheias de balas, pipoca e brinquedos de plástico. Ainda assim — o *Karneval* era uma época em que se viam cenas estranhas, em que vizinhos de caras amarradas ficavam felizes e senhoras puritanas se vestiam de vampiras e criadas. Tratava-se também, como acabou acontecendo, da época ideal para alguém — ou algo — assolar as ruas, alguém cujo propósito inumano e cuja esquisitice passassem despercebidos em meio à confusão generalizada.

À medida que o desfile percorria a cidade, Stefan e eu acompanhávamos os carros alegóricos, metendo-nos juntos no meio da multidão. Eu me lembro de ter visto Katharina Linden perto da fonte quando chegamos ao entroncamento no centro da cidade. Deviam ser umas 2h45.

Mais adiante, recordo de ter visto também *Frau* Linden, vestida de palhaço, com um macacão multicolorido e uma peruca verde, de fios cacheados. Ela estava de mãos dadas com Nils — o caçula dos dois irmãos de Katharina. O garoto usava uma fantasia de joaninha, e dava a impressão de estar aborrecido com algo; puxava o braço da mãe e protestava com veemência.

Talvez fosse por isso que *Frau* Linden não tivesse notado, no início, o desaparecimento da filha: estava ocupada com o mais novo, Nils.

Além disso, Bad Münstereifel era uma cidade pequena — todos se conheciam e, até mesmo durante o *Karneval*, havia tanta gente conhecida por ali que ninguém se preocupava com os filhos. Ao menos, era assim que todos pensavam.

Quando o desfile chegou ao Werther Tor, eu e Stefan voltamos para a fonte, onde tínhamos avistado Katharina Linden, e nos sentamos à beira da base de pedra, com um monte de guloseimas, tão satisfeitos que nos sentíamos até meio inebriados. A multidão se dispersava, e os carros alegóricos haviam sido substituídos por um carro de limpeza bojudo, que se movia pelas ruas de pedra de cantaria como um aspirador gigante, seguido por uma equipe de homens de semblantes entediados, com macacões laranja e sacos de lixo.

Desviei o olhar e dirigi a atenção à arcada que conduzia ao St. Michael Gymnasium, e vi cores vibrantes quando surgiu alguém, apressado, trajando um macacão de palhaço multicolorido. Era *Frau* Linden, sem Nils. Ela percorreu com rapidez o Salzmarkt e sumiu do meu campo de vista. Não achei nada demais na hora, mas fiquei surpresa quando, alguns minutos depois, ela apareceu na aleia da *Rathaus* e veio correndo na nossa direção. Dei um cutucão na costela de Stefan para que ele erguesse os olhos.

— O que foi? — perguntou o garoto.

Fiz um gesto com a cabeça, apontando para *Frau* Linden, que rumava direto para nós. Eu pensava em alguma observação boba para fazer quando vi a expressão dela. A face, normalmente gentil e calorosa, mostrava-se endurecida e gelada, contrastando estranhamente com a peruca verde-esmeralda. Sentindo, por instinto, que algo estava errado, eu me levantei assim que ela nos alcançou.

— Você viu Katharina?

A voz mostrava-se tensa e vacilante, como se ela estivesse prestes a perder a fala e a compostura. Olhei com hesitação para *Frau* Linden.

— A gente viu mais cedo — respondi.

— Onde? — Seu tom de voz era premente e volátil. Quando dei por mim, estava recuando, achando, a julgar pelo seu olhar, que ela talvez fosse agarrar os meus ombros e me sacudir.

— Aqui. Perto da fonte. — Pela sua expressão notei que não era a resposta que queria; senti um calor súbito percorrer meu corpo, como se eu tivesse acabado de dizer uma mentira.

— Você viu aonde ela foi? — quis saber *Frau* Linden.

— Não — respondeu Stefan, e ela o olhou como se apenas naquele momento tivesse notado sua presença.

— Não, sinto muito — acrescentei, enfatizando a resposta do meu colega. Eu e ele nos entreolhamos, pouco à vontade.

Frau Linden pareceu fraquejar, como se a energia que a tivesse impelido em nossa direção houvesse abandonado seu corpo. Naquele momento, ela, de fato, estendeu a mão e tocou o meu ombro.

— Você tem *certeza*? — insistiu. — Tem *certeza mesmo* de que não viu aonde ela foi?

— Não — respondi e, então, percebendo que estava sendo ambígua: — Não, não vi aonde ela foi.

— Talvez tenha ido para a casa da Marla ou algo assim — sugeriu Stefan, tentando ajudar.

— Não foi — ressaltou *Frau* Linden, sem titubear. Seu semblante mostrava-se ansioso, como se ela tivesse deixado Katharina em algum lugar, como uma bolsa de compras esquecida.

Então, ela deixou o braço cair ao lado do corpo, virou-se e voltou depressa para a Marktstrasse, sem se dar ao trabalho de se despedir.

Stefan e eu nos entreolhamos, outra vez. Aquele era um comportamento esquisito, para um adulto.

— *Komisch* — observou meu colega.

— É mesmo — disse eu, dando de ombros. Estava começando a sentir frio, parada ali, com o meu vestido de algodão, e aquele rápido interlóquio com *Frau* Linden acabara com o meu bom humor festivo. — Eu vou para casa — disse e, após uma pausa, perguntei: — Você quer vir comigo?

Stefan só assentiu. Pegamos as sacolas cheias de baboseiras e fomos para a minha casa. Eu metia a chave na fechadura quando a minha mãe abriu a porta.

Como era bem típico da parte dela, não perdeu tempo cumprimentando Stefan nem lhe fazendo as perguntas triviais dos adultos, do tipo

Como é que anda a escola? ou *E a sua mãe, vai bem?*. Simplesmente foi direto ao assunto:

— Algum de vocês viu Katharina Linden?

Nós nos entreolhamos. Será que os adultos tinham enlouquecido?

— Não — respondemos ao mesmo tempo.

— Têm certeza absoluta?

— A gente viu a Katharina perto da fonte, mais cedo, só que ela não está mais lá — informei. — Nós dissemos isso para *Frau* Linden. — Fitei minha mãe com incerteza. — Por que é que todo mundo está procurando por ela, hein? O que ela andou aprontando?

— Não aprontou nada — explicou minha mãe. — Só desapareceu. — Em seguida, lançou um olhar cheio de dúvidas, relutando, obviamente, em dizer algo que nos assustasse. Por fim, comentou: — Bom, na certa deve ter ido para a casa de alguma amiga. Com certeza vai aparecer.

— *Frau* Linden contou que já tinha checado na casa da Marla Frisch — salientei. Fez-se silêncio. — Cadê o papai?

— Saiu — respondeu minha mãe, soltando um suspiro. — Está ajudando os Linden a procurar Katharina.

— A gente pode ajudar também — sugeriu Stefan. Ele tirou a máscara de Homem-Aranha, revelando o cabelo louro-escuro todo espetado, com mechas assanhadas voltadas para todas as direções. Aparentava estar ansioso; eu me perguntei se estava deixando a fantasia de herói subir à cabeça. — Podemos procurar por ela. A gente conhece um monte de lugar, não é, Pia?

Minha mãe balançou a cabeça.

— Acho que seria melhor vocês dois ficarem aqui. Os adultos podem procurar Katharina. — Sua voz era suave, mas o tom, sem dúvida, firme. Mudando de assunto bruscamente, ela perguntou: — Querem tomar chocolate quente?

Cinco minutos depois, eu e Stefan estávamos sentados, felizes da vida, no banco longo à mesa da cozinha, com as bocas meladas de chocolate. Pelo menos naquele momento, Katharina Linden fora esquecida.

Capítulo 7

Já estava totalmente escuro quando meu pai voltou para casa. Ainda usava a fantasia de Espantalho, embora a pintura amarronzada no rosto estivesse melada, como se tivesse passado a parte posterior da mão várias vezes na face, feito criança. Enquanto ele batia os pés no capacho, minha mãe saiu da cozinha, secando as mãos em um pano de prato.

— E então? — quis saber ela.

Meu pai meneou a cabeça.

— Nenhum sinal dela, em nenhuma parte. — Ele se inclinou para desamarrar os sapatos, respirando pesadamente. Quando se ergueu, disse: — Alguém acha que a viu perto do Orchheimer Tor, mas depois ficamos sabendo que era outra criança, com uma fantasia parecida. Dieter Linden continua procurando por ela, mas acho que não há muito o que encontrar, agora que anoiteceu.

Eu escutava sentada à mesa da cozinha, pois estava jantando: pão de centeio com uma fatia de queijo e um pouco de *Leberwurst*. A escolha de palavras do meu pai me pareceu estranha até mesmo àquela altura: ele não achava que *Herr* Linden teria *muito o que* encontrar, como se o homem não estivesse procurando alguém, mas algo ou, o que era pior, restos de algo.

— Eu me pergunto... — começou a dizer minha mãe, mas, então, depois de olhar de esguelha para a cozinha, onde eu estava, acrescentou depressa: — Acho que ela foi para a casa de alguma amiguinha e se esqueceu de avisar a mãe. — Em seguida, dirigiu-se para a sala com meu pai e fechou a porta.

A conversa reiniciou, mas tão baixinho que não consegui ouvir nada; eu só poderia ter escutado se tivesse pressionado o ouvido contra a porta, algo muito arriscado. Olhei para o meu pedaço de pão com *Leberwurst* e para a nítida mordida semicircular, com o formato dos meus dentes. Fiquei imaginando se Katharina Linden estava *mesmo* na casa de uma amiga. Do contrário, onde é que poderia estar? Não fazia sentido. *As pessoas simplesmente não desaparecem*, pensei.

Como o dia seguinte era o *Rosenmontag*, não havia aula. Meus pais haviam prometido levar a mim e Sebastian a outro desfile, a alguns quilômetros dali, mas, quando me levantei, às 9h30, descobri que meu pai já havia saído. Minha mãe se encontrava na sala, espanando os móveis com uma expressão sombria. Nem precisei perguntar se não faríamos mais o passeio. Ela se dedicava à faxina com o zelo de alguém que rangia os dentes e se submetia a uma terapia desagradável.

— Cadê o papai? — perguntei.

— Saiu — respondeu, laconicamente. Em seguida, endireitou-se e massageou a lombar. — Ele foi ajudar alguém a fazer algo.

— Ah. — Eu me perguntei se teria ido ajudar na busca por Katharina Linden de novo. — Acho que vou dar um pulo na casa do Stefan depois do café da manhã, para ver se ele pode sair, está bom?

Minha mãe fez uma pausa.

— Por que você não fica aqui hoje, hein, Pia?

— Mas, mãe... — Fiquei consternada.

— Pia, eu realmente acho melhor você ficar em casa. — Ela parecia fatigada, mas falava com firmeza. — Se não sabe o que fazer, pode me ajudar na faxina.

— Eu tenho dever de casa — disse apressada, e me dirigi para a cozinha, antes que minha mãe encontrasse mesmo algo para eu fazer.

O dia se arrastou terrivelmente devagar. Fiquei imaginando o que Stefan estaria fazendo. Será que havia ido passear ou os pais também o tinham obrigado a ficar em casa? Talvez a questão do sumiço de Katharina Linden estivesse fazendo os adultos agir de forma esquisita, por um tempo.

Às cinco da tarde, quando já escurecera, meu pai voltou para casa e, quase no mesmo instante, enfurnou-se de novo na sala com a minha mãe. Os dois ficaram lá por cerca de meia hora; depois, ele foi tomar banho e ela veio até mim, com uma expressão grave. Reconheci o semblante do tipo *vamos-ter-uma-conversinha*. Eu estava sentada no chão da sala, lendo uma revista; ela entrou, sentou-se no sofá e deu uns tapinhas na almofada ao seu lado. Com um leve suspiro, eu me levantei e me sentei ao lado dela.

— E aí? — perguntei.

— Não diga "e aí"? — pediu minha mãe, automaticamente.

— Desculpe — disse eu, também automaticamente; nós tínhamos iniciado conversas daquele jeito milhares de vezes. — É sobre a Katharina Linden?

Minha mãe inclinou a cabeça para o lado.

— É. E vou lhe contar isso, porque você vai ouvir falar nessa história quando voltar para a escola.

— Eles não encontraram a garota, encontraram?

— Bom, não, *ainda* não — respondeu minha mãe, ressaltando a penúltima palavra, dando a entender que tinha certeza de que a menina seria achada a qualquer momento. — Mas espero que a *encontrem* logo. — Ela suspirou. — Deve haver uma explicação perfeitamente inocente. Talvez ela tenha ido para a casa de alguma amiga, sem contar para ninguém.

Katharina tinha dormido fora e ainda não contara para ninguém?, pensei, ceticamente.

— Seja como for — prosseguiu minha mãe —, é melhor a gente tomar um pouco mais de... cuidado, por enquanto. Não sabemos o que aconteceu. — Ela estendeu a mão e acariciou meu braço, quase distraidamente. — Sinto muito a gente ter essa conversa. Mas nunca se sabe... Pia, você tem que me prometer que não vai a lugar nenhum, seja com quem for, sem me comunicar primeiro. Você se lembra daquele livro que tinha na segunda série?

— *Ich kenn' dich nicht, ich geh' nicht mit* — citei e, em seguida, olhei com certa desconfiança para ela. — Você acha que alguém pegou a Katharina, como nessa história?

— Espero que não! — exclamou minha mãe. Por alguns momentos, deu a impressão de não ter a menor ideia de como proceder. — Simplesmente tome cuidado — pediu, por fim. — E, se vir algo estranho, Pia, conte na hora para mim ou para o seu pai, entendeu bem?

— Hummmm! — respondi, sem me comprometer, já que não sabia direito o que ela queria dizer com "estranho". — Sebastian está chorando — ressaltei, ouvindo o choro abafado lá em cima.

Minha mãe se levantou.

— Muito bem, vou ver seu irmão. Mas lembre-se, entendeu?

— Está bom, mamãe. — Observei enquanto ela saía da sala e começava a subir a escada. Continuei ali sentada, balançando as pernas e batendo-as na parte debaixo do sofá e pensando no que ela dissera. *Algo estranho.*

Agora, que estou mais velha, entendo perfeitamente o que minha mãe queria dizer com esse adjetivo. Os adultos acham que tem algo estranho quando se sai da rotina. A pessoa que coloca um pacote na plataforma de trem e sai andando, afastando-se dele. O carro que continua seguindo a mulher que está dirigindo sozinha, mesmo depois de ela já ter entrado em quatro ou cinco ruas diferentes e até ter voltado ao mesmo lugar de onde saíra. Detalhes que não se encaixam no padrão normal. Sinais de perigo.

Mas, para mim, aos dez anos, *estranho*, ou a palavra que minha mãe realmente usou, *seltsam*, que quer dizer esquisito, peculiar, bizarro, podia equivaler a várias coisas menos tangíveis, como, por exemplo, a casa trancada e abandonada perto da *Werkbrücke*, pela qual os estudantes sempre passavam rápido, travessamente receosos de avistar algum rosto horrível pressionado contra a vidraça empoeirada.

Eu tinha a impressão, embora talvez a opinião dos adultos diferisse, de que o desaparecimento de Katharina Linden podia ser obra de alguma força sobrenatural. De que outro modo ela teria sumido de vista bem debaixo dos narizes da própria família, em plena luz do dia, numa cidade em que todo mundo se conhecia? Eu não sabia — não sabia *ainda*, disse para mim mesma, já que estava decidida a descobrir — quem ou o que levara Katharina. Mas eu tinha chegado à conclusão — correta, como se veria depois — de que ela nunca mais seria vista com vida.

Capítulo 8

Naquele fevereiro gelado, quando Katharina Linden desapareceu, toda a cidade entrou em estado de choque e, ainda assim, ninguém achou que algo semelhante fosse acontecer de novo. Durante o *Karneval*, a cidade ficava cheia de gente só-Deus-sabia-de-onde, e havia tanta confusão que qualquer coisa podia acontecer. Quando o período festivo terminou, e a área voltou a ficar tranquila, ninguém esperava que outra criança sumisse. Minha mãe, então, começou a se preocupar mais do que o necessário com as minhas idas e vindas. Eu já não podia perambular pela cidade sozinha, e ela relutava em me deixar ir até o parque em Schleidtal, mesmo se Stefan fosse comigo. Ir até a casa do meu colega estava fora de cogitação também, já que significava ser defumada como um arenque na fumaça dos cigarros que a mãe dele fumava sem parar. Foi um alívio para mim e para Stefan rumar para o ambiente mais agradável da casa de *Herr* Schiller, onde ninguém ficava cobrando os deveres de casa e podíamos implorar por histórias da cidade. Foi assim que ele nos contou a de Hans, o Inabalável.

— Hans, o Inabalável? — perguntou Stefan. — Que tipo de nome é esse?

Eu e ele estávamos sentados no sofá superestufado da sala de *Herr* Schiller, sorvendo um café tão forte que quase arrancava o esmalte dos dentes.

— Ele ganhou esse apelido porque não tinha medo de nada nem de ninguém — explicou *Herr* Schiller, o tom de voz levemente repreensivo. — Morava num moinho no Eschweiler Tal, há muitos anos, antes dos pais dos avós de vocês terem nascido.

— Ah, o Eschweiler Tal, a gente foi até lá numa excursão da escola — comentou Stefan.

— Então você sabe, meu jovem, que é um lugar muito tranquilo. Isolado até, sobretudo no inverno — disse *Herr* Schiller. — Bom, mas aquele moinho tinha má reputação. Diziam que era assombrado, infestado de todo tipo de bruxas, fantasmas e monstros. Era como se as próprias vigas do moinho tivessem absorvido as forças sobrenaturais que habitavam e se reuniam no vale, como a madeira de um barril de vinho sorve a coloração e o aroma do vinho.

Stefan olhou para mim, diante dessa história mirabolante, mas eu o ignorei.

— Ninguém tinha conseguido ficar muito tempo no moinho; pelo menos não até Hans se mudar para lá. Os outros moradores foram expulsos; homens comuns, que trabalhavam duro e tinham investido todas as suas economias no moinho, saíram de lá correndo, como crianças assustadas, os rostos brancos feito leite. Hans não era insensível a ponto de não sentir nem ver o que se aglomerava ao redor do moinho, mas simplesmente não temia nada daquilo. Perambulava por ali à noite, quando a construção se enchia de rangidos, e olhos malignos e avermelhados reluziam nos cantos mais escuros; mas ele permanecia tão tranquilo quanto um visitante percorrendo uma estufa cheia de borboletas tropicais. E talvez justamente por não ter o menor medo, aparentemente nenhuma daquelas criaturas podia tocar nele.

— Legal — disse Stefan.

Cala a boca, telegrafei mentalmente para ele, com um olhar furioso.

— Os fantasmas aguardaram ansiosos que Hans fugisse como os outros — prosseguiu *Herr* Schiller. — Mas, ao ver que ele não arredava o pé dali, redobraram os esforços. Seres com asas cartilaginosas e um monte de pernas e braços longilíneos, articulados como as hastes de um guarda-chuva, caíam no moleiro quando ele caminhava pelo moinho depois do pôr do sol, emaranhando-se nos seus cabelos com restos de farinha; rostos grotescos lançavam-lhe olhares maliciosos da caixa d'água do lado de fora ou do armário no canto, onde ele guardava sua faca e seu prato. À noite, o ranger das madeiras do moinho misturava-se com os gemidos e os uivos, que deixariam qualquer outra pessoa de cabelo em pé. Hans enfrentava tudo sem pestanejar.

"Bom, mas as criaturas que infestavam o moinho acabaram se enfurecendo. De noite, o ranger das vigas começou a aumentar, transformando-se em gritos e, de dia, as mós enormes da máquina passaram a se mover mais devagar, como se lutassem contra uma resistência invisível. Se Hans se importava com esses detalhes, não dava o menor sinal.

"Porém, um belo dia, no final de abril, ele saiu do moinho e foi até a cidade. Quando voltou, trazia um pacotinho no bolso da bombacha, cuidadosamente embrulhado num lenço limpo. Embora fosse corajoso, Hans sabia que dali a dois dias seria a noite de Primeiro de Maio, época em que as bruxas se reuniam. Os inimigos invisíveis com os quais ele vinha brigando pela posse do moinho com certeza fariam algum ataque.

"O céu estava nublado e sombrio no último dia de abril, e um vento gelado soprava. A noite chegou cedo e, dentro do moinho, já escurecera, a luz do pequeno lampião de Hans mal-iluminando o breu. Ele comeu sozinho seu jantar de pão dormido e queijo, rezou, como bom católico que era, e, depois, apagou o lampião e se deitou no colchão de palha que usava como cama. Hans sempre dormia bem, sem ligar para o ruído abafado de passos no chão do moinho nem para as patinhas com garras que caminhavam no seu cobertor. Naquela noite, ele dormira de costas, com a face voltada de forma ousada para o teto, e a barba estremecendo ligeiramente ao ritmo dos seus roncos.

"Dormiu sem ser perturbado por diversas horas. A atmosfera opressiva que vinha assolando o moinho havia dias pareceu piorar. O vento cessara lá fora, as nuvens abriram, e a luz da lua cheia que penetrava pela janelinha sobre o colchão de palha de Hans lançava sobre a madeira dos móveis rústicos e sobre a maquinaria do moinho um tom prateado.

"Talvez o brilho luminoso tenha acordado Hans. Ele despertou e olhou ao redor. Fora sua imaginação ou vira um par de luzes, tão fogosas e vermelhas quanto as brasas de uma fogueira, piscando para ele de um canto? Sim, lá estava de novo — pestanejos, como se algo o estivesse observando, mas fechando os olhos languidamente por vários segundos. Hans tossiu com suavidade, na tentativa de mostrar sua despreocupação; estava prestes a se virar de lado e puxar as cobertas, quando viu um segundo par de luzes reluzindo do alto de um armário. Mais uma vez, pareceu brilhar por alguns instantes e, depois, apagar.

"Hans ponderou por alguns momentos e, então, cobriu o corpo com as cobertas e fechou os olhos. Sendo como era, teria mesmo voltado a dormir de novo, só que quando estava a ponto de cair num sono profundo, ouviu o ruído de patas aveludadas percorrendo com suavidade o chão de terra batida do moinho.

"Daquela vez, como ele já estava deitado de lado, só teve que abrir os olhos para checar a fonte do barulho. Um gato grande perambulava por ali, um felino com pelo bem preto, que reluzia como tafetá, e olhos verdes enormes, os quais luziam, fosforescentes, no escuro. O felino parou de súbito, sentou-se, o rabo curvando-se com elegância perto do quadril, e fitou o moleiro com os olhos luminosos.

"Por vários instantes, Hans e o gato se entreolharam. Então, o moleiro disse: 'Ach, bichano — não tenho leite para você não'. E virou as costas, ajeitando as cobertas de novo. Então, ouviu-se um sibilo, como o de algo aspirando, e outro gato surgiu da escuridão, andando com delicadeza; em seguida, mais um. Eles percorreram o retângulo formado pelo luar prateado no chão; entrecruzaram várias vezes as pernas da única cadeira de Hans; saltaram nos sacos de grãos e sentaram-se nas vigas firmes do moinho. Deslizaram como mercúrio pelas fendas entre as tábuas da porta e resvalaram como facas entre as pedras das paredes. Fluíram como mel pegajoso das rachaduras nos caixilhos das janelas.

"Se Hans tivesse aberto os olhos, teria visto alguns deles atravessarem *direto* as paredes, alongando-se e puxando os quadris em seguida. Mas o moleiro não precisava ver aquilo para saber o que eram; embora tivessem adotado as formas de gatos, suas visitantes noturnas eram *bruxas*, reunindo-se para o grande encontro da noite de Walpurgis, no local de sempre, decididas a expulsar aquele mortal ousado.

"Por fim, quando todo o chão estava tomado de corpos peludos, os gatos começaram a miar. Berraram e gritaram juntos, em um coro sobrenatural. No início, Hans tapou as orelhas com os dedos, mas não adiantou: o som produzido pelos felinos podia ser detectado não só pelos *ouvidos* como também pela *alma*. Era uma cantoria maldita, evocando o poço de lava borbulhante no qual os que tinham almas corrompidas cairiam e queimariam, porém eterna e perfeitamente conscientes, sempre ardendo em chamas, brasas imortais no lago moroso de fogo."

Estremeci.

— Que horror!

Herr Schiller continuou, imperturbável.

— Mas a estrutura de Hans, o Inabalável, era bem mais forte. Já que a canção diabólica não podia ser ignorada, ele se sentou e olhou ousadamente ao redor, como se os sons não passassem do alarido normal de uma gata no cio. "*Himmel!*", exclamou ele. "Como é que eu posso dormir com essa barulheira toda? Fiquem quietos, todos vocês, ou vão precisar sair, nem que eu tenha que pegar cada um pelo cangote e me encarregar disso." E, então, deitou-se de novo.

"Por um instante fez-se silêncio. Daí, iniciou-se um rangido similar ao de metal retorcendo, como se todos os espíritos malignos de Tártaro estivessem irrompendo de seus portões de ferro e afluindo, devorando tudo em seu caminho flamejante. Então, com um berro mais alto que o de todos, o gato maior e mais selvagem, um macho enorme, forte feito um touro, com pelo azeviche e olhos causticantes cor de mel, deu um salto poderoso rumo ao peito de Hans, e ficou ali sentado como o demônio Íncubo, rosnando perto de sua face com os caninos ferinos.

"Hans se levantou de imediato e agarrou a criatura, sentindo a força imensa dos tendões e dos músculos contraídos sob seus dedos, e atirou-a o mais longe possível. Em seguida, pegou debaixo do travesseiro o pacotinho que tinha trazido da cidade. Rasgando a embalagem, deixou à mostra um rosário — um de madeira simples, com contas polidas de tom marrom, que recebera das mãos dos padres.

"Com um grito, ele atirou o rosário direto na criatura que o atacara e continuava a grunhir. 'Em nome de tudo o que é sagrado', vociferou

Hans, 'ordeno que saia — *agora*!' E, assim que a última palavra foi pronunciada, todos aqueles gatos diabólicos desapareceram, e ele ficou sozinho, ofegante, em meio à escuridão e ao silêncio do moinho. Tinha vencido. As pestes haviam sido derrotadas, e o moinho pertencia a ele. Então, por fim, Hans se deitou e dormiu o sono dos justos até a alvorada."

Capítulo 9

Herr Schiller ficou quieto. A mão que tinha imitado o lançamento do rosário nos gatos diabólicos pousou no braço da poltrona, acariciou-o com suavidade e, em seguida, foi até o bolso, em busca do cachimbo. Fez-se um longo silêncio enquanto ele o acendia, dando leves baforadas e formando diminutas colunas de fumaça, que adejavam como se fossem sinais.

— Bom, eu não achei isso muito assustador — disse Stefan, por fim. Olhei-o, furiosa; se a poltrona do meu colega estivesse mais perto da minha, eu teria dado um chute disfarçado nas pernas dele.

— Não achou que foi assustador? — repetiu *Herr* Schiller. Fiquei aliviada ao notar que ele não pareceu ter ficado aborrecido e sim divertido. Se Stefan o tivesse ofendido, aquela poderia ser a última visita à casa do amigo da minha avó, e, se isso acontecesse, eu nunca perdoaria aquele garoto. Nossa aliança recém-formada seria dissolvida, mesmo que eu fosse obrigada a passar o restante do ano escolar brincando e estudando sozinha.

— Não — respondeu Stefan, casualmente. Quando notou que *Herr* Schiller ficou quieto, limitando-se apenas a arquear a sobrancelha branca e grossa, o menino sentiu-se estimulado a prosseguir: — Para mim uma gataria não tem nada de temeroso.

— Mas não eram gatos, compreende? — indagou o velho, em tom relaxado. — Eram bruxas. — Esboçou um sorriso. — Nunca se deve julgar pelas aparências, meu jovem. — Havia um leve tom de reprovação em sua voz.

— Bom, eu achei a história incrível — interrompi, na defensiva, tentando deixar clara a minha contrariedade com Stefan. Quem ele achava que era para criticar daquele jeito?

Porém, *Herr* Schiller deu a impressão de não ter ouvido meu comentário. Ergueu uma das mãos de um jeito repreensivo, os olhos azuis penetrantes fixos em Stefan.

— Claro — admitiu o idoso —, não *há* nada de muito alarmante em um gato comum, relaxando sob o sol ou lambendo-se no peitoril da janela. Mas imagine como foi há vários séculos, quando não existia energia elétrica para quebrar o breu e, fora do pequeno círculo da chama da sua vela, tudo era infinitamente escuro. E, então, se de repente surgisse um par de olhos fitando-o, quando antes não havia nada... e se você soubesse que não se tratava de um gato de verdade, mas de algo *mil vezes* pior, que adotara aquela forma doméstica e inocente para entrar sorrateiramente na sua casa, enquanto você dormia... — A voz de *Herr* Schiller fora abaixando cada vez mais, de forma que eu e Stefan acabamos nos inclinando, sem querer, em sua direção. — Um ser tão terrível, *tão terrível...*

— Aaaaaaaaaaaaaah! — gritou Stefan de repente, tão forte e inesperadamente que quase tive um troço. A tez do meu colega tinha adquirido o tom pálido de queijo feta, e o rosto quase azulara, em meio à palidez. Pelo visto, tentava ao mesmo tempo subir no encosto da poltrona de couro em que estava sentado e apontar por sobre o ombro de *Herr* Schiller para algo que acabara de ver.

— *Scheisse!* — exclamei, esquecendo-me de que estava diante de um idoso.

A casa de *Herr* Schiller era uma típica casa de Eifel, escura e sombria, até mesmo em plena luz do dia. Embora a tarde estivesse apenas começando, os cantos da sala já estavam imersos na escuridão. De uma dessas áreas surgiu primeiro a cabeça sedosa e, em seguida, o corpo sinuoso de um gato enorme, mais escuro que as sombras, com olhos cor de mel enormes, semelhantes a faróis.

Eu percebi, mais tarde, que o felino devia estar sentado no aparador atrás da poltrona de *Herr* Schiller, mas, naquele momento, pareceu uma materialização sinistra. Meu coração disparou, e só após alguns momentos os olhos conectaram com o cérebro e percebi o que via.

— Seu imbecil, é o Plutão. — Quase gritei para Stefan. — Senta, seu bobalhão, é o Plutão!

Herr Schiller, cuja frase fora interrompida no meio pelo grito do meu colega e cujo cachimbo ficara paralisado entre a mão e os lábios, deu um salto naquele momento, como se alguém o tivesse espetado com um aguilhão. Eu nunca tinha visto alguém da idade dele se levantar tão depressa. Sua face era a expressão do pavor.

— Fora, fora! — ordenou ele, gritando e gesticulando para o gato, que bufava desdenhosamente, as costas formando um arco irregular. No entanto, a porta da frente estava fechada; não havia para onde o bichano fugir, mesmo se quisesse. Com bem mais ousadia do que eu teria tido, *Herr* Schiller foi até o bichano, agarrou-o pelo cangote, carregou-o até a porta da frente, sem ligar para as tentativas do animal de se soltar e arranhá-lo, e jogou-o na rua. Bateu a porta com tanta força, que até os alicerces da casa devem ter estremecido.

Com o som diminuindo, ficamos ali parados, ofegantes como cavalos de corrida. Parecia que Stefan passaria mal. E o coitado do *Herr* Schiller estava quase tão ruim quanto ele; a súbita onda de adrenalina que o levara a avançar no gato passara como uma enchente súbita, deixando destroços em seu rastro. Receei que ele tivesse um colapso e ofereci meu braço. *Herr* Schiller me olhou por um momento, com expressão indecifrável e, em seguida, segurou-me e deixou que eu o conduzisse de volta à poltrona.

— Você é um idiota, Stefan — falei, exasperada, sem acrescentar, como bem poderia ter feito: *Quase fez o velho ter um infarto.* — Era só o Plutão.

Tratava-se de um bichano conhecido em Bad Münstereifel, ao menos no caso dos moradores da parte antiga da cidade. Um macho preto enorme, de mau temperamento e não castrado; ele tinha saído na primeira página do jornal gratuito local (sem dúvida, numa semana mais tranquila em relação às outras) quando uma moradora da cidade o acusara de atacar seu bassê de estimação sem ter sido provocado. Descrevê-lo como "só o Plutão" era o mesmo que descrever o Barão de Münchausen como alguém meio mentiroso.

Ainda assim, eu estava irritada com Stefan, acima de tudo porque receava que todo aquele drama *resultasse* no término das minhas visitas a *Herr* Schiller. Naquela tarde, ao que tudo indicava, minhas suspeitas se confirmariam, já que o velho pareceu de súbito cansado e bastante aliviado ao nos ver ir embora. Normalmente ele ficava parado na soleira da porta, observando enquanto eu partia, mas, naquele dia, assim que pisamos a rua de pedras de cantaria, a porta fechou com suavidade.

Caminhei rápido, em parte querendo deixar Stefan para trás. *Stefan Fedido*. Eu deveria ter adivinhado que meu colega aprontaria algo. Pensei em voltar correndo a toda velocidade para casa, sem falar com ele, mas, assim que cheguei à ponte do rio Erft, ouvi-o se aproximar de mim, esbaforido, e fiquei com pena. Apesar disso, não ia facilitar as coisas para ele. Fiquei na ponte observando as águas agitadas, ainda que rasas, do rio, e esperei que ele falasse primeiro.

— Por que você correu desse jeito?

Típica pergunta de Stefan Fedido. Como as outras: *Por que não me deixa brincar com você? Por que não posso entrar no seu time? Por que não quer ser minha amiga?* Aquele não era um bom começo.

— Porque você quase pôs tudo a perder. Na verdade, pode até já ter feito isso. Ele nunca se despediu de mim daquele jeito antes.

— Eu não pude evitar — disse Stefan, afastando uma mecha do cabelo louro-escuro dos olhos. — Aquele gato monstruoso me deu o maior susto da minha vida.

— É só o Plutão — ressaltei, com frieza. — Você já viu esse bichano centenas de vezes.

— Ele me assustou, aparecendo do escuro daquele jeito. E, seja como for, você não achou meio esquisito o animal ter dado as caras justamente quando *Herr* Schiller contava para a gente a história de Hans, o Inabalável, e dos gatos das bruxas?

— Não exatamente — menti. — O Plutão se mete em tudo. *Frau* Nett disse que ele já apareceu na cozinha da panificação uma vez, comendo *Apfelstreusel*.

A expressão de Stefan mostrou-se um pouco desapontada.

— Ainda assim... — disse ele, de forma patética. — Eu acho que foi horripilante. — Observou as águas lamacentas abaixo, ponderando. — Com certeza, amedrontou *Herr* Schiller. Você não acha que foi meio estranho?

— Bom, o Plutão não é dele — salientei. — Na certa, ele não estava esperando ver aquele bicho pulguento praticamente sentado no seu ombro.

— Hummmm... — Olhei de soslaio para Stefan e detectei uma expressão familiar em seu rosto, uma que significava que pensava em algo. — O Plutão é do *Herr* Düster, não é mesmo? — perguntou, após algum tempo.

— Si-i-im — concordei, desconfiada.

— Bom, não parece esquisito que...

— Ah, dá um *tempo*! — exclamei, aborrecida, interrompendo-o. — O que é que você acha, que *Herr* Düster mandou o Plutão atacar *Herr* Schiller?

— Não sei — respondeu Stefan, mas dava para notar que a ideia tinha seu atrativo. — Sabe, os dois se odeiam, certo? Talvez o Plutão não tenha chegado lá sozinho. Talvez *Herr* Düster tenha metido o gato pela janela ou algo assim, para assustar *Herr* Schiller, esperando que o bicho provocasse um infarto no irmão.

— Que ideia brilhante! — elogiei, ironicamente. — Mas quem é que ia deixar a janela aberta *neste* tempo?

— Não precisava ser uma janela. Podia ter enfiado o gato naquela velha calha, por onde costumavam meter carvão e coisas desse tipo no porão.

— *Quatsch!* — exclamei, com aspereza. — Pura *quatsch*. E, seja como for, como é que *Herr* Düster saberia que estávamos falando de Hans, o Inabalável, e dos gatos? Você acha que o cara é vidente ou algo assim?

Pelo visto, a ideia fez sentido para Stefan.

— Talvez seja. — Ele se afastou do parapeito da ponte e começou a caminhar rumo à Marktstrasse. Naquele momento, foi minha vez de segui-lo. Já quase anoitecia, quando passávamos pela *Rathaus* vermelha, com alguns flocos de neve começando a cair e dançar no ar.

— Stefan, eu tenho que voltar para casa. Minha mãe vai ficar brava, já está quase escuro.

— Eu sei. Tudo bem.

Meu colega não precisava fazer nenhum comentário sobre a própria mãe. Eu me lembro de ter pensado que *Frau* Breuer, na certa, nem notaria se Stefan não voltasse para casa, um pensamento provavelmente muito insensível, considerando o que aconteceu depois, quando outras crianças realmente não voltaram para casa.

Paramos por alguns instantes perto do velho pelourinho, na frente da *Rathaus*. Stefan chutou-o, distraído, com a ponta gasta do tênis, enquanto ficamos ali, despedindo-nos sem jeito. Por fim, falei:

— Até amanhã, então. — E me virei para ir embora.

Mal tinha dado três passos quando me dei conta de que alguém bloqueava o caminho. Ergui os olhos, com os flocos de neve caindo no rosto, e vi os traços grotescos de *Herr* Düster. Com o sobretudo escuro, ele parecia um papa-defunto. Seu semblante mostrava-se hostil. Com o coração batendo forte, parei.

O olhar de *Herr* Düster deixou o meu rosto e se concentrou em Stefan, parcialmente escondido na colunata atrás de mim. Deixando escapar um resmungo, o velho abriu caminho, esbarrando em mim, e desapareceu na Fibergasse, a aleia na lateral da *Rathaus*.

— O que foi que ele disse? — perguntou Stefan, aproximando-se de mim.

Balancei a cabeça.

— *Herr* Düster falou: "*vai pra casa*".

— "Vai pra casa"? — Stefan deu de ombros. — Só isso? Eu achei que ele estava xingando você.

— Não, foi só isso mesmo — ressaltei, estremecendo.

Stefan me olhou.

— Quer que eu vá até lá com você?

Eu o fitei. Stefan Fedido, meu paladino com armadura reluzente.

— Quero — respondi, sem fingimento.

Capítulo 10

Eu me lembro de ter feito perguntas, quando era bem pequena, para a minha mãe sobre *Herr* Schiller e *Herr* Düster. Ficara intrigada com os dois, já que alguém me contara que eram irmãos, embora não se parecessem nem um pouco e tivessem sobrenomes diferentes.

Herr Schiller era um homem alto, de ombros largos e rosto benevolente. Sobrancelhas brancas grossas, que teriam desbancado Papai Noel, sobressaíam sobre os olhos azuis. Seus cabelos já estavam totalmente brancos também, volumosos e sempre bem-penteados. Tinha a boca larga e amável, embora quando ele sorrisse quase nunca entreabrisse os lábios, talvez com vergonha dos dentes, que tinham amarelado bastante após décadas de fumo.

Ele andava sempre muito elegante. Algumas vezes usava um terno escuro comum, com uma camisa branca bem-engomada e uma gravata de seda; outras, uma roupa tradicional, com uma jaqueta de lã verde-escura, botões de osso de tom claro, bombachas combinando e meias de lã. Era considerado uma figura típica da região — não excêntrico, algo ainda desaprovado na sociedade alemã, mas um cavalheiro à moda antiga, do tipo que já não se via mais, com ótimos modos e um jeito meio galanteador, sempre bem-vestido. *Não*, como costumava observar *Oma Kristel num tom de fria desaprovação, como aquele tal de Herr Düster.*

O DESAPARECIMENTO DE KATHARINA LINDEN • 53

Não fosse pela informação não confirmada de que os dois homens eram irmãos, eu nunca imaginaria que se tratava de parentes. Embora *Herr* Schiller fosse alto, *Herr* Düster tinha estatura mediana e uma aparência esquelética e mirrada, como se nunca tivesse comido direito na vida. A bem da verdade, Plutão parecia ser mais saudável e bem-alimentado que ele.

Somente nos olhos do magérrimo *Herr* Düster se podia entrever algum traço de semelhança com o urbano *Herr* Schiller, pois os dele possuíam o mesmo tom de azul-celeste. No entanto, suas sobrancelhas cinza-escuras davam-lhe um ar rabugento, como se fulminasse as pessoas com o olhar o tempo todo, o que, na verdade, sempre fazia.

Entre as crianças da região (e, provavelmente, entre os seus pais também) circulava o boato popular de que *Herr* Düster fora membro do Partido Nacional Socialista dos Trabalhadores Alemães e que, de alguma forma, escapara da justiça. O idoso supostamente mantivera uma relação amorosa com a filha horrorosa do *Bürgermeister* e ela conseguira livrar sua pele, ou, então, teria sido declarado temporariamente insano por um médico, a quem chantageara, ou, ainda, teria passado três anos no pós-guerra escondido nas ruínas do velho castelo na colina de Quecken, saindo sorrateiramente à noite para roubar galinhas e comê-las cruas: tudo isso era citado como os verdadeiros motivos que lhe permitiram não prestar contas.

Quanto à antipatia entre os dois homens, por muito tempo eu a considerei algo corriqueiro. Até, certa tarde, ver ambos se cruzarem na Werther Strasse: *Herr* Schiller inclinou a cabeça, com fria polidez, e *Herr* Düster passou sem aprumo por ele, ignorando o cumprimento; então, fiquei questionando a relação deles.

"*Herr* Schiller e *Herr* Düster são irmãos, não são?", perguntei para minha mãe.

Ela ergueu os olhos, sem muito interesse.

"A-hã." Pensou um pouco a respeito. "Mas não muito próximos. A sua *Oma* Kristel sempre diz que *Herr* Düster deve ser uma provação terrível para o pobre Heinrich." Esse era o nome de *Herr* Schiller.

"Então, por que é que eles têm sobrenomes diferentes?", indaguei, já que não tinha chegado ao cerne da questão.

"Engraçado, eu fiz essa pergunta uma vez para *Oma* Kristel."

"E o que foi que a vovó respondeu?", quis saber eu, com impaciência.

"Ela torceu o nariz e disse que as pessoas *tiveram* que mudar os sobrenomes depois da guerra, o que não impediu que os que a tinham vivenciado se lembrassem de quem era quem e do que era importante. Acho que se referia às pessoas que faziam parte do partido nazista. Os moradores mais velhos da cidade devem se recordar de quem eram alguns deles."

"Então, *Herr* Düster *era* mesmo um deles?", insisti. "É por isso que *Herr* Schiller não gosta dele?"

"Eu não acho", respondeu minha mãe. "Tive a impressão de que foi algo mais específico que isso, uma briga de família ou algo assim." Ela me olhou, desconfiada. "Nós não sabemos se essa história tem fundamento. Então, não quero que você saia por aí espalhando que *Herr* Düster foi um criminoso de guerra, Pia. Estamos entendidas?"

"Estamos", respondi, com impaciência. "Mas, se foi uma briga de família, qual teria sido o motivo?"

Minha mãe interrompeu o que fazia e me lançou um olhar ressabiado.

"Mas o que que é isso, um interrogatório?" Ela meneou a cabeça. "Não adianta perguntar para mim, *Oma* Kristel é que é a especialista em fofoca de Bad Münstereifel."

Nunca cheguei a fazer isso. Não podia nem imaginar fazer perguntas sórdidas sobre o passado do "pobre Heinrich". Além disso, a vovó não gostava de falar da guerra e do período subsequente, por ser um assunto doloroso. Obviamente, outros adultos também sentiam o mesmo, porque, no folheto anual para turistas, a página relativa à história da cidade mencionava eventos interessantes, como a construção da rodovia B51 em 1841, mas pulava com agilidade dos anos 1920 para os 1950, sem fazer uma menção sequer aos horrores ocorridos nesse ínterim.

Para ser sincera, era difícil imaginar algo tão terrível quanto a Segunda Guerra Mundial atingindo aquela cidade; ao observar as construções de madeira aparente e as ruas de pedra de cantaria, a gente pensava até que o século XX tinha passado ao largo dela. Era difícil imaginar que várias casas antigas haviam sido bombardeadas e destruídas. Fora um milagre, realmente, as muralhas medievais, a velha *Rathaus* vermelha e a igreja terem permanecido em pé.

Depois da guerra, houve um período de extrema privação, e as freiras do convento local montaram uma espécie de dispensário de sopa para alimentar os estudantes, que, de outro modo, teriam ficado famintos demais para conseguir aprender. Esse assunto não foi abordado no meu projeto da quarta série sobre a história da escola. Na verdade, a minha mãe me contou isso, para o desgosto do meu pai — a tendência que os britânicos tinham de usar "Alemanha" e "guerra" na mesma frase não passara despercebida para ele, que suspeitou de que ela dera uma leve alfinetada em seu país adotivo. Fotografias do período pós-guerra mostravam crianças da minha idade usando roupas surradas e descombinadas: suéteres folgados, feitos de lã aproveitada de peças mais velhas e roupas de segunda mão, grandes demais para os usuários. Tudo totalmente fora de moda. Percebi por que *Oma* Kristel passara o resto da vida buscando eternamente o glamour.

Muitas vezes, minha avó ia para a casa de *Herr* Schiller parecendo uma estrela de cinema, usando uma estola de pele que parecia um animal de verdade, com os olhos incrustados de pedras preciosas e um rabo pendurado num dos lados. Colocava saltos tão altos que punha em risco uma mulher de sua idade; podia quebrar o tornozelo com facilidade. No entanto, *Oma* Kristel se recusava a acreditar em osteoporose. Continuava a caminhar a passos miúdos com os saltos batendo nas ruas calçadas com pedras, o rabo da raposa morta balançando no ombro, dando-lhe ares de Marlene Dietrich.

Ela me levou pela primeira vez à casa antiga e mal-iluminada de *Herr* Schiller quando eu era pequena demais para protestar ao ser arrastada para visitar um dos seus velhos amigos, porém, depois, eu passei a ir com satisfação, de qualquer forma. A casa daquele homem era fascinante, cheia de objetos estranhos e antigos, como o navio miniatura dentro de uma garrafa, num cruzeiro eterno sobre o oceano de almécega azul solidificada, e a fotografia de tom sépia de um funeral, em torno de 1900, mostrando alguém deitado no caixão cercado de flores.

O próprio *Herr* Schiller era um poço de informações interessantes e bizarras. Não sei como ele acabou assumindo o papel de contador de histórias, talvez *Oma* Kristel tenha ido para a cozinha preparar café e ele sentira a obrigação de me entreter, de algum jeito. Seja como for, logo se tornou um evento constante para nós: eu pedia que ele contasse uma "história de terror", e ele nos relatava algum trecho dos acontecimentos locais ou um fragmento medonho das lendas de Eifel.

A história de Hans, o Inabalável, e dos gatos, contada para mim e para o Stefan depois do desaparecimento de Katharina Linden, fora a mais elaborada até aquele momento. *Herr* Schiller resolveu mexer com as nossas emoções, levar-nos junto com ele a um mundo de trevas e espíritos, ao universo dos fantasmas, das bruxas e dos monstros, no qual, embora o perigo sempre estivesse à espreita, corações valentes e fés irredutíveis sempre saíam ganhando, e no qual o Bem ganhava e o Mal podia ser derrotado com a simples exibição de um rosário. E, por um tempo, deu certo, e nos sentimos melhor. Quer dizer, isso só até mais tarde, quando a outra criança desapareceu.

Capítulo 11

Em algum recanto longínquo e sempre otimista da minha mente, achei que o desaparecimento de Katharina Linden — naturalmente o tema das conversas na cidade — ia fazer a história fatídica da combustão de *Oma* Kristel cair no esquecimento. Em minha defesa, devo dizer que eu não estava sendo insensível: na época, nenhum de nós acreditava que a menina *realmente* sumira. Afinal de contas, vivíamos em Bad Münstereifel, cidade em que o ataque de Plutão contra um bassê gorducho tinha saído na primeira página do jornal.

No primeiro dia de aula após o *Karneval*, ficou comprovado que minhas esperanças haviam sido vãs. O desaparecimento não melhorara a situação — na verdade, piorara.

A diretora, *Frau* Redemann, convocara todas as turmas para uma reunião no auditório da escola. Uma boa quantidade de cotoveladas e sussurros teve lugar enquanto a aguardávamos. Até mesmo as crianças da primeira séria ficaram sabendo do que acontecera, embora eu duvide de que seus pais tenham gostado de ouvir a forma adorável e totalmente falsa com que Thilo Koch descreveu para elas que o corpo de Katharina Linden fora encontrado em Erft, *picado em pedacinhos tão pequenininhos que nem a própria mãe da garota tinha conseguido reconhecê-lo.* Quando *Frau* Redemann por fim apareceu, já estávamos extremamente ansiosos, cheios de expectativa.

— Bom-dia, gente — começou ela. — Tenho certeza de que todos sabem por que estão aqui nesta manhã. Katharina Linden, da quarta série, está desaparecida desde o desfile de *Karneval*, no domingo. É claro que esperamos que ela seja encontrada em breve, sã e salva.

Fez uma pausa, e algumas das crianças menores se viraram para olhar com desconfiança para Thilo Koch. O garoto soltou uma risadinha presunçosa, como um policial odioso que encontrou primeiro um cadáver.

— Claro que este é um momento bastante preocupante para a família Linden. Daniel não veio à aula hoje. Entretanto, quando ele voltar, *não* quero que vocês mencionem o desaparecimento de Katharina na frente dele. Em especial, não quero que repitam quaisquer das histórias chocantes e desagradáveis que já ouvi circulando pela escola esta manhã. — Com isso, o sorriso de Thilo vacilou um pouco. — Também peço que, quem quer que pense ter uma informação *genuína* sobre o paradeiro de Katharina, venha falar comigo na diretoria. **Quero** acrescentar ainda que, até sabermos exatamente o que houve, devemos tomar um pouco mais de cuidado que de costume.

Tomar cuidado com o quê?, pensei. *Ficar de olho para que o sujeito com o machado mencionado por Thilo Koch não se aproxime de nós sem que percebamos?*

— Também peço que todos vocês lembrem: nunca saiam com desconhecidos. Voltem direto para casa depois da aula. Informem tudo que forem fazer aos seus pais. E, se virem algo que por acaso lhes pareça *estranho*, venham conversar comigo ou com seu professor conselheiro de classe.

Outra vez a palavra *seltsam*. Enquanto saíamos do auditório, perguntei-me o que *Frau* Redemann diria se eu lhe relatasse o surgimento repentino e sinistro de Plutão, que passara a simbolizar uma espécie de agouro, um sinal de que algo malévolo estava em curso. Mas nem pude dar continuidade a essa linha de raciocínio por muito tempo, já que meus próprios infortúnios voltaram a me surpreender.

— Olhem só, é *ela* — disse uma voz atrás de mim, que reconheci como sendo a de Thilo Koch. — A garota explosiva.

— A bomba ambulante — comentou outra, a do cupincha de Thilo, Matthias Esch, um garoto quase tão rechonchudo e malicioso quanto ele.

Fingi não ter escutado, mas sabia que a vermelhidão na parte posterior da minha nuca demonstraria para eles que eu tinha ouvido cada palavra. Inclinei a cabeça com determinação e comecei a subir a escada rumo à sala de aula.

— A bomba ambulante — repetiu a voz repugnante de Thilo atrás de mim. Houve certa agitação na escada enquanto ele se movia desordenadamente com o amigo. — Ei, talvez tenha sido isso que aconteceu com Katharina Linden. Na certa, ela chegou perto demais dessa garota explosiva e acabou sendo envolvida.

— Sendo envolvida pelo quê?

— Pela explosão, seu idiota. — Thilo falava com entusiasmo. Encontrara um novo filão de ofensas, cheio de possibilidades. — Quem sabe não seja por isso que não conseguem encontrar a menina? Ela simplesmente explodiu, detonou como dinamite, em pedacinhos tão pequenos que você não saberia que era ela.

— *Klasse* — disse Matthias, cheio de admiração pela ideia tão bem-descrita.

— A gente *realmente* não deveria ser obrigado a sentar perto dela — prosseguiu Thilo, tão alto que podia ser ouvido por toda a escola. — Podemos ser os próximos.

— A-hã, claro — meteu-se alguém. — E provavelmente *será* um de vocês dois. Coma outra *Wurst* e com certeza *vai* explodir mesmo, seu *Fettsack*.

Era Stefan; Stefan Fedido ao resgate. Fiquei ainda mais chateada: pelo visto, continuaríamos a ser nós dois contra o mundo.

Os dias transcorriam e, quando menos se esperava, outra semana terminava, e Katharina Linden ainda não tinha sido encontrada. As conversas dos adultos começaram a ficar mais francas, e o desaparecimento dela passou a ser comentado abertamente em cada esquina e em cada loja como um "sequestro".

Nós, que ainda caminhávamos até a escola e não éramos levados de carro por pais ansiosos, passávamos por uma enxurrada de fotografias da nossa ex-colega de classe nas bancas de jornais e nos pôsteres espalhados pela cidade. Havia até uma não muito nítida de Katharina com a roupa de Branca de Neve, sob a terrível manchete: *Quem lhe deu a maçã envenenada?*

As viaturas verdes e brancas da polícia apareciam em todas as esquinas e circulavam devagar pelos pontos de ônibus da escola. Na sexta-feira de manhã, *Herr* Wachtmeister Tondorf, um dos policiais locais, foi conversar com a gente na escola. Seu rosto normalmente alegre mostrava-se sério enquanto ele repetia o discurso àquela altura familiar de que ninguém devia entrar no carro de desconhecidos nem conversar com estranhos.

Olhando para trás, eu não acho que, naquele momento, ninguém esperasse que outra criança desapareceria. As viaturas policiais, o acompanhamento até os ônibus escolares, as conversas sérias: tudo tinha o objetivo de mostrar para a comunidade local que providências estavam sendo tomadas. Mesmo supondo que algo sinistro ocorrera e que Katharina não caíra num bueiro ou coisa parecida, ninguém esperava que outra desgraça ocorresse.

Minha mãe ainda me deixava percorrer a curta distância até a escola, mas, na segunda ou na terceira manhã, quando por acaso olhei para trás, vi que ela continuava parada na porta, de olho em mim até que eu chegasse em segurança na esquina da rua, já ao alcance de vista da entrada do colégio.

A escola se tornou deprimente. Graças a Thilo Koch, parecia até que eu era uma portadora de hanseníase cuja doença piorara. A situação em minha casa não era muito melhor, já que minha mãe relutava em me deixar sair sozinha. Às vezes, eu achava que, não fosse pela distração das idas com Stefan à casa de *Herr* Schiller, eu morreria de tédio. De qualquer forma, eu quase arruinara as minhas chances de voltar para lá de novo.

*C*apítulo 12

—*C*onta uma história para a gente, *Herr* Schiller — pediu Stefan, sentado na beira de uma poltrona superestufada, com pés em forma de pata, que dava a impressão de ter sido feita para a avó do idoso.

— *Bitte* — corrigi meu colega, com um tom desaprovador que teria deixado *Oma* Kristel orgulhosa. Não que eu fosse partidária das formalidades, mas sabia que a geração de *Herr* Schiller era.

— Por favor — repetiu Stefan, corrigindo-se. — A dos gatos foi legal.

Herr Schiller arqueou uma das sobrancelhas e lançou um olhar zombeteiro para o garoto, por sobre os óculos.

— Pelo que eu lembro, naquele dia você disse que não tinha sido nada assustadora, meu jovem. — Sua expressão era grave, mas o tom de voz, bem-humorado.

Stefan baixou os olhos, momentaneamente sem graça, até erguer a cabeça de novo, sorrindo, com timidez. Ele e *Herr* Schiller se entreolharam em silêncio por vários instantes; então, para minha surpresa, a face marcada do velho abriu-se num sorriso.

Uma leve onda de contrariedade se espalhou por meu corpo, como uma diminuta carga elétrica percorrendo um cabo. Às vezes, aqueles dois me faziam sentir como uma terceira pessoa indesejável. E, além do mais (disse uma vozinha má nos recônditos da minha consciência), quem o meu colega pensava que era? Continuava sendo Stefan Fedido, o garoto mais impopular da sala de aula, se não for de todo o colégio.

— *Na verdade*, eu não quero ouvir uma história hoje — intercedi, e no mesmo instante me senti constrangida por causa da tensão em minha voz. Ainda assim, deu certo: ambos se viraram e me olharam, Stefan com uma expressão irritada por causa da intromissão e *Herr* Schiller com um semblante calmo, que não deixava transparecer o reconhecimento da minha grosseria.

— Eu queria fazer uma pergunta para *Herr* Schiller — declarei.

Stefan soltou um suspiro.

— Então faz. — As palavras *sua boba* pairaram no ar, tacitamente.

— Bom... — Agora que eu era o centro das atenções, não tinha tanta certeza de que queria levar adiante meu monólogo. Porém, vi uma das sobrancelhas brancas e grossas de *Herr* Schiller se arquear, como se estivesse sendo puxada para cima por um fio invisível, e prossegui. — Eu queria fazer uma pergunta sobre... bom, sobre as coisas que têm acontecido.

— Que coisas?

— Bom, sabem, minha mãe disse que temos que tomar cuidado com qualquer situação *seltsam*; daí, comecei a pensar em todas aquelas histórias que o senhor contou para a gente, sobre os gatos e tudo mais, e como eles atravessavam as paredes, e em como Plutão também fez isso. Não acho que está certo; pra mim, tem algo estranho acontecendo, *Herr* Schiller, e, como o senhor conhece muito esse tipo de coisa, achei que talvez soubesse quem ou o que fez isso e onde devemos começar a procurar.

Aquela fora uma fala meio longa para mim, e eu já tinha terminado quando percebi que *Herr* Schiller me olhava com uma expressão totalmente perplexa.

— A procurar pelo quê?

— Por Katharina Linden — respondi, como se fosse óbvio.

Fez-se um longo silêncio.

— Não entendo o que está pedindo — disse *Herr* Schiller, por fim.

— Sabe — prossegui, pouco à vontade —, a garota da minha escola, que desapareceu. — O constrangimento me fez soltar a língua e, quando dei por mim, passei a falar descontroladamente. — Acontece que Katharina estava perto da fonte, a gente viu, mas depois ela sumiu dali, e *Frau* Linden avisou que não tinha conseguido encontrar a filha e perguntou para a gente se sabíamos aonde ela tinha ido. Ninguém simplesmente evapora, então é óbvio que dever ter sido...

Minha voz foi sumindo e me calei, sem terminar a frase.

— Que dever ter sido...? — repetiu *Herr* Schiller, mas não consegui concluir o pensamento. Eu ia dizer *obra de feitiçaria*, só que me dei conta de que era uma ideia muito idiota.

— Simplesmente não pareceu certo — sussurrei.

Herr Schiller me olhou por um longo tempo. Embora seus lábios estivessem fechados, vi um pequeno músculo no maxilar dele contraindo-se, como se ele enfrentasse alguma dificuldade para falar. Eu o observei com o meu rosto cada vez mais rubro, e notei, de repente, como ele parecia velho. As rugas em sua face davam a impressão de haver sido talhadas ali, e os olhos azul-claros mostravam-se fundos, em cavidades sombrias.

Então, ele se virou para Stefan e fez um movimento leve e esquisito, como uma reverência.

— Meu jovem — disse *Herr* Schiller, em um tom que espalhava jovialidade na tensa camada externa, como maquiagem teatral. Então, voltou-se para mim. — Fräulein Kolvenbach. — Deixou escapar um suspiro. — Perdoem a grosseria de um homem de idade bastante avançada, mas estou muito cansado e, infelizmente, tenho que pedir que se retirem.

Eu o olhei, embasbacada. Por trás de *Herr* Schiller eu podia ver Stefan fazendo caretas indicando *sua idiota* para mim.

Não sabia bem o que eu fizera, mas, com certeza, metera os pés pelas mãos desastrosamente.

— Sinto muito — tartamudeei. — Eu não quis...

— Por favor, não peça desculpas — pediu *Herr* Schiller, em um tom de voz cansado. — Simplesmente estou exausto, minha querida. Eu já *passei* dos 80, sabia? — Naquele exato momento, ele dava a impressão de ter 110 anos. — Vão logo, mas voltem para me visitar, está bom?

Stefan e eu nos levantamos e, num piscar de olhos, estávamos do lado de fora, no frio, já na rua de pedra de cantaria, com uma porta fechada com firmeza atrás de nós.

— Muito boa essa, hein, Pia? — disse Stefan, cheio de ironia.

— Eu não fiz nada — ressaltei, na defensiva.

— Deve ter feito — insistiu meu amigo. — Com certeza, deve ter ofendido muito *Herr* Schiller, ou ele não teria pedido para a gente ir embora. — Olhou-me inquisitivamente. — O que, afinal, você estava tentando perguntar para ele?

Naquele momento em que eu precisava me explicar, realmente me pareceu uma tolice.

— Bom, como ele é especialista nesse tipo de coisa, pensei que ele saberia algum detalhe sobre gente desaparecendo.

— Especialista nesse tipo de coisa? Por acaso, você acha que uma bruxa pegou Katharina ou algo assim? — perguntou ele, incrédulo.

— Cala a boca — disse eu, na hora. Olhei ao redor, como se buscasse alguém mais interessante com quem conversar. — Não quero mais falar sobre isso. Vou para casa agora.

Stefan deu de ombros.

— Está bom. Até amanhã.

Não respondi; não queria lhe dar a satisfação de saber que eu ficaria do lado dele durante mais outro dia de isolamento social, embora nós dois soubéssemos que era exatamente o que eu faria. Desobedecendo às ordens de minha mãe de que nos mantivéssemos juntos, fui embora, deixando-o outra vez parado lá, sozinho.

— Você chegou cedo — comentou minha mãe, quando entrei em casa.

— A-hã — disse eu, desanimada. Mas, como não podia deixar de ser, meu semblante triste e meu abatimento não passaram despercebidos pelo radar maternal. Ela saiu da cozinha, enxugando as mãos num pano de prato, pronta para entrar em ação antes que eu chegasse ao pé da escada.

— O que houve? — perguntou, num tom de voz enérgico.

— Nada não. Eu só... *Herr* Schiller... — Não completei a frase. Não havia forma de explicar sem que a minha mãe concluísse que eu tinha sido grosseira com o velho.

— O que é que tem ele?

— Ah.... — Mudei de posição, pouco à vontade, de pé no assoalho. — A gente teve que ir embora, nada mais. Ele disse que não estava se sentindo bem.

Não devo ter parecido muito convincente, porque ela inclinou a cabeça para o lado e perguntou:

— Você e Stefan andaram perturbando *Herr* Schiller? — Não respondi. — Ele já tem mais de 80, sabia? Não sei se pode lidar com duas crianças por horas a fio.

— Não foi isso — disse eu, na defensiva, dando-me conta no mesmo instante de que tinha me denunciado.

— Então o que foi? — quis saber de imediato minha mãe.

Deixei escapar um longo suspiro.

— Acho... acho que ele ficou aborrecido com uma coisa que eu disse. — Olhei com expressão grave para ela, cujos lábios estavam retesados. — Não foi a minha intenção. Sabe, ainda nem sei direito o que deu errado. — Àquela altura, o ceticismo fizera sua boca se contrair tanto num dos lados que minha mãe mais parecia uma pintura de Picasso.

— Pia. — O tom de voz estava carregado de reprovação. — O que é que você falou? Diga para mim exatamente o que disse.

— Mãe...

— Pia, o que foi que você falou?

— Bom, nada grosseiro. Sério. Só fiz uma pergunta a respeito do que anda acontecendo na cidade. Você sabe, sobre Katharina Linden.

— Ah, Pia. — Naquele momento, seus lábios relaxaram, mas ela franziu o cenho e inclinou a cabeça ligeiramente para trás, como se estivesse vendo algo extremamente triste. Então, soltou um suspiro profundo e esticou o braço para tocar meu ombro. — Bom, acho que você não tinha como saber. — Balançou a cabeça. — Venha comigo até a cozinha, por uns instantes.

Intrigada, eu a segui, perguntando-me o que tinha feito. Será que *Herr* Schiller e Katharina Linden eram parentes?

— Sente-se ali — pediu minha mãe, apontando para o banco na cozinha. Foi o que fiz, enquanto ela se acomodava do outro lado. Então, era óbvio que teríamos outra conversinha; duas em uma semana podiam ser consideradas um recorde para mim. — Olhe, Pia, talvez eu devesse ter contado isso para você antes, mas não achei que fosse ajudar. Não estou surpresa por *Herr* Schiller ter ficado aborrecido quando você fez a pergunta sobre o desaparecimento de Katharina Linden. Sabia que ele teve uma filha que sumiu?

— Não. — Fiquei totalmente chocada.

— Bom, teve; então, claro que não é o melhor assunto para tratar com ele. Essa, em parte, é a razão que me levou a não dizer nada sobre isso para você antes. Receei que ficasse curiosa e fizesse perguntas para ele a respeito.

Fiquei brava. Como ela podia achar que eu faria isso? Mas, para ser sincera, diante dessa informação, eu *ficaria* mesmo muito curiosa. Teria sido difícil evitar o tema, e as tentativas de uma menina de dez anos de trazer o assunto à tona de um jeito sutil seriam farejadas a quilômetros de distância por alguém tão esperto quanto *Herr* Schiller. Como a história fora revelada, era melhor fazer de uma vez por todas as perguntas que fervilhavam na minha mente.

— Então ele é casado?

— É viúvo — explicou minha mãe.

— Quando a mulher dele morreu?

— Ah, não tenho certeza... — Uma expressão estranha perpassou em sua face; tenho quase certeza de que estava prestes a sugerir: "Vai ter que perguntar para *Oma* Kristel", mas caíra em si a tempo. — Acho que foi durante a guerra.

— Quantos anos tinha a menina?

— Ah, Pia. Eu não faço ideia. Sei apenas do que *Oma* Kristel me contou há muito tempo. Se não estou equivocada, parece que ela sumiu *depois* que a mãe morreu, mas, que idade tinha, eu não saberia dizer.

— Eles nunca encontraram a garota?

— Não — respondeu minha mãe, que, por um momento, deu a impressão de estar perdida em pensamentos.

— O que aconteceu com ela? — insisti.

— Ninguém sabe — ressaltou minha mãe. — Simplesmente... desapareceu. Era a guerra, sabe? Todo tipo de coisas terríveis acontecia. Sua avó — ela se referia à própria mãe, vó Warner, na Inglaterra —, contou para mim que uma casa, na rua em que morava, foi atingida por uma bomba e ninguém nunca encontrou os corpos. Devem ter evaporado. — Olhou-me e, mudando o tom, comentou: — Esse tema de conversa é chocante, não acha? Não é melhor mudarmos de assunto?

Mas eu não tinha terminado ainda.

— Quer dizer então que a menina estava numa casa que foi bombardeada?

— Não. Não seria um desaparecimento se eles soubessem o que houve, certo? — Questionou minha mãe, com certa impaciência. — Por que não pergunta... Não, escute, Pia, foi exatamente por isso que eu não queria contar o que aconteceu para você. Não pode ficar fazendo perguntas sobre isso. Vai magoar muito *Herr* Schiller. — Balançou a cabeça. — Pelo visto, você já o ofendeu ao querer saber mais a respeito de Katharina Linden.

— Mas não foi a minha intenção...

— Sei que não, mas acho que o ofendeu. Talvez fosse melhor eu ligar e pedir desculpas...

E, *de fato*, minha mãe tentou telefonar para ele naquela noite, mas, embora tivesse deixado o aparelho tocar umas vinte vezes, ninguém atendeu. No fim das contas, ela resolveu não fazer nenhum comentário, pois como poderia pedir desculpas sem incluir o tema tabu? Quanto a mim, fiquei sentada no meu quarto — com um livro que não lia e uma xícara de chocolate quente que acabou esfriando na mesinha de cabeceira —, contemplando a escuridão lá fora e lamentando o final inevitável de uma amizade.

Capítulo 13

— Esta cidade! — gritava minha mãe. — Esta cidade! Esse é o problema!

Eu e Sebastian, sentados frente a frente à mesa da cozinha, nos entreolhávamos e escutávamos calados à discussão. Os olhos do meu irmão estavam arregalados de espanto. Ele já se acostumara com os ocasionais acessos de raiva da minha mãe quando eles se dirigiam a um de nós, os filhos — quando fazíamos algo particularmente errado, como a vez em que Sebastian despejara todo o mel de uma garrafa na chaleira para "fazer mel quente para o ursinho de pelúcia". Mas ouvir aquilo dirigido ao meu pai era outra história, algo muito mais arrepiante, como a primeira rajada de vento indicando o final do verão. Olhei para Sebastian e vi, por sua expressão, que sua mente infantil também andava às cegas, tentando imaginar o que papai poderia ter feito de tão *böse*.

— Esta maldita cidade! — acrescentou minha mãe em inglês, sem conseguir se conter. Ela lançou um olhar ameaçador para meu pai, mostrando-se impiedosa com o avental de plástico e um garfão de aço inoxidável agitando-se na mão direita, de forma enfática.

— *Ach*, lá vem você outra vez — retorquiu meu pai, aborrecido. Fiquei impressionada com a sua coragem; parecia que minha mãe ia espetar a cabeça dele com o garfão.

— Como assim, lá vem você outra vez? — quis saber minha mãe.

Meu pai a olhou impassivelmente.

O DESAPARECIMENTO DE KATHARINA LINDEN • 69

— Tudo é melhor na Inglaterra — salientou ele.

— Bom — começou a dizer minha mãe, mas, então, obviamente mudou de ideia, pensando que mesmo para uma anglófila furiosa a resposta *E é mesmo* seria um exagero naquele caso. Após uma breve pausa, minha mãe prosseguiu: — Sei que não é perfeita — num tom que deixava claro justamente o contrário —, mas, ao menos, onde eu cresci as crianças não desapareciam num passe de mágica a dois metros dos pais.

— O típico exagero da parte dela, algo que sempre enfurecia meu pai, já que ele, como muitos alemães, era totalmente alheio à ironia. Mas não foi o excesso que me chamou atenção em seu diálogo, e sim a palavra *weggezaubert*, que significava, literalmente, fazer desaparecer num passe de mágica.

Mas, antes que eu tivesse tempo de ponderar a respeito, minha mãe continuou.

— Não quero mais deixar a Pia sair. Wolfgang, quando a gente veio para cá, achei que ao menos ia ser bom para as crianças. Uma cidadezinha onde todo mundo se conhece, cercada de paisagens rurais. Agora parece até que a gente está no meio de um *Pesadelo na* maldita *Elm Street*! — Ela voltara a falar inglês de novo, como fazia sempre que ficava brava.

— Você não pode culpar a cidade por isso — ressaltou meu pai. — Esse tipo de coisa acontece em todos os lugares.

— Não em todos — corrigiu minha mãe. — E, seja como for, aconteceu *aqui*, não é mesmo? Por acaso não notou o que está acontecendo com Pia na sua *simpática* cidadezinha?

Meu pai virou o corpo grandalhão e me olhou por alguns instantes.

— O que está acontecendo com Pia?

— Todos os supostos amigos dela a estão evitando. Bom, todos, exceto Stefan Breuer, cuja situação aqui não é lá muito boa também.

— Não é de surpreender, considerando que o pai dele perambula bêbado pelas ruas na hora do almoço — disse meu pai.

— É exatamente o que eu quero dizer! Tem sempre muita fofoca, todo mundo julgando os outros.

— Eu não estou julgando, estou dizendo a verdade. Ele *perambula* bêbado pelas ruas na hora do almoço. Não é fofoca, porque eu vi com os meus próprios olhos.

— Ora! — exclamou ela. — Por que você tem que agir tanto como um maldito *alemão*, hein?

Meu pai a fitou sem expressão. Então, retrucou com calma:

— E por que você tem que agir tanto como uma maldita inglesa, hein?

Por alguns instantes, os dois se entreolharam, calados. Então, minha mãe abriu a boca para dizer algo, mas o que era eu nunca vou saber, porque, naquele exato momento, ouvimos alguém bater com força à porta da frente.

Agora, quando por fim conto a história daquele ano esquisito, pré-milênio, já estou bem mais velha, quase uma adulta. Ainda assim, as pessoas muitas vezes fazem coisas que tenho dificuldade de entender. Não é fácil entender seus motivos.

Quando eu tinha dez anos, o comportamento dos adultos parecia incompreensível. A gente podia fazer um comentário totalmente inocente ou repetir algo que ouvira os adultos dizer e acabava descobrindo que fizera algo terrível. Alguns deles martelavam num fato e outros, pelo visto, afirmavam justamente o contrário.

Adultos: eram tão imprevisíveis que nada do que faziam devia me surpreender mais. Ainda assim, isso aconteceu.

Quem batera fora *Herr* Schiller. Minha mãe, vermelha por causa da discussão e ainda segurando o garfão, abriu a porta e encontrou o velho parado à entrada, como sempre dando a impressão de ter sido vestido por um mordomo.

— *Guten Morgen, Frau* Kolvenbach — disse ele, fazendo uma ligeira reverência. Em seguida, tirou o chapéu e estendeu a mão para minha mãe.

— *Herr* Schiller — disse ela, parecendo surpresa, mas lembrando-se de retribuir o cumprimento, educadamente.

Ainda sentada à mesa da cozinha, escutei a troca de saudações e meu coração acelerou. Aquilo só podia significar uma coisa: eu me metera numa fria. *Herr* Schiller devia ter ido até lá para se queixar do meu comportamento ofensivo com a minha mãe. Senti uma onda de culpa e

O DESAPARECIMENTO DE KATHARINA LINDEN • 71

vergonha, além de certa raiva: afinal de contas, eu não tivera a *intenção* de aborrecê-lo. Se minha mãe já tivesse me contado sobre a filha dele, eu não teria feito perguntas sobre Katharina Linden.

Naquele momento, quase senti odiá-lo; não era justo, e típico dos adultos. Saí do banco; tirava as migalhas da calça quando minha mãe entrou na cozinha.

— *Herr* Schiller veio falar com você — anunciou.

Fiquei pasma. *Veio falar comigo?* Eu me perguntei se seria uma introdução sorrateira à cena inevitável. Será que ele queria se certificar de que a reclamação fosse feita na minha frente? De má vontade, segui minha mãe até a sala.

Herr Schiller estava sentado na poltrona favorita do meu pai, mas, assim que entramos, ele se levantou. Ao fazer isso, notei que trazia um pequeno buquê de flores da primavera. Por um instante, o pensamento cruzou a minha mente de que minha mãe as dera para ele, como um gesto reconciliatório. Daí, vi que ele estendia as flores na minha direção.

— Fräulein Pia, são para você — disse *Herr* Schiller, sorrindo. Minha mãe, que estava atrás de mim, saiu em silêncio da sala, para ver como ia Sebastian com o café da manhã. Eu simplesmente fiquei ali parada, fitando o visitante, sem saber como reagir. — Por favor, aceite — insistiu ele. Em seguida, deu um passo em minha direção; não havia nada a fazer, senão aceitar as flores. Continuei ali, por um instante, intrigada, enterrando o nariz nas pétalas macias mais para disfarçar meu constrangimento do que para sentir seu aroma delicado.

— Sinto muito — disse eu, por fim, sem querer encará-lo. — Eu não quis... — Não concluí a frase; não tinha muita certeza de como podia pedir desculpas sem entrar no tema proibido. *Sinto muito ter falado de desaparecimento... Não sabia que a sua filha tinha sumido... Não quis aborrecer o senhor quando falei de pessoas desaparecendo...* No fim das contas, fiquei calada, mas *Herr* Schiller me ajudou.

— Por favor, não lamente, Pia. — Sua voz era amável. — Sou eu que devo lhe pedir desculpas, por ter mandado de forma tão brusca que se retirassem.

Eu o olhei então, já que aquilo fora muito inesperado: um adulto se desculpar daquele jeito com uma criança, sobretudo alguém numa idade tão avançada, enquanto eu tinha apenas dez anos e, para completar, ainda era a pária da escola. *Herr* Schiller sorriu para mim, e o mapa de rugas no rosto ancestral aparentou erguer-se, lembrando afluentes de um delta espalhando-se.

— Sinto muito mesmo, eu não quis dizer nada errado. — Arrisquei, finalmente. — Não sabia...

As palavras me pareceram inadequadas; em Bad Münstereifel, todo mundo sabia da vida de todo mundo; então, a ignorância não chegava a ser uma defesa.

— Claro que não... — disse *Herr* Schiller, meio triste, a meu ver. — Você é uma boa menina, Pia, e amável.

Encorajada, tentei me explicar:

— Eu só fiz a pergunta sobre... o senhor sabe... porque conhece tanto sobre a cidade... e todas as coisas esquisitas que aconteceram aqui no passado.

— No passado? — repetiu ele. Franziu o cenho ligeiramente, e meu coração pareceu disparar; será que achou que me referi ao dele, de novo?

— Sobre o moleiro e os gatos... o tesouro no poço... e também o caçador; esses tipos de troços estranhos. Então, achei que, talvez, o senhor tivesse mais pistas...

Herr Schiller olhou fixamente para mim por vários segundos. Daí, com muito cuidado, sentou-se outra vez na poltrona do meu pai, as mãos agarrando os braços do móvel para apoiar o corpo. Depois de se acomodar, perguntou: — Quer dizer então, Fräulein Pia, que você acha que as bruxas levaram a garotinha ou algo assim?

Eu o observei; não achei que ele estivesse fazendo pouco de mim, como muitos adultos fariam. Tive a impressão de que me levava a sério e de que considerava que a ideia tinha fundamento. Assim, respondi, cautelosa.

— Não sei.

— Mas acha que... talvez...?

— Bom, todo mundo, quer dizer, todos os adultos, ficam dizendo para ficar de olho em qualquer coisa *seltsam* — disse eu.

— *Etwas seltsam* — repetiu ele, pensativo, tamborilando os dedos num dos braços da poltrona. Então, calou-se de novo, como se levado pela maré dos próprios pensamentos.

— *Herr* Schiller? — tentei.

— Sim, Pia?

— O senhor não está mais zangado comigo?

Herr Schiller deixou escapar um ruído, algo entre um resfôlego e uma risadinha.

— Claro que não estou zangado, minha querida. E você tem umas ideias muito interessantes.

— É mesmo? — Fiquei ao mesmo tempo lisonjeada e espantada.

— Sim senhora — confirmou ele. — Vê pistas onde outras pessoas não veem nada.

Eu não sabia bem o que dizer em relação a isso. Se tinha visto uma relação entre o desaparecimento de uma garotinha e as histórias de segredos ocultos, destinos terríveis e assombrações eternas que *Herr* Schiller contava para meus ouvidos atentos e fascinados, não era uma pista que nenhum outro adulto além dele levaria a sério. Eu mesma não sabia ao certo se fazia sentido; e minha mãe trataria a ideia como o equivalente doméstico a fazer a polícia perder tempo.

— *Herr* Schiller? Existem mesmo fantasmas?

O velho nem se mostrou surpreso com a pergunta. Soltou um suspiro.

— Sim, Pia, existem. Mas nunca os que você espera.

Fiquei pensando no que o idoso dissera. A resposta estivera na ponta da língua, mas será que significava mesmo algo? Eu mesma tinha ouvido a minha mãe dizer para Sebastian que Papai Noel encheria os sapatos dele de presentes no dia 6 de dezembro e, até bem pouco tempo, ela ainda fizera de conta que a Fada do Dente existia. Eu relutava em incluir meu velho amigo na maioria mentirosa dos adultos, mas será que ele estava fazendo pouco caso de mim?

— Não, quer dizer, *é mesmo?* — insisti.

Ele sorriu.

— Pia, você já viu um fantasma?

— Não...

— Isso quer dizer que eles não existem?

— Eu não sei...

— *Na*, você já viu a grande pirâmide de Quéops?

— Não.

— Isso quer dizer que ela não existe?

— Claro que não.

— Então, pronto. — *Herr* Schiller recostou-se na poltrona do meu pai com ares de quem provara o caso.

— Eu não acho que meus pais acreditam neles — ressaltei.

— Provavelmente não — concordou ele.

— Só pensei... — Fiz uma pausa. Será que eu daria outro fora se mencionasse Katharina Linden? — Eu realmente queria ajudar a encontrar Katharina — aventurei-me.

Herr Schiller acompanhou sem a menor dificuldade aquela linha de raciocínio meio tortuosa.

— E você acha, Fräulein Pia, que tem algo maligno acontecendo e que, por isso, a garotinha desapareceu?

— No caso dela, foi um *weggezaubert* — salientei; Katharina sumira num passe de mágica.

— *Ach, so* — exclamou *Herr* Schiller, pensativo. Não riu de mim nem pediu que eu parasse de falar besteira.

Um pouco encorajada, prossegui:

— Quero ver se consigo descobrir o que houve; por isso, queria conversar com o senhor sobre as coisas estranhas que vêm acontecendo na cidade, caso tivesse uma pista. — Nós nos entreolhamos. — O que o senhor acha? — perguntei-lhe, com cautela.

— Acho, Fräulein Pia, que você observou um aspecto que a polícia não cobrirá durante a investigação — ressaltou ele, secamente.

— O senhor acha mesmo? — perguntei, ansiosa.

— Acho sim.

— Então vai me ajudar?

Herr Schiller me examinou por alguns instantes; embora a expressão fosse indecifrável, os olhos brilharam e ele ergueu as mãos envelhecidas.

— Sou um homem de idade avançada, Pia. Velho demais para percorrer a cidade em busca de pistas ou de fantasmas.

— Ah, mas o *senhor* não vai precisar fazer isso — assegurei-lhe, com entusiasmo. — Quem vai se encarregar disso sou eu. — E acrescentei, após refletir um pouco: — Junto com o Stefan.

— E em que posso ajudar?

— Bom, será que o senhor pode continuar a contar para a gente as velhas histórias?

— *Sicher.*

— E nós vamos contar o que encontrarmos; daí, o senhor vai poder nos ajudar a analisar tudo.

— Será um prazer.

Não houve tempo para prolongar a conversa, pois a minha mãe meteu a cabeça sob o umbral da porta da sala e perguntou:

— *Herr* Schiller, sinto muito não ter oferecido nada antes, gostaria de tomar um café?

— Não, obrigado, *Frau* Kolvenbach — respondeu ele, levantando-se da poltrona e ficando ali parado por alguns instantes, segurando o chapéu e sorrindo para mim. — E sou grato a *você* também, Fräulein Pia.

Minha mãe o olhou, intrigada; por que ele estaria me agradecendo? Ela já se sentia mais tranquila no que dizia respeito ao assunto inapropriado que eu levantara com *Herr* Schiller, pois era óbvio que a ida dele até ali representava um gesto de boa vontade, porém, ainda não se convencera de que eu não "incomodava o pobre velho". No fim das contas, mamãe optou por:

— Espero que tenha agradecido as flores que ele lhe trouxe, Pia.

— Obrigada, *Herr* Schiller — repeti, obediente.

Ele estendeu um dos braços enrugados em minha direção e, pela primeira vez, fiquei feliz em trocar um aperto de mãos com um adulto; não tive a sensação de estar sendo obrigada por *Oma* Kristel, mas sim de que eu e ele éramos cúmplices numa conspiração.

— *Auf Wiedersehen*, Pia.

— *Wiedersehen, Herr* Schiller.

Capítulo 14

O final do trimestre da primavera naquele ano foi um alívio; três meses inteiros sendo a pária da classe e um consolo relutante para Stefan Fedido me exauriram. Assim que março acabou e chegou abril, o toque de recolher dos pais já não foi tão seguido à risca, e eles nos deixaram ir até o parque em Schleidtal ou à piscina ou ao cinema em Euskirchen, de trem. Nesse ínterim, visitávamos também a casa de *Herr* Schiller.

Escutávamos as suas histórias com renovado interesse, naquele período em que a cidade parecia ter dado início à própria narrativa — a história da garotinha vestida de Branca de Neve, que dera um passo rumo ao nada, durante o desfile de *Karneval*. Eu ficava pensando nos detalhes do que *Herr* Schiller nos contava, esforçando-me para encaixar os eventos dos últimos meses, como se tentasse concluir um quebra-cabeça imenso e complicado sem ver a imagem na tampa da caixa. A julgar pelas histórias de *Herr* Schiller, Bad Münstereifel devia ser um dos lugares mais assombrados da Alemanha, se não for da face da Terra; aparentemente monstros, fantasmas e esqueletos surgiam de todos os lados.

Stefan, cujos pais não monitoravam o que ele via na TV com tanto rigor quanto os meus, assistira a inúmeros filmes de terror, e não apenas à versão antiga de *Nosferatu*, que passava com certa frequência; vira até *Poltergeist* e *O Iluminado*. Como resultado, suas visões a respeito do assunto eram mais abrangentes que a minha, e ele achava que havia uma influência maligna atuando na cidade. Stefan lançou várias hipóteses: que a casa dos Linden tinha sido construída num velho cemitério, no qual os corpos de vítimas da peste foram enterrados; que Katharina se metera com forças ocultas, sem entendê-las, e havia sido levada por elas; que a família Linden era o foco de uma terrível maldição, que causava a morte prematura dos primogênitos de todas as gerações.

— *Herr* Linden é o primogênito — salientei, quando Stefan expôs sua teoria mais recente. — O mais velho de dois filhos; *Frau* Holzheim é a irmã dele. Então, por que é que *ele* não desapareceu quando criança?

— Talvez a maldição pule uma geração — sugeriu meu amigo, sem se deixar intimidar.

Não me convenci e apelei para *Herr* Schiller na nossa visita seguinte.

— O senhor conhece alguma história sobre pragas lançadas contra as pessoas?

O velho ficou pensando, sorvendo devagar um café, numa xícara de aspecto delicado com flores de tom cinza e amarelo.

— Houve um cavalheiro que morou no *Alte Burg*, na colina de Quecken — sugeriu ele, por fim.

— Eu já ouvi falar nele — comentei, desapontada.

— Mas eu não — salientou Stefan, olhando com ansiedade para *Herr* Schiller. Falando sério, para alguém que parecia tão inaceitável para os colegas de escola, ele exercia um grande fascínio nos adultos. Então, o idoso acabou recontando a história, apesar da minha expressão insatisfeita.

— O velho castelo na colina de Quecken foi construído antes do que temos aqui na cidade, há mais de mil anos — começou. — Nele, vivia um cavalheiro, juntamente com a esposa e o filho único. O homem, já idoso, era um caçador assíduo e compartilhava com o menino o amor pela caça; não havia nada de que ele gostasse mais que caçar a cavalo na floresta com os cães.

"Quando chegou a sua hora, ele morreu e, sem a orientação do pai, o jovem começou a negligenciar as suas outras obrigações para satisfazer a própria paixão pelas caçadas. Ele saía todos os dias do castelo, montado num belo garanhão preto, com os cães já latindo ao cruzar os portões, e passava horas caçando. No fim das contas, acabou ignorando o dia do Senhor, o domingo, em prol desse hobby.

"Sua mãe, a esposa do velho cavalheiro, era uma mulher devota, e o comportamento do filho a magoava profundamente. No início, ela tentou argumentar com o rapaz, salientando que, se ele cumprisse sua obrigação para com Deus ao ir à igreja nas manhãs de domingo, ainda sobraria muito tempo para ele caçar depois. Mas suas súplicas não foram atendidas.

"Por fim, numa manhã dominical, a mãe não se conteve mais. Assim que raiou o dia, o filho já estava no pátio, preparando-se para a caçada. Um jovem escudeiro segurava as rédeas do garanhão preto, que escavava o solo e resfolegava, quase tão ansioso quanto o cavalheiro para sair. Os cães de caça já latiam e forçavam as coleiras de ferro que os prendiam. O cavalheiro circulava indignado pelo pátio, repreendendo os criados pela demora.

"Ao fazer isso, uma janela se abriu no alto, e a mãe se debruçou, implorando mais uma vez ao filho que fosse à igreja. 'O dia é muito longo, e você pode caçar depois', gritou ela. Porém, mais uma vez o rapaz se recusou a escutá-la. Montando na sela do belo cavalo negro, o jovem gesticulou para o guarda, indicando que abrisse os portões. Os cães foram soltos e, em meio a uma cacofonia de uivos e de cornetas, a caçada iniciou. A mãe, sentindo muita amargura, gritou quando o filho saiu: '*Tomara que você cace para sempre!*'

"O dia passou, a tarde chegou, a noite caiu e nenhum sinal do cavalheiro nem de seu belo garanhão e tampouco da violenta matilha de cães de caça. Uma semana passou, depois um mês e um ano inteiro, e nada de o jovem voltar.

"Quando a mãe do rapaz morreu, o castelo caiu na ruína e, com o passar do tempo, tornou-se o que é agora, um monte de pedras cobertas de musgo, cheio de ervas daninhas e de árvores crescendo em meio aos seus antigos pátios e paredes. Porém, a alma do caçador não sossegou; foi condenada a vagar eternamente pela floresta e pelas caçadas a cavalo, com os cães, como fez durante toda a sua vida."

Herr Schiller inclinou-se mais.

— Dizem que ele ainda cavalga nas cercanias do velho castelo nas noites de lua cheia. Pobre alma despedaçada, sem ter noção nem se lembrar do motivo de sua presença ali, sem saber o que procura, percorrendo com impaciência a floresta, eternamente...

— Ele ainda continua lá? — interrompeu Stefan. — Alguém já viu o cavalheiro?

— Em algumas daquelas casas isoladas próximo à floresta, as pessoas se deitaram à noite sentindo calafrios e ouvindo o ruído de cascos e uivos de cães enquanto o caçador passava — contou *Herr* Schiller. — Mas ninguém nunca ousou ir ao encontro dele.

— Não tentaram vê-lo? — quis saber Stefan, balançando a cabeça. — *Angsthasen*. Eu teria tentado.

Eu já imaginava no que meu amigo pensava e no que minha mãe diria a respeito: *Não, você* não *pode ficar acordada até a meia-noite na colina de Quecken; imagine, nem pensar fazer isso, quando ainda não sabemos o que aconteceu com a pobre Katharina Linden! Além do mais, você ficaria cansadíssima na manhã seguinte...*

Com um suspiro, peguei minha xícara e tomei um gole de café frio. Tinham rogado a praga no cavalheiro espectral, que fora condenado a vagar pela floresta por toda a eternidade e, ao que tudo indica, tinham me lançado a maldição de ser assolada por Stefan Fedido pelo mesmo período. Por mais que eu gostasse das histórias contadas por *Herr* Schiller, não estávamos nos aproximando mais da verdade sobre o desaparecimento de Katharina.

Olhei para Stefan e *Herr* Schiller, envolvidos num debate profundo sobre a rota que o caçador eterno teria tomado, meu amigo traçando-a com o dedo na mesa de centro. Eles pareciam ter se esquecido temporariamente da minha presença, o que só aumentou a minha amargura. Pelo visto, o verão estava muito, muito longe.

Capítulo 15

Como não podia deixar de ser, foi Stefan que teve a ideia de ir até a colina de Quecken à noite; ciente da resposta provável da minha mãe, eu sabia que seria mais fácil pedir para pegar um trem até Köln e ir a uma boate.

Mas achei que seria possível visitar as ruínas do castelo durante o dia; podíamos até dizer para a minha mãe que seria para um projeto da escola. Stefan, porém, fincou o pé, insistindo que não faria sentido irmos até lá se não fosse à noite.

— Sabe, a gente podia ir na noite de Walpurgis — sugeriu ele, de repente.

— Stefan... — comecei a falar, com relutância; a ideia era tão impraticável que nem deveria ser levada em consideração. Mas ele já tinha se aferrado à própria onda de entusiasmo.

— Não, sério. A gente precisa ir. — Seus olhos reluziam; uma mecha do cabelo louro-escuro caiu no seu rosto e ele a afastou com impaciência. — É a noite das bruxas, não é? Se tem algo a ser visto, vai ser nesse dia.

Fez sentido para mim, mas não resolveu o fato de que seria preciso mágica de verdade para me tirar de casa e me colocar na colina de Quecken à noite.

— Minha mãe *nunca* vai me deixar ir até lá de noite — ressaltei.

— Você não pode inventar algo?

— Como o quê? — Não podia imaginar nenhuma circunstância que levasse minha mãe a me deixar ir.

— Nós... nós vamos dizer que vamos plantar um *Maibaum*.

— Um *Maibaum*? — Eu tinha que admitir que era uma ideia genial.

Um *Maibaum* — ou árvore de maio — era um tronco, geralmente de um vidoeiro-branco novo, cortado na base, com os galhos decorados com longas fitas de papel-crepom. Todo vilarejo no Eifel montava um no dia primeiro de maio, mas a tradição também requeria que os jovens plantassem um *Maibaum* diante das casas das namoradas na véspera do feriado, para que elas pudessem vê-lo quando se levantassem de manhã. Isso significava que a última noite de abril era a única em que metade dos rapazes da cidade podia perambular de madrugada por uma causa legítima. Ainda assim...

— Para quem plantaríamos um *Maibaum*? — perguntei. — E, seja como for, as meninas nunca fazem isso.

— Moleza — disse Stefan, que obviamente desenvolvia o plano a todo vapor. — A gente vai dizer que vai ajudar o meu primo Boris.

— Hum. — Eu ainda tinha minhas dúvidas.

Boris era um grandalhão desajeitado de 18 anos, com cabelos compridos, que pareciam ter sido penteados com óleo para motor, e olhinhos ferinos, tão profundos que davam a impressão de observar a pessoa pela abertura de um capacete. Pelo que eu soubesse, ele não tinha namorada e, mesmo se tivesse, não aparentava ser do tipo que oferecia flores, abria portas e plantava vidoeiros-brancos. Sem dúvida alguma, eu não podia imaginá-lo pedindo que dois pirralhos de dez anos o acompanhassem numa missão romântica daquelas. Ainda assim, na falta de uma ideia melhor, concordei em mencionar o plano para minha mãe.

— *Schön* — disse Stefan animadamente, como se já tivesse dado certo. Em seguida, levantou-se. — Anda, vamos perguntar logo para ela.

— De forma alguma — disse minha mãe, previsivelmente. Nós dois estávamos de pé na frente dela na cozinha, como duas criancinhas do jardim de infância recebendo uma bronca da professora. Ela dourava a carne para um ensopado e, enquanto nos encarava, a comida esquecida chiava de forma alarmante atrás dela.

— Mas, *Frau* Kolvenbach — insistiu Stefan, com o tom de voz educado que sempre persuadia adultos suscetíveis —, a gente iria com o meu primo Boris.

Seus esforços foram em vão; minha mãe não deu o braço a torcer.

— Não me importa, Stefan. Pia não vai só-Deus-sabe-aonde depois que escurecer.

— O Boris vai... — começou meu amigo, mas ela o interrompeu.

— O Boris vai ter que plantar o *Maibaum* sozinho — ressaltou ela, fitando Stefan ceticamente. — Ele não é aquele rapaz alto do *Hauptschule*, o de cabelo comprido e jaqueta de motoqueiro?

— É, mas... — tentou dizer ele outra vez, em vão.

— Então, pelo visto já é bem grande e forte para carregar o próprio *Maibaum* — disse minha mãe, em caráter definitivo. Abri a boca para protestar, mas ela ergueu a mão, avisando-me. — Não, Pia. A resposta é não. Agora, não quero mais falar disso — acrescentou, voltando a se concentrar na panela. Ela deu uma espetada na carne com o garfão, balançando a cabeça. — Estou surpresa por sua mãe deixar *você* sair de casa à noite, Stefan, mesmo com o seu primo.

— *Hum* — exclamou ele, sem se comprometer. Então, olhou-me. Chegara a hora de sairmos dali.

No meu quarto, nós nos entreolhamos, sombriamente.

— Eu disse para você.

Ele deu de ombros.

— Valeu a pena tentar.

Ambos ficamos ponderando no assunto por um tempo.

— E agora? — perguntei, por fim, com certo desânimo.

Stefan ergueu os olhos.

— Eu vou sozinho, claro.

— *Sério*?

— Bom, a sua mãe não vai mudar de ideia de jeito nenhum, não é? Eu conto tudo para você depois — disse ele. E eu tive que me contentar com isso.

Por acaso, o último dia de abril de 1999 era uma sexta-feira, o que deu uma vantagem ao plano de Stefan: se a mãe dele porventura saísse, naquele dia, da névoa de fumaça e álcool que sempre a envolvia e fizesse perguntas ao filho sobre o passeio em questão, ao menos não poderia alegar que ele tinha aula no dia seguinte. Fiz Stefan prometer que passaria lá em casa o mais breve possível na manhã do dia seguinte, para me contar o que tinha visto. Com o plano concluído, descemos ruidosamente a escada.

— O Stefan pode vir pra cá amanhã cedo? — perguntei à minha mãe.

— Se vier num horário decente — respondeu ela.

— Às sete? — quis saber eu, esperançosa.

— Às dez — disse minha mãe, com firmeza, antes de voltar a se concentrar nos afazeres.

No dia em questão, Stefan não apareceu às dez da manhã, nem às dez e meia, nem às onze, nem ao meio-dia. Fiquei sentada à janela da sala, lendo uma história em quadrinhos e olhando de vez em quando para a rua úmida, esperando ver meu amigo chegar correndo, na chuva.

O dia foi passando e, por fim, minha mãe acabou me convencendo a ir fazer o dever de casa, prometendo que me chamaria assim que Stefan chegasse. Quando terminei a última página e coloquei a pasta na *Ranzen* cheia demais, já eram três e meia da tarde, e nenhum sinal do meu amigo. Desci e encontrei minha mãe passando pano, energicamente, no piso da cozinha; Sebastian estava fora de perigo, na sua cadeirinha alta, parecendo um juiz de tênis enquanto observava a parte de baixo do esfregão indo de um lado para o outro, na cerâmica.

— O Stefan veio? — perguntei, num tom meio acusatório, perguntando-me se ele não tinha aparecido e minha mãe o havia despachado porque eu fazia o dever de casa.

— Não — respondeu minha mãe, parando de fazer os movimentos regulares de faxina. — Talvez ele não possa vir hoje, Pia.

— Mas *prometeu* que vinha — insisti, com teimosia.

— Você vai se encontrar com ele na segunda, na escola — disse minha mãe. — O que é que tem de tão importante hoje, de qualquer forma?

— Nada não — respondi, mordiscando os lábios.

— Bom... — Ela começava a dar sinais de impaciência. — Por que não telefona para ele?

— Hum. — A ideia de enfrentar a voz irritante e grossa de fumante, de *Frau* Breuer, não era encorajadora.

— Agora, vai, anda, saia daqui — ordenou minha mãe, dando um basta à conversa.

Perambulei pela sala e olhei para a extensão do telefone como se ela fosse me morder. O tempo parecia passar mais devagar. Ainda faltava um século para a segunda de manhã. Onde, diabos, o Stefan tinha se metido? Será que havia *desaparecido* por completo?

Senti um calafrio percorrer meu corpo, como um pequeno choque elétrico, diante da ideia. Talvez ele *tivesse* desaparecido — como Katharina Linden. Não. *Não seja tão idiota.* Mas quanto mais eu tentava me convencer de que era tolice, mais a ideia parecia plausível. E se Stefan tivesse ido para a colina de Quecken e seja lá o que houvesse pegado Katharina o houvesse pegado também, enquanto ele estava lá sentado no escuro, esperando e observando?

Eu o imaginei acomodado numa das pedras quebradas e musguentas das ruínas, abraçando os joelhos, estremecendo um pouco e espiando o breu. Será que algo se aproximara sorrateiramente? Será que o pegara e levara em seu passeio interminável pela floresta sombria? Uma imagem da caçada espectral se formou na minha mente, só que, em vez do cavalheiro, era Stefan que se aferrava à crina do cavalo, o rosto lembrando uma lua pálida e os olhos, poços escuros.

Por fim, até mesmo eu percebi que não restava outra alternativa senão telefonar para os Breuer. Torci para que Stefan atendesse, para que eu pudesse lhe dar uma bela de uma bronca por não ter aparecido e, então, bombardeá-lo de perguntas. Se não fosse ele, dos males o menor: seria *Frau* Breuer; apesar de mal-humorada, ao menos dava para compreendê-la bem: tinha-se a noção exata do quão rude ela estava sendo.

Por outro lado, o pai de Stefan, Jano, falava com um sotaque eslovaco tão forte que eu mal podia entender seu alemão. Conversar com

O DESAPARECIMENTO DE KATHARINA LINDEN • 85

ele era caminhar por um emaranhado de frases atrofiadas e vogais mutiladas, ciente de que, se a gente deixasse escapar demasiados "*Wie, bitte?*", ele perderia as estribeiras. Então, enquanto eu discava o número de Stefan, rezava para que Jano não atendesse.

O telefone tocou oito vezes, daí, de repente, atenderam.

— Breuer — disse uma voz rouca.

— *Frau* Breuer? — Senti um calafrio. — É Pia Kolvenbach.

Houve uma breve pausa do outro lado da linha, durante a qual ouvi a respiração pesada dela pelo fone, um ruído que lembrava um Rottweiler ofegante.

— Você não pode falar com o Stefan — informou-me ela, por fim.

— Mas... — Tentei desesperadamente encontrar as palavras certas, receando que ela batesse o telefone na minha cara. — Mas... ele está *aí*?

Frau Breuer deu uma bufada, aborrecida.

— *Doch,* está aqui. Mas você não pode falar com ele.

Capítulo 16

O dia amanheceu pouco convidativo e sombrio. Olhei para a rua úmida, as pedras reluzindo, molhadas, e senti um tremendo desânimo. O domingo parecia estender-se à minha frente como uma terra inculta interminável; a segunda-feira estava a milhões de anos de distância, e eu passaria todos eles trancada em casa com ninguém para brincar, exceto Sebastian.

Olhei para a sala, mas o meu pai estava lá, lendo o jornal. Ele não disse nada, mas, pela forma como arqueou a sobrancelha, percebi que eu não era bem-vinda ali; saí e fechei a porta. Então, fiquei na escada por um tempo, balançando no pilar e arrastando os pés no degrau. Minha mãe, ao ouvir aqueles barulhos irritantes, meteu a cabeça sob o alizar da porta da cozinha para reclamar, mas antes que ela tivesse tempo de fazer algum comentário ouvi uma batida forte na porta da frente.

Stefan! foi o primeiro pensamento que me ocorreu, enquanto eu saía em disparada da escada até a entrada; o segundo, a constatação surpresa de que eu estava *louca* para ver aquele pirralho — *Stefan Fedido*.

— Pia, seu cabelo... — começou a dizer minha mãe num tom de voz irritado; ela também foi até a porta, mas eu fui mais rápida. Agarrei a maçaneta pesada e a abri.

O sorriso morreu no meu rosto. Não era Stefan.

O DESAPARECIMENTO DE KATHARINA LINDEN • 87

— Ah! — Foi só o que consegui dizer, enquanto ficava ali parada, com o jeans surrado e os cabelos assanhados contornando o rosto em mechas emaranhadas.

— *Guten Morgen, Frau* Kessel — disse minha mãe, com mais presença de espírito. Ela passou por mim dando-me um leve empurrão, enxugou a mão num pano de prato e a estendeu, sendo cumprimentada pela visitante, com certa cautela.

— *Guten Morgen, Frau* Kolvenbach — saudou *Frau* Kessel, com veemência. Era uma mulher miúda, na casa dos setenta, bastante firme, com seios quase tão intimidantes quanto os de *Oma* Kristel. Sempre se vestia com muita elegância, mas num estilo meio fora de moda; naquele dia trajava um conjunto de lã verde-musgo e um broche de Edelweiss preso à frente. Seus cabelos brancos eram cheios, com fios tão finos e diáfanos quanto algodão doce; normalmente usava um penteado volumoso no alto da cabeça. Naquele dia, ela o fizera de tal forma, que obtivera um efeito bastante similar ao de Maria Antonieta.

Sob aquele penteado inverossímil, irradiava seu rosto rechonchudo, com os óculos de lentes brilhantes e a dentadura cara. Parecia uma adorável *Oma* velhinha, quando, na verdade, era a fofoqueira mais maldosa de Bad Münstereifel.

— Quer entrar, *Frau* Kessel? — perguntou minha mãe, sem deixar transparecer o esforço que foi pronunciar aquelas palavras fatídicas. Ela podia ter passado a semana inteira lavando e esfregando a casa, e apresentado duas crianças charmosas, com os cabelos impecavelmente penteados e roupas combinando (eu de vestido, claro) que, ainda assim, os olhinhos reluzentes de *Frau* Kessel teriam encontrado algum motivo para reclamar à pessoa que visitasse a seguir.

— Obrigada — respondeu a velha, entrando com cuidado na casa e olhando ao redor com ávido interesse.

— Por favor, venha até a sala — pediu minha mãe com tom de voz agudo, abrindo a porta. Meu pai se levantou, dobrou o jornal que lia e estendeu a mão.

— Eu não o vi na igreja esta manhã, Wolfgang. — Foi a primeira frase que *Frau* Kessel lhe disse após as saudações. Falava num tom zombeteiro.

— Não — disse meu pai, recusando-se a fazer comentários. A velha sabia perfeitamente que ele só ia à igreja quando imprescindível, tipo em casamentos e funerais da família, e que, como minha mãe era protestante, *evangelisch* como se dizia na Alemanha, *Frau* Kessel, na certa, nunca nos veria na St. Chrysanthus und Daria.

No entanto, ela nunca deixava passar a oportunidade de dar uma alfinetada em alguém; manteve o sorriso radiante por meio minuto, enquanto o silêncio se prolongava entre os dois, até por fim admitir a derrota e comentar:

— Eu *realmente* sinto falta da querida Kristel lá, todas as semanas.

— Imagino — disse meu pai, suspirando em seguida.

— Quer tomar um cafezinho, *Frau* Kessel? — interrompeu minha mãe, antes que a mulher prolongasse muito o tema do hábito *Oma* Kristel de frequentar a igreja. — Grãos *recém-moídos* — acrescentou, ao vê-la hesitar.

— Quero sim, obrigada — respondeu a velha, com ares de quem estava fazendo um favor.

Ela se dirigiu ao local indicado por meu pai e se sentou com cuidado, como uma galinha idosa preparando-se para botar ovos.

Minha mãe foi até a cozinha, mantendo o sorriso tenso — ela não suportava *Frau* Kessel — e meu pai e eu fitamos a velha com expectativa. Não tínhamos a menor ilusão de que aquela visita era puramente social. A idosa aparecera porque provavelmente contaria algo.

— *Nun*, esta semana tem sido empolgante para a cidade, não acha, Wolfgang? — Foi a sua observação inicial. Olhei para meu pai, intrigada. O que acontecera de tão empolgante? Ele também deu a impressão de ter ficado espantado. O olhar da velha foi do meu pai para mim e, em seguida, de novo para ele. As sobrancelhas arquearam-se ligeiramente e ela inclinou a cabeça para o lado, como se pensasse: será que éramos *mesmo* as únicas pessoas em Bad Münstereifel que não tinham *ouvido falar no assunto*?

— Uma semana empolgante? — repetiu meu pai, finalmente. Havia um aspecto inevitável nas conversas com *Frau* Kessel: ela lançava a isca e, em seguida, aguardava até a vítima não aguentar mais e mordê-la.

Naquele momento, a idosa recostou-se na poltrona, inclinando-se para trás como se para expressar seu espanto, entrelaçando as mãos na saia de lã verde.

— Onde tem fumaça, tem fogo — comentou ela, num tom de voz cheio de insinuações.

— Algo pegou fogo? — perguntei.

— Não, *Schätzchen* — respondeu *Frau* Kessel, lançando-me um olhar comovente, do tipo: ah-coitadinha-de-você.

— Então, o que... Fiz menção de indagar, mas ela me interrompeu.

— Acho mesmo que vocês não ouviram falar — anunciou, num tom de surpresa artificialmente aguçado; àquela altura, suas sobrancelhas estavam tão arqueadas, que parecia até que entrariam correndo na mata imponente de cabelos brancos. Ela lançou um olhar condenatório para meu pai. — Claro que, se você tivesse ido à igreja esta manhã, teria ouvido Pfarrer Arnold tratar do assunto. — Ergueu uma das mãos e ajeitou o cabelo. — Quer dizer, ele não o mencionou *diretamente*, mas todos nós sabíamos a que ele se *referia*, e muitos acharam que foi uma escolha duvidosa levantar o tema num sermão sobre o *perdão*. — Deu uma fungada. — Sabe, não é como se eles tivessem encontrado a *criança*, não é mesmo?

Senti-me totalmente perdida com *Frau* Kessel, cujas confidências eram sempre labirínticas. Fitei meu pai, que também aparentava estar intrigado.

— Encontrado a criança? — repetiu ele, pensativo.

— *Doch*, a filha dos Linden.

Meu pai continuou a pensar no assunto e, então, desistiu.

— *Frau* Kessel, o que está tentando nos dizer?

A velha aparentou ter ficado meio ofendida.

— Contar sobre *Herr* Düster, *natürlich*.

— O que tem ele? — quis saber meu pai, com impaciência.

— Bom, ele foi preso — respondeu ela, com satisfação. — Ontem de manhã, às oito.

— Eles o *prenderam*?

Frau Kessel fez um *biquinho*, impaciente. Estava farta de ver meu pai repetindo tudo o que dizia e queria ir direto ao assunto.

— Isso mesmo, foram ontem de manhã e o levaram numa viatura. — Ela esticou uma das mãos e estudou as unhas impecavelmente feitas, com a frieza de um perito num julgamento de homicídio.

— A senhora viu? — perguntei, com interesse.

— Não *pessoalmente* — explicou ela, deixando claro pelo tom de voz que não fazia diferença: seus espiões estavam em todas as partes. — Hilde, ou seja, *Frau* Koch, viu com os próprios olhos. Estava regando as plantas na hora.

Aquela era a avó de Thilo Koch, e tinha uma personalidade quase tão perniciosa quanto a do neto. É claro que a história de que ela estava no jardim não podia ser levada a sério; naquele horário, a velha, na certa, bisbilhotava os vizinhos, e, ao primeiro sinal de algo tão interessante quanto uma viatura policial, já deve ter saído de casa com todos os sensores em alerta.

— O que houve? — indagou meu pai.

— Bom — disse *Frau* Kessel —, Hilde contou que os dois policiais chegaram às oito, numa viatura. Ela acha que foram cedo para não serem vistos. — E prosseguiu, numa atitude conspiratória: — Claro que nem todo mundo ficaria feliz diante da perspectiva de morar do lado de alguém que... você sabe. Então, talvez tenha sido melhor assim. Hilde disse que sabia que *Herr* Düster estava em casa; ele já tinha saído uma vez, para pegar o jornal ou algo assim. Quando os policiais bateram à porta, ele a abriu de imediato, e todos entraram. Ficaram ali por um bom tempo; Hilde comentou que regou todas as flores duas vezes, antes do pessoal sair, pois ela não conseguiu entrar na própria casa, de tão espantada que ficou.

"Mas, a certa altura, eles saíram; *Herr* Düster entrou no banco traseiro da viatura e eles partiram; Hilde contou que ele ficou lá sentado tão rigidamente quanto uma imagem num cachimbo de *Meerschaum*, sem demonstrar nenhuma emoção. Ela se sentiu muito mal com isso."

— Bom... — disse meu pai, sem saber que outro comentário fazer. Então, ergueu os olhos e ficou aliviado: minha mãe estava à porta, trazendo uma bandeja com um bule de café, outro de leite, xícaras e biscoitos, a oferenda padrão para aplacar visitantes demoníacas. Ele se levantou para ajudá-la.

O DESAPARECIMENTO DE KATHARINA LINDEN • 91

— Não se preocupe, posso levar sozinha — começou a dizer minha mãe, mas *Frau* Kessel falou mais alto.

— Eu estava acabando de contar para Wolfgang que *Herr* Düster foi preso.

— É mesmo? Por quê?

Frau Kessel expôs a dentadura reluzente.

— Por causa da filha dos Linden; por que outro motivo?

Minha mãe colocou a bandeja na mesinha de centro, com o rosto sério.

— Que terrível. Tem certeza?

A velha lançou-lhe um olhar que, teoricamente, teria azedado o leite do bule. Ela detestava quando trechos de suas fofocas eram questionados.

— Hilde Koch viu quando ele foi levado na viatura da polícia. — Ela aceitou uma xícara com muito leite e dois torrões de açúcar. Após tomar um gole com cuidado, acrescentou: — Não foi uma surpresa para os que vivem nesta cidade há tanto tempo quanto *eu*.

Uma das mãos enrugadas, repleta de anéis, pairou por um instante sobre os biscoitos e, em seguida, voltou ao lugar sem pegar nada.

— Quando se vê o Diabo em Ação, nunca se esquece. — Deu até para ouvir as iniciais maiúsculas daquele tom de voz agourento. O modo de falar de *Frau* Kessel era sempre muito dramático.

Ocorreu-me que, se ela quisesse ver o Diabo em Ação, bastava se olhar no espelho todas as manhãs; porém, sabiamente, fiquei quieta.

— Bom, ele realmente... hã... tem cara de poucos amigos — comentou minha mãe, com precaução.

— *De poucos amigos*! — A velha ficou ultrajada com aquele eufemismo. Então, recompôs-se, inclinou-se para a frente e deu uns tapinhas no joelho da minha mãe. — Claro, não se podia esperar que você soubesse.

Frau Kessel fez a observação parecer um insulto; não se podia esperar que ela soubesse de nada, por ser estrangeira, na certa com um domínio pobre e digno de riso do idioma alemão. Ao ver minha mãe reunindo forças para retrucar com rudeza, meu pai se meteu e a resgatou.

— Eu também não sei, *Frau* Kessel.

— *Ach*, Wolfgang. — Ela balançou a cabeça. — E quando Kristel se tornou tão amiga do pobre Heinrich, eu estou me referindo a Heinrich Schiller, claro, nós sempre achamos tão adorável ela levar Pia para visitá-lo, já que ele perdera a própria filha. — Deixou escapar um suspiro teatral e, em seguida, talvez percebendo que a plateia ainda a olhava decepcionantemente sem expressão, decidiu colocar as cartas na mesa. — Todos nós sabíamos que *Herr* Düster era o culpado.

— Quer dizer, de...? — Começou a dizer meu pai, com o cenho franzido.

— De raptar Gertrud — concluiu ela. Em seguida, meneou a cabeça outra vez. — Não sei por que ele não foi preso naquela vez. Aquela pobrezinha, da mesma idade de Pia, uma criança tão linda. O coitado do Heinrich nunca foi o mesmo depois; e como poderia? Com *Herr* Düster a apenas alguns metros de distância, e ninguém tomando uma atitude.

— Essa é uma acusação terrível — comentou minha mãe, chocada.

Frau Kessel lançou-lhe um olhar ultrajado.

— Não estou fazendo uma acusação — ressaltou, erguendo a cabeça. — Apenas repito o que diz o senso comum na cidade. Pode perguntar para qualquer um.

— Como é que eles descobriram que foi ele? — perguntei.

Frau Kessel observou-me pouco à vontade, como se só naquele momento tivesse se dado conta da minha presença. Ela estendeu uma das garras incrustadas de joias e teria acariciado a minha cabeça, como um cachorrinho, se eu não tivesse me afastado.

— Deixe para lá, *Schätzchen* — respondeu. — Lembre-se apenas de que nunca, *jamais* deve ir a lugar algum com um estranho.

Eu me recordei de um detalhe.

— Mas *Herr* Düster não é o irmão de *Herr* Schiller? Não era um estranho na época, certo? Apenas o tio da menina. Não tem problema ir com alguém se for da sua *família*.

— *Doch* — exclamou *Frau* Kessel, irritada por ser contestada. — Mas como o pobre Heinrich acabou tendo um irmão como aquele, não posso imaginar. — Ela torceu o nariz. — Não foi à toa que ele mudou de nome.

Quer dizer que foi *Herr* Schiller que mudou de nome? Eu estava abrindo a boca para fazer outra pergunta, quando minha mãe me interrompeu.

— Não creio que esse assunto seja apropriado para Pia — salientou, com firmeza. Antes que eu pudesse protestar, pediu: — Você pode dar um pulo na cozinha para ver se está tudo bem com Sebastian, Pia?

Fui até lá cabisbaixa, com relutância, e descobri que meu irmão tinha subido num dos guarda-louças de comida e aberto um pacote de sopa de aspargo; naquele momento, estava sentado em meio a um montículo do pó, fazendo rabiscos com o dedo molhado, que, de vez em quando, levava à boca. Enquanto eu o tirava de lá, ouvi minha mãe conversando com *Frau* Kessel no corredor e, em seguida, a porta da frente sendo fechada com força após a saída da velha.

— Puxa, graças a Deus! — exclamou minha mãe, soltando um suspiro exagerado. Fiquei desapontada. Havia tantas outras perguntas a fazer para ela, mas agora a velha zarpara como uma pequena embarcação, cheia de caixas de Pandora com os segredos das outras pessoas. Minha mãe notou que eu observava a porta de forma melancólica. — Pia, não quero ouvir você repetindo nada do que ela falou para ninguém, entendeu? — disse, com seriedade.

— Por que não?

— Porque não sabemos se é verdade.

— Então você acha que *Frau* Kessel estava mentindo? — quis saber eu, duvidando.

— Não exatamente — respondeu ela, e tive que me contentar com isso.

Capítulo 17

Na manhã de segunda-feira, eu me levantei antes mesmo que o alarme tocasse. Ignorando o conselho do meu pai de que deveria mastigar mais devagar, de boca fechada, devorei a comida, coloquei a *Ranzen* nas costas e, às oito em ponto, já estava na frente do portão da escola. Não me desapontei: dois minutos depois, Stefan apareceu. Estava um pouco pálido, mas, fora isso, dava a impressão de estar perfeitamente bem.

— Onde é que você *estava*? Foi para a colina de Quecken? Por que não passou lá em casa no sábado, como prometeu? — Impaciente, enchi-o de perguntas.

— Fiquei doente — informou ele, balançando a cabeça. — A gente não pode falar disso aqui.

Ele tinha razão; grupinhos de crianças começavam a passar pelo portão rumo ao pátio da escola. Fomos para o banheiro feminino no térreo; Stefan disse que o masculino era melhor, mas eu me recusei terminantemente a entrar lá.

Uma vez entrincheirados num cubículo lá dentro, eu quis saber:

— Então? Como é que foi? Você *viu* algo? — Stefan assentiu, com o rosto sério. — Bom, *o quê*? Foi o caçador? — Na ânsia de saber o que tinha acontecido, eu quase saltitava.

— Vou contar para você — disse ele, devagar. — Mas, depois de fazer isso, não quero repetir a história, entendeu bem?

Por que não?, quase perguntei, mas, com esforço, consegui me conter.

— Entendi.

Ele fez uma pausa tão longa que comecei a achar que não diria nada. Então, de repente, falou:

— Estava escuro lá, escuro demais. — Ele cruzou os braços e os acariciou como se estivesse com frio. — E gelado.

Stefan me olhou, e eu tive a estranha sensação de que não estava me vendo, mas olhando através de mim, para outro tempo e lugar.

— Tinha *algo* lá, mas não sei o quê. Eu fui até o castelo depois das onze e meia, sei disso porque ouvi as badaladas do relógio da igreja tocarem duas vezes enquanto subia pela trilha da floresta.

"Como a lua tinha despontado, eu conseguia ver o suficiente para saber aonde ia; só queria ligar a lanterna se necessário, pois eu poderia ser avistado. Mas não vi ninguém. Estava o maior silêncio.

"Quando cheguei naquele trecho em que a gente sai da trilha e passa pela mata, liguei a lanterna. Queria subir até a torre, porque era a área mais alta, mas fiquei com medo de cair."

Eu sabia a que lugar ele se referia. A torre era a única parte que lembrava de algum forma um castelo; ainda assim, o que restara dela afundara *no* solo, em vez de se destacar no alto, formando um poço circular com uns quatro metros de profundidade. Eu entendia perfeitamente a preocupação de Stefan: se alguém caísse ali, jamais conseguiria sair sozinho, sem falar no fato de que estaria à mercê de quem — ou o quê — aparecesse.

— Foi horrível passar pela mata; as sarças grudavam em mim como pequenas garras, e tinha um monte de coisa no solo que eu não via, uns troços esponjosos e uns gravetos duros e secos. Foi como caminhar por um tapete de ossos. Eu podia sentir todos rompendo debaixo dos meus pés. Comecei a achar que talvez fossem os ossos do cavalheiro, dele e dos cães, que moravam ali e que, à meia-noite, se juntavam na escuridão e adquiririam a forma que tiveram quando vivos.

"Eu ficava olhando ao redor, com medo de ver o cavalheiro surgir de repente da vegetação rasteira, com a luz do luar refletindo na armadura, com medo de ouvir os estalidos dos restos se unindo e de não ver nada debaixo do capacete, além de uma caveira."

Stefan estremeceu.

— Bom, eu continuei a rumar para a área da torre, engatinhando. A lama estava superescorregadia. Mas, de alguma forma, consegui chegar lá em cima e me sentei atrás daquela árvore pequena, que está crescendo lá. Daí, a primeira coisa que eu fiz foi desligar a lanterna. Ouvi as badaladas do relógio da igreja indicarem onze e quarenta e cinco. Pensei em esperar até meia-noite, para então descer.

"Fiquei ali sentado pelo que pareceram séculos. Fazia um frio danado. Quando um pássaro idiota deu um grito alto numa árvore, quase tive um troço. Mas, depois de um tempo, já não sentia tanto medo. Não achei que fosse acontecer alguma coisa.

"Daí, de repente, escutei um ruído, uns estalos, e pensei que meu coração ia saltar pela boca. Uma imagem clara se formou na minha cabeça, tão nítida quanto se eu realmente a tivesse visto, de ossos de mão espalhados pelo solo, entre as ervas daninhas, juntando-se sozinhos, como se alguém manipulasse as cordas de uma marionete."

Meu amigo esticou a mão na minha direção, com a palma voltada para a frente, e pouco a pouco cerrou o punho. Sem querer, dei um passo para trás.

— Mas eu não arredei o pé. Apesar de ter vontade de descer correndo, não ousei fazer isso. Simplesmente fiquei ali parado, o braço contornando com força o tronco da árvore, e esperei.

A voz de Stefan vacilou um pouco quando ele disse a última palavra; meu amigo estava prestes a chorar.

— Não demorou muito e vi. Acho que eram quatro, indo até as ruínas do velho castelo da mesma forma que eu. Não deu para enxergar muito bem, eu só via aquelas figuras sombrias se movendo pela mata. Não sei direito se todas estavam *de pé*, como seres humanos. Uma delas parecia se arrastar no meio da vegetação rasteira, como um animal.

"Elas se aproximaram *muito*. Achei que chegariam bem perto da torre, onde eu estava. Talvez a que rastejava estivesse me farejando. Talvez pudesse sentir o meu *cheiro*, como um cão de caça. Só que não era um cachorro que estava se arrastando ali, mas um troço muito maior. Não quis nem pensar no que aconteceria comigo se aquela criatura me encontrasse."

Stefan cobriu o rosto com as mãos, como se tentasse afugentar a imagem. Balbuciou algo, num murmúrio abafado; pareceu *Gott*.

— Stefan...

Eu não sabia ao certo o que fazer, se de repente devia lhe dar um abraço.

— E se elas me encontrassem? — disse ele, de repente. Ele moveu o braço na minha direção. — Olha! *Olha* só para isso! Eu enfiei os dedos com tanta força no tronco da árvore, que eles ainda estão cheios de musgo; não consegui tirar. Fechei os olhos, achei que era o fim. Tinha certeza de que, seja lá o que estivesse se movendo na floresta, ia me encontrar.

"Depois de alguns minutos, como achei que o ruído já não estava tão alto, abri os olhos e vi que as figuras sombrias tinham se afastado. Acho que não sentiram o meu cheiro."

Fiquei calada. A ideia de ficar lá sentada no escuro, rezando para não ser descoberta — nem farejada — era horrível demais para contemplar.

Stefan passou a mão pelos cabelos louro-escuros e prosseguiu.

— Acho que elas foram descendo um pouco a colina. Eu não conseguia ver muita coisa, mas podia ouvir os estalidos. Não ousei sair de onde estava, caso me ouvissem. Daí... Daí ouvi vozes. Elas sussurravam. — Ele voltou o rosto pálido para mim. — Talvez seja esse o som que emitem quando conversam... se é que são apenas... apenas esqueletos.

Quatsch, eu queria dizer, mas nada saiu. Minha boca estava seca.

— Tudo pareceu durar uma eternidade. Eu não conseguia ouvir o que diziam. Não *queria* escutar. Meti o dedo no ouvido, mas, depois, tirei logo, porque pensei, e se subissem de novo e eu não ouvisse quando se aproximassem?

"Então, vi uma luz. No início, pequena, mas daí ela aumentou ou, então, se aproximou mais de mim, não sei. Era amarela. Sempre achei que a luz em torno do caçador seria verde e brilhante, mas...

Ele não terminou a frase.

— Mas o quê? — incitei, com impaciência.

Stefan meneou a cabeça.

— Não *sei* o que é que estava vendo. Eu me senti esquisito: meio tonto, com uma sensação horrível no estômago, do jeito que a gente sente quando olha para baixo da janela mais alta de um arranha-céu. Fiquei olhando para aquela luz, que aumentava cada vez mais, e pensei que, se não me mandasse logo, nunca faria isso e toda a cidade começaria a procurar por mim.

"No fim das contas, desci rastejando o declive do lado da torre e entrei na mata disfarçadamente, tentando não fazer barulho. Aquele momento pareceu durar séculos. As minhas mãos ficaram todas cortadas porque engatinhei a maior parte do tempo, e o solo estava cheio de gravetos, pedras e sarças."

Por instinto, olhei para as mãos de Stefan e vi que havia um monte de crostas de feridas e arranhões parcialmente cicatrizados.

— O tempo todo continuei a ouvir os sussurros. Tive a sensação de que aquilo era, tipo assim, *importante*. Algo... sei lá... *urgente*.

"Eu já estava quase chegando na trilha, quando meti o joelho num troço, numa casca de árvore ou coisa parecida, fazendo o maior barulho. Achei que ia morrer. Pensei: 'Agora, com certeza, me escutaram!' A qualquer momento a criatura rastejante viria a toda velocidade atrás de mim. Fiquei imaginando qual seria a última coisa que eu veria. Talvez um troço peludo, cheio de dentes, como um cão de caça, mas não exatamente um.

"Fiquei ali observando a escuridão, forçando a vista na tentativa de ver se alguma coisa estava indo me pegar. Depois do que pareceu uma eternidade, percebi que não tinham me ouvido. As vozes continuavam iguais a antes, e a luz cintilava pelas árvores.

"Como eu não podia ficar ali nem mais um segundo, decidi arriscar: levantei e corri para a trilha. Não sei como, não esbarrei em nada nem caí. Quando cheguei nela, corri sem parar até chegar embaixo. Não olhei em volta.

"Mas, Pia, isso não foi tudo. Assim que eu fiquei em pé para correr até a trilha, ouvi algo mais. Não um sussurro. Não sei explicar exatamente o quê. Talvez o ruído de algo *batendo*."

O DESAPARECIMENTO DE KATHARINA LINDEN • 99

Eu o fitei.

— Oh, *Gott* — deixei escapar, gelando ao me dar conta do que poderia ter sido.

— O quê? — quis saber Stefan, a expressão assustada.

— Sabe o que é que foi? — perguntei, e a sensação de terror dentro de mim aumentou. — O ruído de *cascos de cavalo*.

Não houve mais tempo para conversa. O sino tinha tocado há vários minutos; já estávamos atrasados para a primeira aula. Subimos as escadas correndo e ainda levamos uma bronca de *Frau* Eichen. Teríamos pela frente duas aulas seguidas de matemática, antes de poder trocar ideias. De vez em quando, eu olhava de esguelha para Stefan. Ele estava bastante abatido; fiquei me perguntando se não continuava doente.

Assim que o sino tocou para o *Pause*, eu me inclinei e perguntei:

— Então, por que é que você não passou lá em casa no domingo?

Stefan aguardou que os outros pegassem seus materiais e saíssem dali; então, sem me olhar, respondeu, baixinho:

— Fiquei doente.

— Doente?

— *Doch*. — Pareceu quase bravo.

— Bom, o que é que você teve?

— Desci correndo toda a colina de Quecken e, quando cheguei em casa, já estava muito doente. Foi por isso que não fui até lá.

— Quer dizer que correu tanto que adoeceu?

— Não — respondeu Stefan. Daquela vez, ele ergueu os olhos, que se mostravam aborrecidos. — Eu estava com *medo*, está legal? Com medo.

Fiquei olhando para ele por um longo tempo, enquanto várias possibilidades me ocorriam. *Como pôde ter tanto medo assim, a ponto de adoecer? Ficou doente mesmo? Vomitou? O que a sua mãe falou quando voltou para casa tão tarde?* No fim das contas, eu disse apenas:

— Você tem que voltar lá comigo.

— Nem pensar — ressaltou ele. — De jeito nenhum.

Capítulo 18

Claro que ele voltou *sim* lá comigo, embora só tenha concordado depois de dois dias de persuasão, insistência e flagrante suborno: "Eu te dou minha mesada das próximas três semanas." Ainda assim, apenas sob a condição de irmos em plena luz do dia. Stefan não queria correr o risco de ser pego lá à noite, de novo.

Por sorte, como quarta-feira sempre era um dia sem muito dever de casa, conseguimos nos encontrar relativamente cedo, à tarde. Eu disse para a minha mãe que ia para Schleidtal, jogar no campo de minigolfe. Stefan simplesmente comunicou a *Frau* Breuer que ia sair.

Enquanto avançávamos devagar pela trilha de acesso ao castelo, tentei fazer mais perguntas para Stefan sobre a noite de Walpurgis, só que ele não estava disposto a falar. Tinha ficado tão assustado com o que vira e se machucara tanto ao descer a colina correndo que simplesmente adoecera depois. Foi essa a explicação que ele conseguiu dar.

— Talvez você tenha entrado em estado de choque — sugeri, enquanto saíamos da trilha e entrávamos no terreno irregular que, no passado, fora um castelo de defesa. Pisávamos numa camada de folhas acumuladas desde o ano anterior; além disso, rebentos surgiam por todas as partes.

Stefan não me ouviu. Tinha parado e olhava para todos os lados, como se tentasse se orientar. Então, apontou para uma direção.

— Vamos subir até a torre. Daí posso tentar descobrir de que lado vinha a luz.

Subimos com dificuldade pelo declive acentuado até a beira das ruínas da torre. Stefan contornou a lateral da construção e se agachou no montículo musgoso que, outrora, fora a ameia. Segui-o com dificuldade e me sentei ao seu lado; por algum tempo, ficamos ali parados, em silêncio, como um par de corujas num galho.

— Daquele lado — disse ele, apontando. Então, levantou-se e começou a seguir a marca da parede. Fui atrás dele, caminhando lenta e cautelosamente pelas pedras quebradas que salpicavam a terra como uma fileira de dentes irregulares.

Olhando em volta, ficava difícil imaginar como era o castelo quando suas ameias e torres ainda estavam intactas. Tudo aquilo podia ser entrevisto nas áreas em que se encontravam os resquícios destroçados das paredes, tão gastas que se situavam ao nível da terra, as pedras sobressaindo com seu musgo verde chamativo.

Era o próprio retrato da desolação, mas de alguma ocorrida há muito tempo. Não se conseguia nem imaginar que o castelo já fora habitado. Até mesmo o fantasma do eterno caçador devia ter se desgastado, transformando-se em nada, depois de dez séculos.

Chegamos ao contorno vago de um canto e paramos.

— Foi aqui, em algum lugar — comentou Stefan, olhando ao redor. Descemos pelo solo coberto de folhas. Olhei de esguelha para meu amigo, com ansiedade. E me perguntei se, de repente, ele teria a forte sensação de uma presença misteriosa e se ficaria branco e doente ou desmaiaria.

Mas, para a minha decepção, Stefan dava a impressão de estar relaxado, talvez até aliviado; a luz do dia parecia ter acabado com os seus temores. Caminhava com cuidado pela vegetação rasteira emaranhada com aparente indiferença, e eu o seguia, desanimada. Queria que minha mãe tivesse me deixado sair na noite em que Stefan ficara vigiando a torre; queria ter visto a luz misteriosa e ouvido os sussurros insistentes. Teria sido ótimo ser a garota que ajudara a solucionar o caso de Katharina Linden, e não a menina cuja avó explodira durante a comemoração em família do Advento. Eu não era gananciosa, não precisávamos encontrar o cadáver dela, mas uma das mãos mutilada — um dedo — ou até mesmo algum pedaço de sua roupa bastaria; talvez a tiara vermelha dos seus cabelos.

Eu me via recebendo os cumprimentos da polícia e aceitando algum prêmio de *Herr* Wachtmeister Tondorf; pensava em *Frau* Redemann convocando todos os alunos da escola e lhes dizendo que Pia Kolvenbach (com um pouco de ajuda de Stefan Breuer, eu admitia generosamente) havia sido crucial na solução do mistério, Thilo Koch quase morrendo de inveja por não ter sido ele; eu me imaginava recontando a história para um círculo fascinado de colegas da sala, com Thilo saltitando atrás, tentando ouvir o que eu dizia. Eram imagens agradáveis. Tão boas, por sinal, que, quando Stefan parou de repente, esbarrei nas costas dele.

— Veja.

Olhei e, a princípio, não tive certeza do que vi. Restos de pedra, como todas as outras espalhadas naquela área. Mas ali aquelas ruínas adquiriam uma forma, e me dei conta de que observava um círculo. Um círculo perfeito de pedras, feito com cuidado e precisão.

Nós nos aproximamos com cautela e ficamos ali parados, contemplando-o.

— *Na, und?* — perguntei. — É só um círculo. Na certa, a base de outra torre, ou talvez tenha sido uma lareira ou algo assim.

— Não, não foi — afirmou Stefan, com convicção. — Olhe, nenhuma das pedras tem musgo. — Ele tinha razão, não havia nada sobre elas. — Se estivessem aí desde sei lá quando, estariam cobertas, não acha?

— É verdade — admiti, impressionada com a sua capacidade de dedução. Dei um passo com a intenção de entrar no círculo, mas ele esticou o braço para me impedir.

— Acho melhor a gente não entrar aí.

— Por que não?

— Talvez seja, sabe, magia negra.

Dei um passo para trás na hora.

— O que é aquilo ali no meio? — perguntei. Ambos nos inclinamos para a frente, tentando ver melhor sem, na verdade, entrar no círculo.

Era uma pequena pilha de pedras, uma delas maior, achatada, equilibrada no alto. E, em cima dela, um montículo de cinzas. — Cabelo! — exclamei, estremecendo com aversão.

— Não é não — ressaltou Stefan. — Olhe só, está meio esfarelado. Acho que são ervas ou algo desse tipo. Talvez tabaco ou outra coisa.

— Outra coisa?

— Você sabe. — E, então, revirou os olhos para mim; por que eu tinha que ser tão ingênua? — Tipo o que o Boris fuma.

— Ah. — Nós nos entreolhamos. De súbito, não consegui me controlar; comecei a ter um acesso de riso. — Você acha que o caçador eterno fumou isso?

— Sua boba! — exclamou ele, embora risse também. Em seguida, imitou alguém puxando fumo e, então, comentou: — *Mensch*, quando eu fumo esse troço, sinto que posso cavalgar para sempre. — Nós nos curvamos e caímos na gargalhada.

— Os cães de caça também fumam?

— *Sicher*, e até o cavalo.

Morremos de rir. Então, quando eu já estava achando que ia passar mal de tanto gargalhar, Stefan comentou, de repente:

— Foi uma missa negra.

Parei de dar risada.

— Isso não é engraçado.

— Eu não estava *tentando* ser engraçado. — Ele apontou para o montículo com o material queimado. —- Isso seria a... bom, a mesa, como na igreja.

— O altar — corrigi.

— A-hã, e o troço em cima, a oferenda.

— A oferenda?

— O sacrifício.

Não gostei da ideia; aquilo me fez lembrar das aulas de religião de *Frau* Eichen, e patriarcas barbudos levando os filhos para o alto de colinas para serem abatidos porque Deus tinha mandado. E todos pensando na incrível confiança que o velho depositara em Deus, sem imaginar como o garoto teria encarado a situação, o pai agitando uma faca ao seu redor e só decidindo matar um carneiro em vez dele no último instante.

— É de arrepiar — comentei, sempre a eterna rainha do eufemismo.

— Foi o que vi — disse Stefan, pensando alto. — Não o caçador e seus homens, mas uma missa negra. A luz era, na verdade, o fogo que fizeram para queimar troços, seja lá o que fosse. — Ele se virou para me olhar, com o semblante sério. — As vozes... eles sussurrando os ritos.

— E o ruído de cascos? — perguntei.

Stefan olhou-me, e quase pude ver sua mente trabalhando para examinar rapidamente todas as possibilidades. Então, seus olhos arregalaram-se e a boca entreabriu-se; na verdade, *testemunhei* o exato momento em que ele teve a ideia.

— Cascos fendidos — respondeu.

Nós nos entreolhamos.

— Vamos dar o fora daqui — disse eu, depressa. Stefan não precisou ser convencido; ambos nos viramos e começamos a percorrer o solo irregular, andando com dificuldade pelas ruínas com seus montículos de terra e pedras quebradas, o mais rápido possível, sem chegar a correr esbaforidos e sem a menor dignidade para um lugar seguro. Chegamos à trilha e descemos a colina sem olhar para trás. Stefan caminhava tão depressa que eu quase tinha de correr para acompanhá-lo.

— A gente vai contar para alguém? — quis saber eu, ofegando por causa do esforço.

— De jeito nenhum — disse Stefan.

— Nem mesmo para *Herr* Schiller?

— Bom, talvez para ele. — Nós dois sabíamos que aquele idoso era diferente. Apesar de ser adulto, não acharia que estávamos inventando tudo e saberia o que fazer. Se é que havia algo que *pudéssemos* fazer. Talvez, como a ideia de evitar pisar no círculo de pedras, fosse melhor não mexer com isso.

Deixei Stefan perto do cemitério, na base da colina de Quecken e fui a toda velocidade para casa, a mente zunindo como um ninho de vespas, repleta de pensamentos nocivos: murmúrios à meia-noite e criaturas indetectáveis evocando o demônio, além de oferendas queimadas. Garotinhas que desapareciam sem deixar pistas. Bruxas e caçadores espectrais, e gatos, que não eram realmente felinos.

Quando entrei em casa, usando a minha chave, meus pensamentos estavam tão cheios desses horrores sobrenaturais que não chegou a ser uma surpresa encontrar minha mãe com o semblante tão pálido e chocado quanto o meu. Foi só quando ela me abraçou e me sacudiu que percebi que algo estava errado.

— Onde você *se meteu*? Eu estava *morta* de preocupação.

Meu pai veio da cozinha e, enquanto eu me dava conta de que ele chegara cedo do trabalho, notei que seu rosto também se mostrava branco e tenso. Meu olhar foi de um adulto ao outro, confuso. O que, diabos, andava acontecendo? Apenas depois de alguns momentos percebi o que devia ter ocorrido. Outra criança desaparecera.

Capítulo 19

Aconteceu numa quarta-feira de céu límpido e brilhante; um dia ensolarado, porém não muito quente. Foi em torno do meio-dia, hora em que a cidade estava relativamente cheia, com grupinhos de estudantes dirigindo-se ao ponto de ônibus, atendentes de lojas entrando e saindo de panificações para almoçar, mães trabalhadoras voltando apressadas para casa, a fim de estar lá antes da chegada dos filhos. Pequenos grupos de cidadãos alemães influentes, conhecidos como *Senioren*, também se encontravam na área, tentando resolver os problemas do mundo. Um dia de semana comum e animado.

Claro que, até mesmo em períodos movimentados, havia partes da cidade escuras e tranquilas: as ruelas em que as casas se projetavam no alto, inclinando-se nas direções umas das outras, e em que os muros altos formavam sombras profundas e obscuras. Mas nem mesmo nesses lugares mais isolados alguém se sentiria ameaçado. Afora um breve momento de agitação em 1940, quando Hitler usara uma casamata na região vizinha de Rodert, o último grande acontecimento fora a inundação de 1416. Nada ocorria ali — e o *nada* pareceu ter sido justamente o destino de Marion Voss. Na verdade, ela desapareceu do *nada* e sumiu do mapa.

Algumas pessoas lembraram-se de ter visto uma menina, com a *Ranzen* nas costas, as tranças balançando enquanto andava na rua; mas, seria Marion Voss? A garota tinha estatura média, cabelos castanho-claros e usava a mesma *Ranzen* com estampas de cavalos galopando que as outras trinta de sua idade. *Herr* Wachtmeister Tondorf ajudou alguém, que até pode ter sido ela, a atravessar a rua a caminho da Klosterplatz, onde os ônibus escolares estavam estacionados. *Frau* Nett, do Café am Fluss, viu uma criança parecida com essa garota tropeçar do lado de fora da panificação e ser ajudada por uma menina mais velha. Hilde Koch alegou ter visto uma garotinha, que, *com certeza*, era ela, diante da cabine telefônica, no Orchheimer Tor, carregando um saquinho cheio de guloseimas. Porém, ninguém viu aonde Marion Voss foi.

Ao que tudo indicava, ao passar por algum ponto da cidade, ela desviara do caminho, entrara numa ruela ou numa construção e sumira, desaparecendo da face da Terra. Era como uma daquelas mágicas em que se via o mágico pôr algo numa caixa e, em seguida, abri-la, para então se descobrir que estava vazia. Num minuto ela se encontrava lá, andando na rua, no outro, não mais. Tudo que restara eram vislumbres, lembranças fragmentadas que pairavam no ar condenatoriamente, como o eco de um grito. Marion Voss tinha se tornado um... nada.

Para mim, a nova garota desaparecida era ainda mais desconhecida que Katharina Linden. Não só não estava na mesma série na escola — ela frequentava a terceira — como também morava fora, no vilarejo de Iversheim, alguns quilômetros ao norte de Bad Münstereifel. Devo ter cruzado com ela nos corredores da *Grundschule* ou tê-la visto no pátio, mas nem lembro.

Marion Voss era uma garotinha de aparência comum, que usava óculos de armação de aro prateada, brincos tipo botão e cabelos longos geralmente presos em duas tranças, como no dia em que desapareceu; tinha feições graciosas porém comuns, e uma verruga escura na maçã do rosto esquerda, perto da boca.

Fiquei sabendo disso ao ver as fotografias publicadas nos jornais locais e regionais — notícias de primeira página, a segunda menina a desaparecer na Cidade do Terror. Meus pais mantinham os jornais fora do meu alcance em casa, mas sempre que eu passava por uma tabacaria, a face de Marion Voss me fitava da banca, reproduzida incessantemente, com detalhes granulosos. Então, eu sabia como ela era.

Também descobri que era filha única, embora tivesse uma grande quantidade de primos aflitos. Possuía também dois coelhos (os jornais não forneceram os nomes deles) e um vira-lata, fruto de um cruzamento com labrador, chamado Barky. Ela gostava de dançar e cantar, e estava aprendendo a tocar flauta doce. Tinha uma cicatriz num dos joelhos, por causa de um acidente de bicicleta, dois anos antes. Tivera meningite quando estava no jardim de infância, mas se recuperara. Os pais mal acreditaram na sorte dela, na época; naquele momento, mal acreditavam no que acontecera com ela. A avó prometera acender uma vela na St. Chrysanthus und Daria todos os dias, até a neta ser encontrada.

Tudo isso, e mais, nos informavam os jornais. O que não sabiam dizer era o que acontecera com Marion Voss.

Na verdade, ninguém conseguia afirmar exatamente onde e quando a menina desaparecera. A mãe, que trabalhava no período da manhã como recepcionista num consultório médico, não esperara que a filha tivesse ido direto da escola para casa; achara que ela iria para a de uma colega, que vivia na cidade.

No entanto, a mãe dessa colega não estivera esperando a visita de Marion ou, ao menos, fora o que afirmara; ela própria tinha uma consulta naquela tarde e não poderia receber outras crianças.

Quando perguntada, a colega perdeu totalmente o controle, julgando estar sendo culpada pelo desaparecimento, e não conseguiu fornecer um relato coerente da situação. Por fim, supôs-se que ela convidara a amiga sem pedir para a mãe, daí as duas brigaram e a menina dissera a Marion que não fosse mais. Nunca se estabeleceu direito quando exatamente ocorrera a discussão, porém Marion nunca chegou a entrar no ônibus de sempre com as colegas, nem no seguinte, rumo a Iversheim.

Como a mãe só esperava ver a filha quando a pegasse de tarde, o desaparecimento dela só seria descoberto depois de, pelo menos, seis horas, não fosse o fato de *Frau* Voss ter se lembrado de repente que Marion tinha uma consulta no dentista às três da tarde. Ela então ligara para a mãe da colega da escola e, assim, ambas se deram conta de que não sabiam do paradeiro da menina.

Houve mais reuniões e, daquela vez, quando *Frau* Redemann convocou os alunos para anunciar medidas mais rigorosas de segurança e ressaltar que não devíamos sair com estranhos, tinha ao seu lado *Herr* Wachtmeister Tondorf e outro policial que não conhecíamos, um sujeito com vincos na calça e um rosto que dava a impressão de ter sido esculpido em granito.

— Se alguém souber algo sobre Marion Voss, ou se tiver visto a menina na quarta-feira à tarde, deve vir falar comigo — pediu a diretora, a voz mais aguda e menos firme que de costume. Ela estava inquieta, as mãos remexendo no pendente em seu pescoço; comportava-se com um indisfarçado ar de desespero. Embora acostumada a lidar com pais complicados, com crianças que perturbavam os colegas ao levar seus problemas familiares para a sala de aula e com garotos da quarta série trocando cigarros nos banheiros, enfrentar aquela situação, com certeza, não se encaixava na descrição de seu trabalho.

Dava para notar em sua expressão toda vez que ela observava as centenas de crianças sob a sua responsabilidade, no auditório lotado, ou olhava de esguelha para as faces sérias dos policiais. *Não é justo*, informava seu semblante. *Eu não me candidatei para isso.*

— Ou vocês podem contar para a polícia — acrescentou nervosamente, como se pudesse jogar tudo em cima deles. *Herr* Wachtmeister mudou de posição e ergueu o maxilar; o outro policial manteve o olhar impassível, a expressão tão neutra que era impossível dizer se estava entediado ou se simplesmente guardava energia para atacar criminosos.

A reunião foi concluída. De volta à sala de aula, *Frau* Eichen mostrou-se distraída e saiu o tempo todo para travar conversas sussurradas no corredor, ao que tudo indicava com outros professores. As lacunas no nosso programa de ensino foram preenchidas com entusiasmo por Thilo Koch, que expôs suas teorias lúgubres sobre o que acontecera com Marion Voss e Katharina Linden.

— Meu irmão Jörg — começou ele — disse que elas foram devoradas por um canibal. Por isso não encontraram os corpos. Ele *papou* as duas.

Por mais repulsivo que fosse, era melhor que a outra teoria dele, de que ambas haviam explodido.

— Não senta perto da Pia Kolvenbach ou você vai ser o próximo.

Foi durante uma dessas observações que Thilo Koch revelou outro boato desagradável, totalmente ignorado por mim até aquele momento.

— Minha avó diz que aquilo foi um sinal. — O "aquilo" se referia à morte de *Oma* Kristel.

— Sinal do quê? — perguntei, indignada.

— Um sinal de que Forças Malignas estão atuando na cidade — anunciou ele, evidentemente repetindo o que a avó dissera; O Bem e o Mal não eram conceitos cruciais em sua concepção do mundo, a qual girava em torno de obter o que queria, na maior parte das vezes.

Eu quase podia ouvir as palavras de *Frau* Kessel reverberando nos meus ouvidos: eram as Forças Malignas Atuando de novo. Não pareceu ocorrer a ninguém que *Oma* Kristel, que ia à igreja fielmente toda semana, provavelmente não seria selecionada como o instrumento de anunciação da nossa condenação.

— Mas que tremenda *Quatsch*! — exclamou Stefan com lealdade, porém tarde demais: os outros começaram a me olhar como se eu mesma tivesse detonado minha avó como um pistolão e, depois, sequestrado as duas crianças.

A volta relutante de *Frau* Eichen e o pedido tenso de que abríssemos nossos livros de matemática na página 157 foi quase um alívio. Vinte e três cabeças, algumas com tranças bem-feitas, outras com cabelos espetados como o de Thilo Koch, inclinaram-se com zelo sobre as páginas.

Olhei de soslaio para Thilo; no mesmo instante, ele ergueu os olhos e me viu observando-o. Lançou-me um olhar de terror simulado e fez um rápido sinal da cruz com os dois polegares de unhas roídas, como se repelisse um vampiro. No entanto, antes que *Frau* Eichen tivesse tempo de perceber o que o garoto fizera, ele colocara as mãos no colo de novo e fingira ler concentrado a página 157.

Eu também tentei me concentrar na tarefa, mas aquelas imagens não fizeram sentido para mim; seria melhor tentar ler mandarim. Todo o meu corpo parecia fervilhar. Quando é que aquela provocação ia parar? Alguém na cidade se esqueceria *algum dia* de que eu era a menina cuja avó explodira?

Capítulo 20

Quando voltei para casa naquele dia, meu pai já estava lá. Vez por outra, quando ele tinha uma reunião fora do escritório, ia almoçar com a gente antes de regressar ao trabalho. Mas, naquele momento específico, não pareceu que ele fazia uma refeição nem que a minha mãe preparava algo na cozinha. Na verdade, os dois discutiam às alturas, meu pai num alemão ensurdecedor, minha mãe na maior parte do tempo usando também nesse idioma, mas com algumas palavras em inglês, quando ela não encontrava os termos certos. Assim que fechei a porta, ela terminava uma frase com:

— ... nesta *merda* de cidade de última categoria!

Fiquei triste. Odiava ver meus pais discutindo, e brigar sobre a questão de continuar a morar na Alemanha não só era inquietante, como também sem sentido. Aonde minha mãe achava que a gente iria? No calor do momento, às vezes ela dizia que queria que todos nós voltássemos para a Inglaterra, porém seria o mesmo que sugerir que nos mudássemos para a lua.

Meu pai contra-atacava, como sempre, ressaltando as dificuldades de encontrar um emprego comparável ao dele na Grã-Bretanha e a impossibilidade de comprar uma casa similar à que tínhamos em Bad Münstereifel. Não fazia sentido, de qualquer forma. Quando minha mãe não estava num estado de ânimo *abaixo-a-Alemanha*, como meu pai o chamava, ela costumava reclamar do seu país, do custo de vida exorbitante, do trânsito que congestionava todo o sul da Inglaterra, do péssimo estado das escolas, dos hospitais... Só sentia falta mesmo do chá inglês e do Tesco. Os supermercados em Bad Münstereifel nunca eram organizados adequadamente; onde já se vira colocar a *Stollen* natalina perto do corredor de sabão em pó?

Quanto a mim, eu tinha certeza absoluta de que *não* queria ir morar na Grã-Bretanha. Até mesmo as coisas das quais a minha mãe falava com certo carinho, tal como o chá inglês — misturado com *leite*! — me pareciam abomináveis. Além do mais, como eu bem sabia, por tê-la ouvido descrever centenas de vezes, o sistema de ensino era totalmente diferente; as crianças começavam a estudar com cinco anos e tinham que ficar na escola o *dia todo*. Almoçavam lá, comendo aquela comida horrível, segundo contava a minha mãe, que, ao que tudo indicava, achava aquilo divertido. Purê de batata com carne picada, sem nenhum molho.

Lembro que uma vez a gente teve que fazer um trabalho para a escola sobre a origem da família. Desenhei um mapa irregular da Grã-Bretanha, mostrando a cidade da minha mãe. Como tínhamos que incluir alguma informação a respeito dos principais produtos da região, perguntei o que mais tinha em Middlesex, e ela respondeu: "Estradas".

Naquele momento, coloquei com cuidado a *Ranzen* no chão do corredor; estava prestes a subir correndo, sem interromper meus pais, quando a porta da cozinha se abriu e minha mãe saiu. Retorcia um pano de prato com as mãos, como se estivesse torcendo o pescoço de um frango.

— Pia, ainda bem que você chegou!

Iiiih, pensei. Meu pai apareceu ao umbral, atrás dela, já tentando disfarçar a expressão sob uma máscara de serenidade, porém o rosto enrubescido o denunciava.

— Kate... — disse ele, em tom de aviso.

— Cala a boca, Wolfgang. — Foi a resposta conciliatória da minha mãe, que se inclinou na minha direção, com mechas do cabelo escuro caindo desordenadamente nos olhos. — O que você acha de ir visitar *Oma* Warner, Pia?

— Ela não vai — interrompeu meu pai, por sobre o ombro dela.

— Vai sim. — A voz de mamãe era grave.

— Ela não pode ir — anunciou meu pai. — Já tem várias coisas programadas para as férias de verão. A colônia em Schleidtal, o curso de artes.

— Vou cancelar tudo.

— Thomas e Britta também estão vindo. Pia devia passar algum tempo com os primos.

Eu o olhei com rebeldia. Passar tempo com aqueles dois era o mesmo que cair num ninho de cobras.

— E a *minha* família? — quis saber minha mãe, sacudindo a cabeça para tirar as mechas dos olhos. — Pia mal a vê. Devia passar algum tempo com *eles*, para variar um pouco.

— A gente convidou a sua mãe para passar o verão aqui, mas ela não veio — salientou meu pai. Era verdade; não se podia convencer *Oma* Warner a atravessar o Canal da Mancha para nos visitar em Bad Münstereifel. Ela alegava que tanto viajar de avião quanto de navio lhe dava "tonturas esquisitas" e que não suportava nem as linguiças alemãs nem o pão local, o qual lhe parecia empapado.

— Isso não vem ao caso.

— Então, o que é que *vem*?

— A questão é que... — começou minha mãe, daí parou. — A questão é que... — Ela ergueu as mãos, como se fosse pressionar a testa. — Eu não quero que Pia fique aqui todo o verão. Não é...

— Sim? — perguntou meu pai em voz alta.

— Não é *seguro* — disse ela, por fim.

— *Ach*, essa história outra vez! — comentou meu pai, levando as mãos para o alto.

— É, essa história outra vez! Se quer saber a verdade, Wolfgang, a minha vontade era empacotar tudo *agora* e me mudar para outro lugar, em que se pode deixar os filhos saírem de casa de manhã e saber que vão voltar são e salvos, e não desaparecer como a pobre coitada da Marion! — Virou-se para mim. — Pia, *Oma* Warner gostaria muito que você fosse para lá quando as férias começarem. Quer ir?

Eu a fitei com hesitação.

— Que-quero... mas, e a colônia?

— Pode ir no ano que vem.

— Eu estava louca para ir lá.

— Você a escutou — interrompeu meu pai. — Ela quer ir.

— Eu sei — disse minha mãe. — Não sou surda. Mas — voltou-se para mim de novo —, acho que dessa vez seria melhor você ir ficar com *Oma* Warner, Pia. Talvez seus primos ingleses possam visitá-la. Vai ser legal.

— Hummmm — exclamei, sem me comprometer.

— E pode praticar seu inglês — prosseguiu ela. Em seguida, olhou para meu pai; aquele era seu trunfo. — Pia pode praticar inglês — salientou para ele. — Vai lhe dar uma grande vantagem quando for para o *Gymnasium* no outono.

Se eu tivesse sido corajosa o bastante, teria revirado os olhos ao ouvir isso. Na minha opinião, meu inglês era perfeitamente aceitável, com certeza já dez vezes melhor do que o de qualquer um dos meus colegas, já que minha mãe falava tanto esse idioma em casa. Porém, eu não me sentia lá muito à vontade ao falar inglês, quando podia falar alemão — era como colocar a meia-calça do lado errado; dava para andar, embora a sensação fosse estranha.

Sem querer, deixei que minha mãe me levasse até o telefone, para que ela discasse o número de *Oma* Warner; talvez tivesse achado que meu pai tentaria fazê-la desistir da ideia, se não resolvesse tudo de uma vez.

— Mãe? Sou eu, Kate. — A voz do outro lado da linha disse algo em tom metálico, e minha mãe manteve a mão de leve no meu ombro, como se para evitar que eu fugisse. — A-hã, eu já falei com Wolfgang. — *Falar* parecia um eufemismo, considerando o bate-boca com meu pai, quando cheguei da escola. — Quer falar com ela?

Naquele momento, eu me mantive sob as garras da minha mãe com uma sensação de desânimo e resignação; ela me faria conversar em inglês com *Oma* Warner, por telefone. Não haveria escapatória.

— Pia? — Minha mãe me passou o fone e eu o levei com cautela ao ouvido.

— *Hallo, Oma.*

— *Oma?* — repetiu minha avó. — Quem é *Oma*? Omar Sharif? — Ela sempre dizia isso, e eu ficava sem saber se devia ou não rir.

— *Ich meine... Grossmutter* — consegui dizer, com hesitação.

— Vovó — intrometeu-se minha mãe, dando-me uma cutucada no ombro com os dedos.

— Vovó — repeti, obedientemente.

— Assim está melhor, minha querida — disse *Oma* Warner, deixando escapar uma risadinha. Em seguida, soltou uma exclamação de desaprovação. — Puxa, você está falando igualzinho a uma alemã, Pia.

— É — ressaltei. — Eu sou alemã.

— Valha-me Deus! — exclamou ela. — Quer dizer então que está vindo visitar a sua avó?

Eu me esforcei ao máximo para não deixar escapar o suspiro que queria soltar.

— Estou — respondi.

Capítulo 21

Depois do almoço, refeição feita em clima tenso, terminei rápido o dever de casa, daí avisei que ia visitar *Herr* Schiller. Estava ansiosa para ver meu velho amigo, embora não soubesse ao certo se deveria lhe contar o que eu e Stefan tínhamos visto na colina de Quecken. Num momento eu sentia certa animação, achando que havíamos encontrado a pista para os acontecimentos estranhos que vinham ocorrendo na cidade, no outro, convencia-me de que não passava de imaginação de criança: o mundo continuava a ser aquele reconfortante, com as tarefas e a comidinha da minha mãe e Sebastian me seguindo o dia inteiro.

Eu nem tinha certeza se queria saber o que *Herr* Schiller pensaria do ocorrido; por um lado, se ele risse, seria horrível e nos sentiríamos perfeitos idiotas, por outro, se levasse tudo a sério, não acabaria sendo *pior*? Eu ainda ponderava a respeito disso quando esbarrei literalmente em alguém. Era *Frau* Kessel.

— *Vorsicht*! — exclamou ela, mas, em seguida, viu que era eu. — Pia Kolvenbach! — Lançou-me um olhar reprovador por sobre as lentes arredondadas e reluzentes dos óculos.

— *Tut mir Leid, Frau* Kessel — disse eu, fazendo o possível para parecer apologética.

— Você não deveria correr na rua desse jeito! — informou ela, fitando-me severamente.

— A-hã. — Olhei para os meus sapatos.

— Aonde está indo com tanta pressa, de qualquer forma?

— Para lugar nenhum — respondi, falsamente.

— Hum — exclamou *Frau* Kessel, olhando-me de um jeito inquisidor. — Bom, se não tem *mesmo* nada para fazer, pode me ajudar a carregar as compras.

— *Aber...* — Comecei, mas, depois, parei. Por que não? Eu nunca conseguiria chegar a casa de *Herr* Schiller sem ser detectada naquele momento e, além disso, tinha um monte de perguntas que eu estava louca para fazer a *Frau* Kessel desde que ela fora até lá em casa contar aos meus pais o que acontecera com *Herr* Düster. À sua maneira, a idosa entendia tanto das crenças locais quanto *Herr* Schiller, embora todas as histórias dela emanassem, sem dúvida alguma, do Lado Escuro. Se a história de quaisquer das vítimas de sua fofoca minuciosa começasse a assumir um desfecho feliz, ela, com certeza, não gostaria.

Peguei a cesta que *Frau* Kessel me passou com a mão cheia de anéis; estava cheia de pacotes de papel pardo, dentro dos quais, ao que tudo indicava, haviam colocado pedras, a julgar pelo peso. A idosa, que era pelo menos uma cabeça mais alta que eu e muito mais pesada, ficou com um exemplar dobrado do *Kölner Stadtanzeiger* e uma bolsa bem pequena.

Após ter feito isso, ela ergueu o rosto ligeiramente e prosseguiu, de um jeito pomposo, pelas pedras de cantaria. Acho que só teria ficado mais satisfeita se eu fosse um garoto mouro, com calções folgados e turbante adornado de joias, seguindo-a com um abano de pena de pavão. Demos um pulo no padeiro na Salzmarkt, onde *Frau* Kessel comprou um pequeno pão de centeio e depois no supermercado da esquina, no outro lado da rua, para adquirir meio litro de leite integral de Eifel.

Então, após terminar essas compras, ela se dirigiu para casa, comigo caminhando pesadamente atrás dela. Quando chegamos lá, uma residência estreita e tradicional, espremida entre duas outras numa esquina da Orchheimer Strasse, *Frau* Kessel me deu outra olhada daquelas por sobre os óculos.

— É melhor você entrar — disse ela e, quando eu hesitei, acrescentou com bastante grosseria: — Não fique aí parada. Não vou devorá-la.

— Eu a segui com certa apreensão; a ideia de ser devorada não me havia ocorrido, mas, naquele momento, eu me vi perguntando se *Frau* Kessel teria algo a ver com o desaparecimento das duas garotas. Talvez houvesse atraído as meninas até sua casa pedindo-lhes que a ajudassem com as compras e, então, tivesse mantido as duas trancadas lá dentro, escravizadas para sempre, como uma espécie de *Frau* Holle má. — Pode colocar a cesta na mesa — ordenou ela, levando-me até a cozinha, que estava exageradamente arrumada, decorada em tons sombrios de marrom. Havia um crucifixo pendurado diante do balcão; até mesmo o Jesus ali colocado parecia artificialmente polido. — Você aceita leite com biscoito?

Não ousei negar, e recebi os dois alimentos. Eu me sentei à mesa e me esforcei para não espalhar farelos nem derramar leite. O biscoito era macio e parecia inflar ao entrar em contato com a boca. Tentei sorrir, mas não consegui; seria o mesmo que rir com a boca cheia de algodão. Por fim, consegui engoli-lo com a ajuda do leite.

— *Frau* Kessel? — disse eu, o mais educadamente possível.

— O biscoito acabou. — Foi o comentário dela, de imediato.

— Eu não queria outro — avisei depressa e, em seguida: — Mas estava muito gostoso. — Pigarreei. — Só pensei... Foi muito interessante o que a senhora contou para os meus pais quando visitou a gente...

— Hum, exatamente o quê? — quis saber a idosa. Estava parada, com a jarra da cafeteira numa das mãos nodosas.

— Sobre a cidade... depois da guerra. E *Fräulein* Schiller.

— Hã — exclamou. — Bom, na verdade se chamava Gertrud Düster. *Herr* Schiller mudou o nome dele depois do ocorrido.

— Como ela era? A senhora lembra?

— *Meine Gute*, não estou caduca não. Claro que lembro — retrucou, dando uma fungada. — A garota tinha mais ou menos a sua idade quando desapareceu. — Olhou-me pensativa. — Não era muito diferente de você, Pia Kolvenbach, com os cabelos do mesmo tom castanho, embora ela os usasse *Zöpfe*, com trancinhas presas no alto. Uma pena mesmo esse penteado ter saído de moda. Imagine, agora tem aquela filha dos Meyer usando cabelos curtos, feito menino! Sabe-se lá no que a mãe dela estava pensando!

— E Gertrud Düster...? — incitei.

— Hã! — exclamou ela, irritada. — Eu estava chegando lá. Era uma garotinha linda, a cara da mãe, que se chamava Hannelore, uma mulher muito bonita. Minha própria mãe me disse que Hannelore partiu o coração de muitos quando se casou com Heinrich. Também me contou que *Herr* Düster, e me refiro ao atual *Herr* Düster, e não ao pobre Heinrich, foi um dos que mais ficaram arrasados. Os dois irmãos eram loucos por Hannelore, só que ela escolheu Heinrich. — Deu outra fungada. — Quem pode culpá-la? Sem dúvida alguma, ele sempre foi o melhor dos dois. Ambos pareciam Caim e Abel, isso sim, e nem preciso lhe dizer qual deles era o Caim. — *Frau* Kessel ergueu a cabeça. — Dizem que foi por isso que ele agiu daquele jeito. Nunca conseguiu superar o ciúme, que o deixou por demais ressentido.

— É mesmo? — estimulei, esperando que a velha prosseguisse. E foi o que ela fez.

— Claro, ele não conseguiu se aproximar de Hannelore, porque ela morreu.

— A mamãe me disse que foi na guerra — comentei. *Frau* Kessel me lançou um olhar de esguelha, que perguntava "quem é que está contando a história?" Fiquei quieta.

— Morreu na guerra — continuou ela, como se eu não a tivesse interrompido. — Não *por causa da* guerra; adoeceu. Não sei o que foi que ela teve, embora eles não tivessem todos estes remédios modernos na época, antibióticos, então pode ter sido qualquer coisa. Eu a vi algumas vezes na rua e me recordo de tê-la achado linda, apesar de magra demais; notei isso embora fosse criança, ainda que muitas — olhou-me com desdém — só pensem nelas mesmas. — Balançou a cabeça. — Foi tristíssimo. Gertrud teve que ir para a escola de qualquer forma, mesmo depois da mãe dela ter morrido; não restava outra opção. Era a época da guerra, e até mesmo a avó da menina tinha que trabalhar.

Frau Kessel calou-se, e fiquei pensando na história da coitada da Gertrud, perguntando-me se ela teve que aguentar o mesmo interesse sórdido e as perguntas perscrutadoras que eu a respeito de *Oma* Kristel. Eu a imaginei sentada à mesa com os cabelos castanhos presos num

Zöpfe, inclinada para a frente, como se quisesse manter distância de tudo e de todos. Será que algum Thilo Koch da época, com camisa branca e *Lederhosen*, infernizara a vida dela também? Pobre Gertrud.

— O que foi que aconteceu com ela? — quis saber eu, por fim.

Frau Kessel me fitou.

— Ninguém sabe exatamente.

— Também foi durante a guerra?

— Foi depois que a guerra *acabou* — disse *Frau* Kessel meio irritada, como se eu não estivesse prestando atenção. Então, acrescentou com aspereza: — Aliás, quando vocês crianças fazem a maior confusão por causa do que vão ou não comer, deviam se lembrar de como era durante o período de combate. Pão, ovo, carne, tudo foi racionado. Chocolate, a gente nem *viu* por anos, mesmo depois da guerra. O que você acha disso?

— *Furchtbar* — respondi, obedientemente.

— *Doch* — concordou *Frau* Kessel. — E a cidade... partes dela foram praticamente arruinadas por causa das bombas. Havia umas casas lindas onde fica hoje o *Rathaus Café*, sabia? Foram destruídas. Teve muito homem chegando da guerra sem encontrar suas residências ao voltar.

— Talvez uma bomba tenha atingido Gertrud.

— Foi depois que a guerra acabou. — Lembrou ela, de novo. — Em outras circunstâncias, teriam se esforçado mais para encontrá-la e para pegar o culpado, como se todos nós não soubéssemos quem foi! Mas, com naquela situação, com uns soldados voltando, outros atravessando a cidade e os norte-americanos passando em tanques... Por muito tempo, anos, na verdade, foi uma confusão danada... Eles nem conseguiram pegar todos os criminosos de guerra, quando menos outros indivíduos... Já no inverno do ano seguinte todos nós estávamos passando fome e ninguém se importava mais. — *Frau* Kessel balançou a cabeça. — Talvez agora as pessoas voltem a pensar naquela época e a se perguntar se foi uma boa ideia deixá-*lo* morar aqui como se ele fosse inocente feito um cordeirinho.

— Talvez *não* tenha sido ele — sugeri, com hesitação; na minha mente, uma boa quantidade de espíritos malignos podia ter surgido sorrateiramente das profundezas da floresta para agarrar uma criança, naquele período longínquo em que a guerra devastara a terra como os cavaleiros do Apocalipse, e todos os esforços dos adultos estavam concentrados em outras áreas.

— Talvez, *talvez* — zombou ela, colocando as mãos no quadril. — Escute aqui, Pia Kolvenbach. No dia em que Gertrud desapareceu, devia estar indo caminhar com alguém. Sabem quem era? Seu querido tio, *Herr* Düster. Ele ia levá-la para passear no Eschweiler Tal. Só que ela nunca voltou, certo?

— Bom... as pessoas não *viram*, então, que tinha sido ele? — perguntei, duvidando.

— *Herr* Düster negou, claro — respondeu ela, irritada. — Alegou que não chegou a levá-la. Quanto a *Herr* Schiller, Heinrich Düster, na época, bom, a minha mãe me contou que o golpe que ele sentiu foi evidente, o próprio irmão fazendo aquilo, mas ele nunca chegou a perder o controle. Alguns homens teriam partido para cima de *Herr* Düster e lutado com as próprias mãos, se não tivessem nada disponível, mas *Herr* Schiller continuou a ser o cavalheiro de sempre, até o fim. Minha mãe disse que ele aparentava tristeza, não raiva. Chegou até a defender o irmão, embora eu ache que isso ultrapasse o que a maior parte dos cristãos faria. — *Frau* Kessel franziu o cenho e fez um biquinho. — Tenho certeza de que o pobre coitado achou que estava fazendo o que era certo: seja o que for que fizesse, não traria Gertrud de volta e ele não queria ser a pessoa a condenar o irmão; só que talvez, se *tivesse*, nenhuma das outras meninas teria desaparecido. Faz a gente pensar, não é? Dar a outra face é bom, mas...

— As outras meninas? — repeti. — Katharina Linden e Marion Voss...?

— Não, não. — *Frau* Kessel dirigiu os olhos pestanejantes detrás dos óculos para mim. — Não essas duas. Eu me referi às outras.

Capítulo 22

— À s outras? — repeti, devagar.
Frau Kessel me lançou um olhar penetrante, como se eu estivesse agindo como uma tapada de propósito. — Sim, claro. Teve a garotinha dos Schmitz, não lembro agora qual era o nome dela. E Caroline Hack. Não que tenha sido uma surpresa quando *ela* desapareceu. Sempre perambulando pela cidade sozinha a qualquer hora do dia, sem que a madrasta fizesse nada a respeito, embora eu ache que ela talvez tenha gostado de se livrar da garota. — A careta de desaprovação que a velha fez insinuava que ela mal podia imaginar até onde ia a perversão dos habitantes da cidade.

— Eu nunca ouvi falar de nenhuma Caroline Hack — disse eu, ceticamente. — Acho que não tem ninguém na *Grundschule* com esse nome.

— Sua boba, claro que não tem. Isso aconteceu anos atrás. Se essa menina ainda estivesse viva, teria quase a idade da sua mãe.

— Ah. — Pensei no assunto. — E a garota dos Schmitz, tinha a mesma idade?

— Não tinha não. Bom, ela era mais nova *naquela época* — respondeu *Frau* Kessel. — Mas acho que seria mais velha que Caroline Hack agora. — Ela bateu as mãos uma contra a outra, como se retirasse alguma poeira invisível. — Você faz mesmo um monte de perguntas, Pia Kolvenbach. Também age assim na sala de aula?

— Hã... — Não havia resposta para aquele tipo de questionamento dela, pelo menos nenhuma que não merecesse outro sermão.

— Bom, acho que pensa que não tenho mais nada para fazer além de ficar aqui fofocando — salientou ela. — Venha, Pia, vou acompanhá-la até a porta. — Fui dispensada. Ela me conduziu pelo corredor escuro, até a saída. — Bianca era o nome dela — informou, com uma das mãos na maçaneta.

— *Wie, bitte?* — Olhei-a, confusa.

— A garotinha dos Schmitz.

— Ah — exclamei. — *Tschüss, Frau* Kessel — acrescentei, agradecida por sentir a luz do sol.

— *Auf Wiedersehen* — disse ela com veemência, conseguindo demonstrar com o tom de voz sua contrariedade em virtude da minha saudação informal. Então, fechou a porta.

Concluí que já era tarde demais para visitar *Herr* Schiller àquela altura e, embora eu quisesse descobrir um pouco mais sobre Caroline Hack e Bianca Schmitz, ele seria a última pessoa a quem eu perguntaria, considerando a comoção causada por minhas indagações sobre Katharina Linden. Então, fui para casa, arrastando os pés nas pedras de cantaria e pensando no que acabara de ouvir.

Seria verdade? Minha mãe sempre dizia que não era para levar muito a sério o que *Frau* Kessel falava. A velha gostava de transformar um pequeno boato numa notícia supostamente verdadeira, como a vez em que a filha adolescente de *Frau* Nett teve gastroenterite e vomitou na escola; *Frau* Kessel contou para, pelo menos, seis colegas que ela sabia de fonte segura que Magdalena Nett estava no quarto mês de gravidez. *Frau* Nett ficou sem falar com *Frau* Kessel durante meses depois dessa maldade. No caso das outras garotas, era difícil imaginar a velha *inventando* o desaparecimento delas. Ou bem elas estavam lá, ou não. Fiquei pensando para quem eu podia perguntar.

Capítulo 23

—*P*ai?
Ele ergueu os olhos do refúgio habitual, detrás das folhas abertas do *Stadtanzeiger*.
— Sim, Pia?
— Quando estava estudando aqui, você conheceu alguém chamada Bianca Schmitz?
— Não, acho que não. — Meu pai olhou de soslaio para a página que vinha lendo, evidentemente louco para voltar a checar um relato empolgante das notícias locais.
— E conheceu alguém chamada Caroline Hack?
Ele abaixou com relutância o jornal.
— Não creio, Pia.
— Tem certeza?
— Pia, estou *tentando* ler o jornal. O que que é tão importante sobre Caroline... como é mesmo o sobrenome dela?
— Caroline Hack. Pai, *Frau* Kessel disse que ela...
— *Frau* Kessel? — Ele soltou um suspiro. Estava prestes a dizer algo, provavelmente repetindo o que minha mãe dizia sobre escutar as histórias dessa mulher. Então, lembrou. — Foi a menina que fugiu.
— Ela fugiu? *Frau* Kessel me disse que essa garota tinha sumido.
— Bom, na verdade, é o que ocorreu. Simplesmente partiu sem avisar. Mas como é que surgiu esse assunto com *Frau* Kessel?

— Ela pediu que eu ajudasse a carregar as compras dela — expliquei, com sinceridade.

— Pediu é? *Unverschämt* — resmungou ele.

Em outra ocasião eu podia ter me sentido tentada a mudar de assunto àquela altura, achando também um absurdo *Frau* Kessel ter me pedido para carregar as compras até a casa dela, exagerando um pouco, afirmando que minhas costas não tinham parado de doer desde então, que a velha tinha me feito carregar um monte de coisas... Porém, naquele momento, perguntas sobre Caroline Hack eram mais interessantes que a possibilidade de direcionar o tema da conversa para a velha.

— *Frau* Kessel me contou que Carolina Hack simplesmente sumiu, que nem... que nem Katharina Linden.

— Hã. — Meu pai endireitou-se na poltrona e me olhou com severidade. — Pia, não estou gostando nada disso. *Frau* Kessel não tem o direito de assustar crianças com essas histórias.

— Não fiquei assustada, eu...

— Se ela pedir que você carregue as compras de novo, diga que seu pai mandou você vir direto para casa, *verstanden*?

— Sim... mas, pai?

— Hein? — Ele parecia estar meio cansado.

— Não pode, ao menos, me contar o que houve com Caroline Hack, por favor? Eu não estou assustada — acrescentei depressa —, mas apenas interessada.

— *Ach*, Pia! Não há muito o que dizer. Essa garota estudava na *Grundschule* na mesma época que eu, só que não a conhecia muito. Caroline Hack estava na quarta série, e eu na segunda ou terceira, não lembro bem. Ela simplesmente não foi para a escola, uma bela manhã; então, acabou correndo o boato de que a menina tinha fugido de casa. Não se dava bem com a mãe, eu acho.

— *Frau* Kessel disse que Caroline tinha uma madrasta.

— *Frau* Kessel disse! Essa mulher devia se preocupar apenas com a própria vida. Pia, estou falando sério, não quero que você fique dando ouvido a essas histórias.

— Está bom, pai. — Até eu percebi que mais perguntas enfureceriam meu pai. Com relutância, saí de campo.

126 • HELEN GRANT

* * *

Na manhã seguinte, fui conversar com Stefan no recreio. Ficamos num canto do pátio, longe do trepa-trepa no qual os alunos da primeira série se penduravam feito macaquinhos e a uma distância segura do ponto em que Thilo Koch e alguns garotos da quarta se agrupavam.

— E aí? — quis saber Stefan.

— Não foram apenas Katharina Linden e Marion Voss. — Informei, sem preâmbulos. — Outras meninas desapareceram.

Ele olhou ao redor, como se pudesse notar quem tinha sumido do nosso meio.

— Quais?

— Não foi agora, mas há anos, quando meu pai estava estudando.

Os ombros do meu amigo relaxaram quando eu disse *isso* — era uma época tão remota que chegava a ser inexpressiva.

— Sério? — perguntou Stefan, nada animado.

— Sério. Sumiu uma menina chamada Bianca Schmitz, mas acho que foi antes da época de escola do meu pai; depois teve outra, Caroline Hack, dessa vez no mesmo período em que ele estudava.

— E o que é que aconteceu com elas?

— Simplesmente sumiram do mapa. *Frau* Kessel me contou.

— Frau *Kessel te contou*? Pia, não dá para acreditar numa palavra do que aquela velha *hexe* diz. — Meu amigo aparentava estar aborrecido. Sem dúvida alguma, a família Breuer deve ter sofrido com a língua hiperativa de *Frau* Kessel no passado.

— É verdade. Só que não foi só ela; o meu pai conhecia a história também. Disse que, numa manhã, ela não apareceu na escola e que todo mundo pensou que tinha fugido.

— E por que faria isso?

— Não se dava bem com a madrasta.

— Ah, então vai ver que ela fugiu *mesmo*.

— Não é o que *Frau* Kessel pensa. Ela acha que alguém pegou a garota.

— Alguém?

— Bom... — Abaixei a voz, olhando ao redor. — A velha pensa que foi *Herr* Düster.

— O velho Düster? — Agora Stefan se interessou mais.

— Isso mesmo. Ela disse que ele levou Gertrud para passear no dia em que ela desapareceu...

— Peraí, peraí...! — Meu amigo parecia confuso. — Quem é Gertrud?

— A filha de *Herr* Schiller — respondi, impaciente. — A que também sumiu. *Herr* Düster levou a sobrinha para passear no Eschweiler Tal e ela nunca mais voltou.

— Bom, se foi tão óbvio assim, por que ninguém fez nada?

— *Frau* Kessel disse que *Herr* Schiller apoiou o irmão.

— E por que faria isso?

— Sei lá. — Pensei a respeito. — Ela afirmou que *Herr* Düster levou Gertrud para se vingar do irmão, porque quis se casar com a esposa de *Herr* Schiller antes que ela optasse ficar com ele.

— Então, por que ele pegaria as outras meninas?

— Quem sabe não foi algo parecido com um tigre que come seres humanos? Assim que ele sentiu o gosto de sangue, quis fazer tudo de novo.

— Ou algo parecido com um vampiro — sugeriu Stefan. — Sabe, tipo Drácula. Vi um filme sobre esse cara uma vez. Ele podia virar morcego e entrar voando pelas janelas nos quartos das pessoas.

— Eu não acho que *Herr* Düster vire morcego — protestei. — Até porque nenhuma das meninas sumiu no *quarto*.

— Talvez ele vire um lobo.

— E ninguém repara num lobo no meio da rua? — perguntei, com sarcasmo.

— Ou um gato. Um gato preto e grande, com olhos brilhantes.

— Que nem o Plutão?

Stefan ficou boquiaberto.

— Claro.

— Ah, dá um *tempo*.

— Não, sério. — Ele me olhou, a expressão vibrante por causa da ideia que teve. — Escuta só, alguém já viu *Herr* Düster e Plutão juntos, *ao mesmo tempo*?

— E como vou saber?

— Aposto que *não*. — Stefan ponderou no assunto. — Você se lembra daquela vez em que a gente estava na casa de *Herr* Schiller e o Plutão entrou, enfurecendo o velho? Foi como se o gato fosse a encarnação do demônio ou algo assim.

Pensei no dia. Meu amigo tinha razão. Senti um calafrio percorrer o corpo.

— Que loucura — comentei, balançando a cabeça. Plutão era só um gato. Um bichano enorme e mal-humorado, mas apenas um felino. Simplesmente assustou *Herr* Schiller e nada mais...

O sino tocou, indicando o final do recreio e, enquanto entrávamos, descartei por completo essa teoria; relembrando, creio que foi nesse ponto que o germe de uma ideia começou a surgir, o de entrar de alguma forma na casa de *Herr* Düster e procurar não só pelas garotas perdidas como também encontrar a verdade.

Capítulo 24

Por fim, o ano escolar tinha terminado, a época do *Grundschule* passara, e se abria diante de mim a perspectiva do *Gymnasium* sem Thilo Koch. Mas antes havia seis semanas de férias pela frente, quatro das quais seriam passadas no ambiente exótico da casa semigeminada de *Oma* Warner, em Middlesex. Minha mãe encheu minha mala de presentes para ela e, em seguida, colocou-me num avião em Köln-Bonn. *Oma* Warner me pegou no aeroporto quando cheguei, e pronto. Eu estava presa, sem perspectiva de livramento condicional, por quatro semanas. Assim que entramos no táxi, dei os pacotinhos para ela, como uma prisioneira entregando os pertences antes de entrar no xadrez.

— Ooh! — exclamou *Oma* Warner, dando uma espiada num dos pacotes. — O que é isso, Pia?

— Acho que algo para comer — respondi.

— Minha nossa, espero que não sejam aquelas linguiças defumadas — informou ela, sem certeza.

— Hum. — Foi o que me limitei a dizer.

Eu me aventurei a dar uma olhada pela janela do táxi. A Inglaterra parecia igualzinha à última vez que a visitara: uma paisagem interminável de ruas de tom cinza, reluzentes por causa da chuva. Embora fosse verão, continuava a chuviscar. Todos aparentavam se mover apressadamente, inclinando-se um pouco para a frente como se quisessem abrir caminho pelo vento e pela garoa. Minha mãe dizia que algumas partes da Inglaterra faziam Bad Münstereifel parecer Ruhrgebiet, uma região famosa na Alemanha por suas fábricas e minas de carvão; ela descrevia vilas com cabanas aconchegantes, com telhado de palha, igrejas normandas e prados e colinas com vacas cochilando sob as árvores. Olhando para Middlesex, eu me perguntava se ela não tinha se confundido com algum outro lugar.

Para aumentar a minha angústia, havia o fato de eu estar separada de tudo que acontecia lá em casa, na Alemanha. E se eles encontrassem uma das garotas desaparecidas? E se pegassem alguém — *Herr* Düster, por exemplo — tentando se livrar da prova do crime? Sem os fatos, minha imaginação corria solta, e eu visualizava a polícia entrando na casa dele na Orchheimer Strasse e encontrando-o triturando ossos com os dentes. Os policiais o tirariam dali carregado e, quando ele fosse revistado na delegacia, descobririam que seu corpo era coberto de pelos negros. Ninguém jamais veria Plutão de novo, claro. E, quando checassem a geladeira dele, ela estaria cheia de garrafas de sangue...

— No que você está pensando? — perguntou *Oma* Warner.

— Em nada — respondi.

Uma semana passou, em seguida, outra, e eu me resignei ao cativeiro. A casa de *Oma* Warner era uma prisão, apesar de interessante: três quartos e um sótão a ser explorado, bem como uma sala de jantar com armários cheios de enfeites e porta-retratos com fotos antigas. Na sala, havia uma estante de madeira escura cheia de romances de Barbara Cartland e Georgette Heyer; minha avó era fanática por eles.

— Pode ler um, se quiser — sugeriu ela, aparecendo atrás de mim de repente, enquanto eu examinava uma capa com uma mulher de cabelos ruivo-alaranjados num vestido de veludo verde repelindo três amantes de uma só vez. Quase morri de susto, e coloquei o livro de volta na estante o mais rápido possível.

— Não, obrigada — disse eu.

Oma Warner inclinou a cabeça para o lado e fitou-me com os olhos brilhantes, como uma mulher sábia.

— Está bom, então. — Em seguida, estendeu a mão. — Chegou uma carta para você da Alemanha. — Virou o envelope. — É de Stefan Breuer. — Deu uma risadinha, entregando-a para mim. — Está com um pretendente?

— Com um o quê?

— Um namorado — explicou *Oma* Warner, arqueando a sobrancelha de forma enfática.

— Não — ressaltei. Mentalmente, acrescentei outra praga à longa lista que eu acumulava contra meu amigo desde que a nossa parceria forçada começara. *Stefan Fedido*: como não podia deixar de ser, lá vinha ele me causando constrangimento outra vez. Só ele mesmo para fazer isso comigo a quinhentos quilômetros de distância.

Subi até o quarto que *Oma* Warner tinha me dado e fechei a porta. Antes de abrir a carta, virei-a como fizera minha avó e a examinei à procura de pistas. O gosto de Stefan no que dizia respeito a papel de carta era péssimo ou talvez ele o tivesse pegado da mãe; o envelope vinha decorado com camundongos dando sorrisinhos tímidos, saltitando sobre um fundo de matizes rosa e amarelo. Com todo aquele romantismo impressionante, não era à toa que *Oma* Warner achara que fosse uma carta de amor. Stefan a endereçara para a srta. Pia Kolvenbach.

Eu a abri e li o seguinte:

Liebe Pia,
Você está se divertindo na casa da sua avó? Eu fui para a colônia de férias na semana passada, mas não foi tão legal quanto no ano passado. Eles não deixaram a gente sumir de vista. Aconteceu um troço na quarta-feira. Um grupo de gente foi até a casa de *Herr* Düster e gritou com ele. A polícia apareceu e mandou todo mundo embora. Boris diz que *Herr* Düster vai morrer. Só queria contar isso para você. É uma pena que não esteja aqui. Eu pedi para ligar para aí, só que a minha mãe não deixou.
Dein, Stefan

Reli tudo. Milhares de perguntas surgiram na minha cabeça. Quem tinha ido até a casa de *Herr* Düster e por quê? Fiquei pensando se as acusações de *Frau* Kessel contra o velho haviam simplesmente ganhado força e se ela estivera entre o grupo que se reunira na frente da residência dele. Mas, por algum motivo, achei que não; aos dez anos de idade, estava longe de compreender o comportamento dos adultos, porém, até mesmo eu podia notar que o modo de agir de *Frau* Kessel era a observação dos bastidores, o sussurro atrás de portas fechadas. Não dava para imaginá-la como a líder de uma multidão, com tocha e tudo, de linchadores.

A carta de Stefan era enfurecedora, pelos detalhes que deixava de dar. A polícia apareceu, mas o que é que tinha feito, além de mandar todo mundo para casa? Tinha prendido alguém, talvez até o próprio *Herr* Düster? E o que significava Boris haver comentado que *Herr* Düster ia morrer? Seria uma ameaça? Li a carta de novo, mas não havia mais nada a tirar dela. Desci.

— *Oma? Ich meine...* Vovó?

— Sim, querida? — Ela esfregava com força o forno, mas se levantou quando entrei na cozinha.

— Posso dar um telefonema?

— Bom, a sua mãe vai ligar para você esta noite, Pia. Não pode esperar?

— Hum. — Olhei para *Oma* Warner, em seguida para o balcão cheio de coisas. — Eu queria telefonar... — Parei para pensar no assunto. — Para uma pessoa. — Torci para que ela supusesse que era uma amiga. Mas minha avó não era tão tapada assim.

— Para o seu namorado, é? — Antes que eu pudesse dizer algo, ela meneou a cabeça. — Sinto muito, querida. É caro demais. — Deu um sorrisinho conciliatório. — Vai ter que escrever para ele. É o que seu avô Warner e eu sempre fazíamos, sabe?

— Hum. — Dei de ombros. Se fosse hoje em dia, claro, eu poderia ter mandado um e-mail. Porém, em 1999, a tecnologia na casa de *Oma* Warner não chegava nem a uma máquina de lavar pratos. Um telefone público também estava fora de cogitação: uma única ligação internacional requereria mais do que todo o conteúdo da minha bolsa. Então, não restava outra alternativa.

Capítulo 25

— Stefan?
— Quem está falando?
— Eu, Pia.
— Pia, você já voltou?
— Não, estou ligando da casa da minha avó.
— Na *Inglaterra*?
— É... — Eu fiz uma pausa. — Ela não sabe. Não posso falar muito, já que ela pode voltar.

Stefan deixou escapar um assobio.

— O que é que ela vai fazer...
— Esquece — interrompi, num sussurro premente. Embora eu a tivesse visto sair com meus próprios olhos, ainda me sentia obrigada a falar baixo. — Eu recebi a sua carta. O que é que anda acontecendo? Que história foi aquela sobre *Herr* Düster?

— Ah, aquilo foi uma *loucura*. Tem uns boatos correndo sobre o velho há um tempão, desde que ele entrou naquela viatura de polícia. Pelo visto, parece que alguém começou a incentivar ainda mais a fofoca...

Frau Kessel, pensei, com amargura.

— Daí, um grupo grande de pessoas foi até a casa dele e começou a gritar, exigindo que ele saísse e se explicasse.

— Você viu?

— *Nee*. Mas o Boris estava lá.

— Ele também acha que foi o *Herr* Düster?

— Não, simplesmente achou legal estar ali, acompanhando tudo que acontecia. — Isso fazia sentido; parecia bem típico de Boris se juntar a dez pessoas que aterrorizavam um velho.

— E ele saiu? Quer dizer, *Herr* Düster?

— Não. Você, por um acaso, sairia? Mas o Boris disse que, com certeza, ele estava lá; todo mundo viu quando o velho olhou pela janela.

— Quem foi?

— Bom, além do Boris... Jörg Koch, e ele contou que o pai de Katharina, sabe, *Herr* Linden, estava lá também. Mas não sei quem mais. Disse que *Herr* Linden bateu na porta e mandou, gritando, que o velho saísse, pois, se não tinha nada a ver com a história, não tinha nada a temer. — Stefan fez uma pausa, ponderando. — Então, acho que a polícia chegou.

— Quem foi que chamou?

— Não sei. Talvez *Herr* Düster. Ainda assim, ele não saiu, mesmo quando ela chegou. Foram *Herr* Wachtmeister Tondorf e o outro, o mais novo.

— E o que fizeram? Eu tive visões de *Herr* Wachtmeister Tondorf golpeando *Herr* Düster com um cassetete e de *Herr* Linden falando da filha aos berros, tentando arrombar a porta...

— Só conversaram com a multidão.

— E o que foi que o pessoal falou? — Eu não estava conseguindo entender bem.

— Não sei... O Boris ouviu, mas só ficou bravo porque não obrigaram o *Herr* Düster a sair nem nada disso. — Algo que eu bem podia imaginar; Boris teria adorado a briga que se seguiria. — Acho que disseram que não tinha sido ele. — Stefan fez uma pausa. — Então, Jörg Koch perguntou, gritando, por que eles prenderam *Herr* Düster antes, se não tinha sido ele.

— E?

— *Herr* Wachtmeister Tondorf explicou que não tinham prendido o velho, mas que o assunto era confidencial e não podiam revelar nada.

— Mas eles tinham prendido *mesmo* ele, não é? — perguntei. — *Frau* Koch *viu*.

— É, eu sei que não faz sentido — concordou Stefan. — Só estou contando o que Boris disse. Então, *Herr* Wachtmeister Tondorf falou que todo mundo tinha que voltar para casa e parar de incomodar *Herr* Düster, porque ele estava doente. Avisou que precisavam deixar a polícia se encarregar de tudo.

— E eles foram? — perguntei. Era difícil imaginar o pai aflito e os valentões locais saindo com o rabo entre as pernas ao ficar sabendo da suposta saúde frágil de *Herr* Düster.

— Bom, o Boris disse que eles ironizaram *Herr* Wachtmeister Tondorf, perguntando o que é que ele esperava, se a polícia não conseguia encontrar a pessoa que vinha raptando aquelas crianças, e coisa e tal. Você conhece o Boris.

— *Doch* — concordei. Pensei por alguns instantes. — Algo mais aconteceu?

— Como assim, quer saber se alguém mais desapareceu? Não. Bem que eu queria que isso acontecesse com Thilo Koch, mas não tive essa sorte.

Nós dois rimos.

— Não encontraram Marion Voss?

— Não.

— Você tem visto *Herr* Schiller? — perguntei, esperando, com certo ciúme, que ele negasse.

— A-hã, eu estive com ele alguns dias atrás. Ele me contou uma história muito legal sobre um tesouro. Disse que, quando a cidade foi atacada, as freiras o esconderam, e até hoje ninguém encontrou. Ainda pode estar em algum lugar na cidade, algo equivalente a milhões de marcos, talvez até bilhões. *Herr* Schiller disse...

— Stefan, eu tenho que ir. — Não ousei ficar mais ao telefone; cada minuto adicionava uma quantia enorme na conta de *Oma* Warner, e um risco maior de eu ser descoberta. — Você pode me ligar se algo mais acontecer?

— Vou tentar — respondeu Stefan, e tive que me contentar com isso.

Capítulo 26

As férias de verão, que pareciam não ter mais fim, finalmente terminaram. Meus primos odiáveis foram para a casa de *Oma* Warner, sob o pretexto de se despedir com entusiasmo, embora não houvesse afeição entre nós. Vovó nos mandou brincar no jardim, enquanto tomava chá com tia Liz. Como sempre, fomos até o final da área para subir na grade e ver os trens passarem depressa a caminho de Londres.

Se nos espremêssemos, conseguiríamos ficar observando através de um pequeno espaço numa parte da cerca sem arbustos. Charles e Chloe, os primeiros a subirem, não queriam ficar apertados por minha causa. Tentei subir de qualquer jeito, só para encher o saco deles; houve certa luta e Chloe caiu, com um gritinho afetado.

— Você fez isso de propósito — disse Charles, empurrando-me com força com a mão vigorosa, tentando me fazer cair na terra, enquanto a irmã limpava o vestido rosa sem mangas, enfadada. Segurei a cerca com todas as forças, daí chutei as canelas dele.

— Merda, merda — vociferou meu primo e, em seguida, atirou-se na minha direção e começou a tirar meus dedos da cerca.

Tentei chutá-lo de novo, mas errei o alvo, soltei a cerca e caí no chão. Sem perder o ânimo, dei para ele um pouco do próprio remédio.

— *Vai na merda*! — exclamei, tentando golpeá-lo com a mão aberta.

— Vai *na* merda? — Charles deu uma risada zombeteira. — O que isso quer dizer?

— Ela está querendo dizer "vai à merda" — explicou Chloe. Os dois se entreolharam e riram teatralmente.

— Quer dizer que essa menina não sabe falar direito?

— Não.

— Dã-dã-dããã. — Ambos ficaram saltando pesadamente, numa simulação de imbecilidade.

— Vão na merda!

— Não, você vai na merda!

— *Scheissköpfe* — disse para os dois. Como tinha chegado ao limite do meu conhecimento do idioma, não restou outra opção senão voltar ao alemão. — *Ich hasse euch beide, ihr seid total blöd*!

— Isso é alemão, não é?

— Vai na merda de volta para a Alemanha, sua... alemã.

— Isso, alemãzinha — acrescentou Charles, usando a palavra de um jeito que só podia ter aprendido com tio Mark. — Vai à merda junto com todo alemão azedo do seu país.

— Volta pra onde veio — acrescentou Chloe.

— *Gerne* — disse eu. — A Inglaterra é uma *Scheisse*, Middlesex é uma *Scheisse, und ihr beide seid auch Scheisse.*

— Alemão, ela está falando alemão — salientou Charles, divertindo-se. — Ei, Chloe, mal posso esperar até ela tentar se comunicar desse jeito na escola. — Fez uma careta. — Ah, senhorrra Vilson, eu não querrer fazerr esse dever de casa.

— Meu Deus, ainda bem que ela não vai para a *minha* sala de aula — afirmou Chloe, com repugnância. — Vão botar essa garota na da Batty. — Ela me olhou. — Junto com todos os outros tapados que não podem falar o nosso idioma.

— Olha só, eu não estou indo para a sua escola — disse eu, cheia de desdém.

Chloe deu um gritinho malicioso.

— Ah, está indo sim senhora.

— Não estou não.

— Está sim.

Os dois me olharam com expectativa. Então, Charles deu uma cotovelada nas costelas da irmã.

— Ela não sabe.

— Eu não sei do quê? — perguntei.

Ambos caíram na gargalhada.

— Então conta pra gente — pediu Charles, por fim, no tom de quem falava com uma idiota completa — aonde você acha que está indo estudar?

— No Sankt Michael Gymnasium — respondi, ressabiada.

— E onde é que fica isso?

— Bad Münstereifel.

— Você vai precisar de um avião para chegar lá, então — provocou Charles.

— Não estou entendendo — salientei, ressentida.

— Quer que eu abra o jogo, sua tapada? — perguntou Chloe, as mãos no quadril quase inexistente. — Você está vindo morar na Inglaterra.

— Não — ressaltei, balançando a cabeça.

— Sim, sim, sim — cantarolou o garoto.

— *Quatsch* — disse eu.

— Quá-quá? O que é isso?

— Pato em alemão — sugeriu Chloe.

Os dois gargalharam. Fiquei ali parada, em silêncio.

— Eu não vou morar na Inglaterra.

— Ah, vai sim. Tia Kate não tinha te contado?

Eu me virei.

— Vou perguntar pra *Oma* Warner.

Peguei a trilha do jardim rumo a casa. Atrás de mim, ouvi uma troca de sussurros aborrecidos entre Chloe e Charles.

— Seu idiota, ela não sabia.

— A mamãe não disse que não era para contar. De qualquer forma, foi você que começou.

— Não deixe essa garota ir até lá. A mamãe vai ficar fula da vida.

— Não deixe você.

Quando os dois terminaram de discutir e foram atrás de mim, eu já tinha chegado à porta dos fundos. Eles entraram correndo na casa atrás de mim e se aproximaram tanto, que, quando abri a porta da sala, nós três quase caímos ao ingressar.

— *Oma* Warner — deixei escapar —, eu não quero morar na Inglaterra.

As duas mulheres viraram os rostos espantados na minha direção. Tia Liz colocou a xícara no pires com estardalhaço e lançou um olhar furioso para Chloe e Charles.

— Chloe? Charles? — Fez-se silêncio. — O que é que andaram contando para Pia?

— Nada — respondeu a garota, depressa.

Eu a olhei com rebeldia.

— Ela me disse que eu ia estudar na Inglaterra, não no Sankt Michael Gymnasium.

— Ah, Chloe. — Tia Liz deixou escapar um som similar a um longo suspiro. Em seguida, fitou *Oma* Warner e revirou os olhos. — Como é que eles ficam sabendo dessas coisas? Eu não falei a esse respeito na frente deles, muito menos com Mark.

— As crianças estão sempre com as antenas ligadas — comentou *Oma* Warner, sombriamente.

— Não é verdade — ressaltei. Não era uma pergunta, mas uma afirmação. Minha avó olhou para tia Liz.

— Chloe e Charles não deveriam ter dito nada para você, Pia — disse tia Liz, por fim, naquele tom de voz profundo de escute-só-isso-menina que eu às vezes ouvia da minha mãe quando ela ia dizer algo sério. — Sua mãe e eu apenas discutimos como seria se você *realmente* viesse morar aqui na Inglaterra. Só conversamos sobre isso. Talvez a sua família não queira ficar na Alemanha para sempre. As pessoas se mudam, sabia?

Fiz um beicinho e balancei a cabeça com a maior veemência possível.

— Bad Münstereifel é muito linda, mas não passa de uma cidadezinha e, além disso... — Ela não terminou a frase.

— Sim, tia Liz? — perguntei. Pelo canto dos olhos, vi *Oma* Warner menear a cabeça. A outra mulher também viu e franziu o cenho.

— Existem outros lugares bons para se viver — concluiu ela.

— Não como Bad Münstereifel — disse eu.

Capítulo 27

Voltei para a Alemanha de avião alguns dias antes do trimestre do outono começar na minha nova escola, com o inglês bem melhor e as malas cheias de artigos britânicos que *Oma* Werner insistiu em mandar para a minha mãe — chá desagradavelmente forte e pacotes com misturas para molhos. Minha cabeça ainda estava cheia do blá-blá-blá de tia Liz, que me convenceu a não fazer mais comentários a respeito da mudança para a Inglaterra; não chegara a me proibir por completo, mas falara de um jeito tão persuasivo que eu captara a mensagem. Se era apenas uma ideia, então para que tanto segredo? Mas, em breve, eu teria que lidar com outros problemas, mais prementes.

— Você é Pia Kolvenbach?

Assim que me virei, dei de encontro com a parte da frente de uma jaqueta de couro preta, de motoqueiro; ao erguer os olhos, vi um rosto já com as características de adulto: o maxilar marcante, os lábios cheios, o início de uma barba. Embora eu não o conhecesse, ele talvez tivesse idade para estar terminando o ensino secundário e quem sabe cursasse o ano do *Abitur*. Levava uma mochila cinza desbotada, com a alça velha pendurada no ombro. Trazia um cigarro — totalmente proibido no pátio da escola — entre os dedos.

— Hein?

— Você é a garota Kolvenbach?

Eu o olhei pasma, e o rapaz balançou a cabeça com impaciência.

— É surda?

— Não — respondi, meneando o rosto.

— Bom, então quem *é* você? — Ele jogou a cinza do cigarro no chão, entre nós dois. — Pia Kolvenbach?

— A-hã.

— Foi a sua avó que explodiu.

— Ela não... — Comecei, daí parei antes de terminar. Para que perder tempo? Se eu dissesse que ela se queimara por acidente ou que pegara fogo espontaneamente ou ainda que disparara feito uma girândola, lançando uma chuva de faíscas multicoloridas, que diferença faria? Fiquei ali parada, quieta, aguardando o inevitável.

— Então, o que foi que aconteceu?

Desviei os olhos, procurando uma face amigável naquela multidão de estudantes. Onde é que estava Stefan? Deveria estar ali. Eu me arrisquei a fitar o rosto do rapaz de novo; ele continuava a me olhar, esperando para escutar a minha versão. Dava para notar o brilho de interesse mórbido por trás daquelas feições marcantes, como uma vela queimando numa lanterna. Deixei a precaução de lado.

— Foi uma granada de mão.

— Uma o *quê*?

— Uma granada de mão. — Então, eu já me recuperara. *Um Gottes Willen*, pensei; seja lá o que eu dissesse, não pioraria a situação. — Meu *Opa* tinha mantido uma guardada desde a guerra.

— Sério?

— Sério. — Comecei a me animar. — Ele guardava numa caixa debaixo da cama. Quando morreu, *Oma* Kristel começou a levar o explosivo aonde ia, como lembrança dele.

— Inacreditável — comentou o rapaz, embasbacado. Parecia até que, a qualquer momento, ele começaria a babar, de tanta empolgação. O cigarro queimava sem ser notado, entre seus dedos. — E como é que a granada explodiu?

— Bom... — Parei para pensar por alguns instantes. — Estava guardada na bolsa da minha avó. Ela *sempre* levava aquele troço para tudo

O DESAPARECIMENTO DE KATHARINA LINDEN • 143

quanto era lugar. Um dia meteu a mão para pegar as chaves, daí, em vez de colocar o dedo no aro do chaveiro, pôs na granada e puxou o pino. — Inclinei a cabeça. — Então, ela explodiu. *Bum*! Desse jeito!

— *Scheisse*! — Eu tinha conseguido impressionar um adolescente. — E sobrou alguma coisa dela?

— Só os sapatos e a mão esquerda. Foi só assim que conseguiram confirmar quem era depois, pelos anéis.

— Mas que... — Ele balançou a cabeça. — É incrível. E ninguém mais se machucou?

— O nariz do meu primo, Michel, foi arrancado. — Bem que eu gostaria que *isso* fosse verdade. — Tiveram que montar um novo para ele no hospital. — Levei a mão aos lábios com suavidade, como se sentisse as palavras conforme saíam e conferisse sua veracidade. — Está novinho em folha agora, ninguém diz que foi refeito.

— Mas eles encontraram o nariz?

Meneei a cabeça.

— Um gato comeu.

Houve um longo silêncio. Eu e o rapaz nos entreolhamos. Ele bateu a longa cinza que se formava no cigarro, deu uma última tragada longa e, em seguida, jogou a ponta no chão, para então esmagá-la com a sola já gasta do tênis.

— *Du bist pervers* — comentou ele, por fim: você é uma aberração. — Então, virou-se e saiu caminhando desajeitadamente. O rapaz me deixou ali parada, sozinha, com o sino da escola ressoando nos meus ouvidos.

Aquele foi o meu primeiro dia na escola grande.

Capítulo 28

—*P*ia — disse *Herr* Schiller, dando uma espiada na porta entreaberta —, quanta gentileza sua. — Em seguida, deu um passo atrás para me deixar entrar. Ele não estivera muito bem de saúde; por isso recusara o convite de minha mãe para que fosse tomar café e bolo com a gente, a fim de comemorar a minha ida para o ensino médio.

— Foi uma pena o senhor não ter podido ir na festa — comentei, com timidez.

— Lamentei muito ter perdido esse evento, Pia — ressaltou *Herr* Schiller, erguendo as mãos num gesto de tristeza. — Mas o que posso dizer? Estou sentindo o efeito do tempo agora. — Com certeza, dava para notar o peso de todos os seus 82 anos naquele dia. Embora as roupas estivessem impecáveis como sempre, aparentavam estar sobrando nos ombros largos; até mesmo as maçãs de seu rosto mostravam-se sem vigor e caídas, como se ele estivesse sem energia para sorrir.

Eu o observei com hesitação.

— *Danke*, Pia. — Ele fez um gesto me indicando que deveria ir para a sala.

— O senhor quer comer a torta agora? — perguntei, deixando-me cair numa das poltronas dele.

— Não, obrigado. — *Herr* Schiller se acomodou num de seus assentos favoritos, fazendo as molas balançarem. Nós nos entreolhamos por alguns instantes. Notei que ele realmente estava mais pálido.

— *Herr* Schiller...? — falei, ainda hesitante.

— Sim, Pia?

— O senhor... Sinto muito que esteja doente. Mas não está...? — Não terminei a frase.

— Morrendo? — concluiu ele, com a voz seca. Deu uma leve risada; na minha imaginação, eu via bufadas de poeira saindo a cada respiração sibilante dele. — Minha querida Pia, *todos* nós estamos morrendo. — Ele deve ter se dado conta da minha expressão, pois seu tom se suavizou quando acrescentou: — Sinto muito, mas quando você tiver a minha idade, vai ver que tudo termina. Não há nada de errado nisso. É a natureza. — *Herr* Schiller acariciou o braço da poltrona com a mão nodosa. Seus olhos não se concentravam em mim, mas em outro lugar; estava compenetrado. Por fim, disse: — O importante é viver cada dia como se fosse o último. — Observou-me. — Acho que falam disso para vocês na missa das crianças, não?

Assenti, sem querer dizer que nunca tinha ido a uma.

— Viva cada dia como se fosse o último — repetiu ele. — Sabe o que isso significa? Que se há algo que se queira fazer, algo que se *tenha* de fazer, é preciso ir em frente, antes que se perca a oportunidade para sempre.

— Hum — exclamei, pouco à vontade. Fiquei sem saber o que comentar.

Fez-se uma longa pausa e, em seguida, *Herr* Schiller perguntou, com mais entusiasmo:

— E o que está achando do *Gymnasium*, Pia?

Consegui conter a tempo o *Scheisse* que estava prestes a escapar da minha boca.

— É bom — comentei, com indiferença.

— Só bom? — Ele arqueou as sobrancelhas.

— Olha... — hesitei. — A escola é legal. Mas alguns dos alunos... eles são maliciosos.

— Sério?

Soltei um longo suspiro, que fez algumas mechas do meu cabelo esvoaçarem ao redor do meu rosto.

— Querem saber sobre *Oma* Kristel. Sobre... O senhor sabe. Por que é que as pessoas não conseguem esquecer isso? Por que todo mundo tem que falar eternamente dessa história? Bem... O senhor não — acrescentei, com hesitação.

— As pessoas têm dificuldade de deixar o passado para trás — comentou *Herr* Schiller. Em seguida, inclinou-se na mesinha de centro diante de nós e empurrou a embalagem com a torta de queijo na minha direção. — Talvez seja melhor você comer isso, Pia. Vai fazer mais bem a você que a mim.

— O senhor não está com fome?

— Não.

Abri a embalagem e peguei o garfo de plástico que a minha mãe tinha colocado de um jeito organizado do lado da fatia de torta. Lambendo o restinho de doce da ponta do utensílio, pedi:

— *Herr* Schiller, o senhor pode me contar outra história... por favor?

— Bom... — Ele pareceu meditar. — De que tipo você gostaria?

— Algo *bem* horripilante — anunciei. — Algo... — Pensei, e então, com uma súbita inspiração atrevida: — Um troço sobre um rapaz que diz algo idiota, daí uma coisa horrível acontece com ele. — Lembrei da cinza de cigarro se espalhando no chão aos meus pés, do tênis caindo aos pedaços esmagando uma ponta no piso. — Algo *bem* horripilante.

— Algo *bem* horripilante... — repetiu *Herr* Schiller, que se reclinou na poltrona por alguns momentos e olhou para o alto, como se buscasse inspiração. — Eu já lhe contei a história do Homem Assustador de Hirnberg?

— Não — respondi. — É pavorosa? — Eu estava mesmo com vontade de ouvir uma história aterrorizante naquele dia, cheia de gritos e sons de arrepiar. A verdade é que eu mesma estava com vontade de berrar e deixar escapar ruídos dilacerantes.

— Bastante — ressaltou *Herr* Schiller com secura, e eu tive que me contentar com isso. Acomodando-se mais na poltrona, ele começou: — Você sabe onde fica Hirnberg, não sabe?

Sabia sim, era uma colina de bosque denso ao lado do Eschweiler Tal e entrecruzada de trilhas de lenhadores.

— O Homem Assustador vive na floresta em Hirnberg, numa caverna iluminada por fogueiras que ardem nas profundezas da colina, dia e noite. — *Herr* Schiller pegou com lentidão o cachimbo e começou a colocar fumo nele. — Ele queima eternamente, mas nunca é consumido pelo fogo. No entanto, se abraçar alguém com os braços em chamas, faz a pessoa virar cinza num piscar de olhos.

Herr Schiller acendeu um fósforo e, por um instante, seus traços envelhecidos foram iluminados pela chama forte. Ele deu uma baforada, olhando-me. Então, prosseguiu:

— O que vou lhe contar agora aconteceu no vilarejo de Eschweiler, ao norte de Bad Münstereifel. Numa tarde de verão, há muitos anos...

— Quando? — interrompi.

— Muitos anos atrás — repetiu *Herr* Schiller, arqueando as sobrancelhas grossas. — Há um *tempão* mesmo. Certa tarde, os jovens do vilarejo estavam sentados no gramado de uma colina, contando histórias e, dali a pouco, a conversa se transformou numa competição, com narrativas cada vez mais apavorantes sobre fantasmas, bruxas e monstros. Eles falaram de um tesouro guardado por um espectro numa casa incandescente e do Homem Assustador, que supostamente vivia em Teufelsloch — a Caverna do Diabo — em Hirnberg.

"A competição prosseguiu até um rapaz se levantar e anunciar com imprudência: 'Bom, eu daria um *Fettmännchen* para o Homem Assustador de Hirnberg se ele viesse aqui buscá-la sozinho'. Um *Fettmännchen*, como você sabe, era uma moedinha daquela época.

"Assim que o rapaz acabou de dizer aquelas palavras, ele se deu conta do erro que cometera pela expressão na face dos outros. A conversa foi deixada de lado; o bate-papo alegre acabou, as moças colocaram os xales e voltaram correndo para casa feito ratinhos assustados, apesar dos rapazes terem feito de tudo para que elas ficassem.

"Bom, o sol começava a se pôr e as sombras se aprofundavam; logo eles notaram uma luz brilhando a certa distância, na floresta. A princípio vaga, ela foi aumentando, até se tornar evidente que não apenas aumentava em tamanho, mas se aproximava.

"Os jovens a observaram embasbacados, até ela surgir por entre as árvores e eles virem do que se tratava. Era um homem, ao menos algo no formato de um homem, porém envolvido numa espécie de lava, com todo o corpo ardendo em chamas; os olhos eram dois poços escuros, parecendo duas manchas no sol ofuscante que era seu rosto. Aos poucos, ele chegou perto, navegando em meio ao mar de fogo como um pescador navega na correnteza, até os jovens horrorizados ouvirem o crepitar dos pés em chamas enquanto eles torravam a grama.

"'O Homem Assustador! O Homem Assustador!', gritou um dos rapazes, por fim. Então, todos se levantaram e saíram correndo. Por fim, eles entraram num celeiro e, com as mãos trêmulas, fecharam as portas, obstruindo a passagem; em seguida, jogaram-se no chão, em meio ao breu, tremendo e suando como cavalos obrigados a trabalhar em excesso.

"Por um tempo, tudo ficou escuro e silencioso; em seguida, seus olhos começaram a distinguir os contornos de uma luz branca em meio à escuridão. Era a chama do Homem Assustador, aparecendo através das frestas entre as tábuas da porta. Ele foi chegando cada vez mais perto, até as linhas brancas aumentarem, formando uma luz ofuscante, e o crepitar do fogo poder ser ouvido do outro lado da porta.

"Então, uma voz imponente gritou: 'O *Fettmännchen*, o *Fettmännchen* que vocês me prometeram!', e alguém bateu com força à entrada. Ninguém ousou se mover, muito menos abrir a porta. Os jovens ficaram deitados no chão do celeiro, petrificados e trêmulos, amaldiçoando o rapaz que lançara o desafio idiota e rezando que os santos os resgatassem.

"Daí o Homem Assustador deu um berro furioso, apoiou as palmas das duas mãos na porta, com a intenção de queimá-la para passar. Ela começou a esfumaçar e a chamuscar; o cheiro de madeira queimada espalhou-se no celeiro, com as chamas absorvendo as tábuas numa luz laranja medonha. Ao ver aquilo, os rapazes se desesperaram e mandaram que o rapaz que lançara o desafio abrisse a porta e desse ao Homem Assustador a moeda que prometera.

"Branco de medo, o jovem se recusou a ir, mas os outros o agarraram, na tentativa de arrastá-lo até a porta. O rapaz, porém, lutou com unhas e dentes.

"'Não me façam sair!', gritou ele. 'Não tenho o *Fettmännchen*, não tenho nem um tostão, e aquele troço vai me matar!'

"'Seu idiota', exclamou um dos amigos. 'Você ofereceu uma moeda, sem ter uma?' Ele teria golpeado o rapaz, mas um dos colegas o impediu.

"'Não adianta', disse o amigo. 'Revirem os bolsos e procurem uma moeda, ou estamos todos fritos.'

"Então, eles procuraram nos bolsos, desesperados e, por fim, um deles achou uma moeda. Agora o rapaz que lançara o desafio já não tinha escapatória; os outros meteram a moeda na mão dele e, em seguida, posicionaram-se às suas costas e o empurraram rumo à porta, com a força adquirida pelo pavor.

"'Aí está o seu *Fettmännchen*', gritou um deles, abrindo a porta. No mesmo instante, um clarão tão forte surgiu no celeiro, que eles até tiveram de fechar os olhos, ainda sentindo o calor nas faces: como quando a pessoa se aproxima do forno de um padeiro. O rapaz com o *Fettmännchen* ficou ali de pé, tremendo feito vara verde, com a moeda na mão estendida.

"'O *Fettmännchen* que você me prometeu', disse a voz imponente, que estalava como se os lábios, a laringe e os pulmões que formavam as palavras estivessem pegando fogo.

"Daí, o rapaz sentiu um calor insuportável e uma dor intensa na mão, como se a tivesse metido na parte mais quente da fornalha de um ferreiro. Ele deixou escapar um som sufocado, como o de uma pessoa que está sendo estrangulada e, em seguida, caiu sem sentidos no chão, de forma que não viu o Homem Assustador se afastando rápido, e a escuridão voltar a tomar conta do celeiro. Os amigos o carregaram até a casa de sua mãe e o colocaram na cama, onde o jovem ficou deitado até a manhã seguinte.

"Talvez tenha sido melhor para ele. A mão tocada pelo Homem Assustador tinha queimado até os ossos, e as extremidades despedaçadas e chamuscadas sobressaíam em meio à carne queimada. E essa é a história do Homem Assustador de Hirnberg e das consequências de se falar sem pensar antes", concluiu *Herr* Schiller, olhando para mim sem pestanejar.

— Nossa, essa foi mesmo *horrível*! — comentei, com admiração.

— *Bitte schön* — disse o idoso simplesmente, inclinando a cabeça.

Capítulo 29

— Eles encontraram um sapato — disse Stefan. Nós estávamos parados nas pedras de cantaria ao lado de fora do *Gymnasium*, desfrutando dos raios de sol de outono. Como o inverno era bastante rigoroso na região de Eifel, era preciso desfrutar dos meses mais quentes enquanto dava.

— Um sapato? — repeti, sem entender.

— O sapato de Marion Voss — ressaltou Stefan, meio impaciente.

Eu o observei, embasbacada.

— *O sapato de Marion Voss?*

Ele anuiu.

— Aonde?

— Em algum lugar do bosque. Não sei bem onde. Talvez perto da capela, em Decke Tönnes. Numa área dessas.

— Quem foi que encontrou?

— Uns garotos que voltavam para casa com as mães; pelo menos, foi o que eu escutei.

— Ah. — Não pude evitar a decepção. Por que outras pessoas tinham que fazer aquelas descobertas? Por que eu não tinha tropeçado no sapato de Marion Voss enquanto caminhava? — Quem foi que contou isso a você?

— Ninguém me contou. Escutei Boris e os amigos *Dummkopf* dele falando disso. — Não chegou a explicar *onde* estava quando entreouviu a conversa, e eu nem perguntei. — Sabe o quê? Eles pareciam meio assustados.

— E por que ficaram assim? — quis saber. — Até agora, seja quem for só pegou garotas.

— Até agora — salientou Stefan, arrastando a ponta do tênis no chão, pensativo. — Na próxima vez, pode não ser.

— É, mas... — Franzi o cenho. — Quem atacaria Boris e os amigos dele? Teria que ser maluco.

— Talvez seja, sabe-se lá quem está fazendo isso.

Eu não me convenci. Nem mesmo um maníaco (e, naquele momento, imaginei o canibal descrito por Thilo Koch, triturando ossos ensanguentados entre os caninos amarelados) escolheria Boris como vítima, quando havia tantas outras crianças menores, que seriam alvos bem mais fáceis. Sem falar na ideia repulsiva de comer Boris, que tinha o aspecto pouco saudável de alguém de molho nas próprias glândulas sebáceas.

Ainda assim, pensei, inquieta, era preocupante quando até garotos como ele ficavam apavorados.

— Não seria bom a gente ir conversar com *Herr* Schiller depois da aula? — quis saber Stefan, interrompendo meus pensamentos.

— Não posso simplesmente *ir*, preciso pedir permissão para a minha mãe — salientei. O toque de recolher tinha melhorado um pouco, já que ninguém desaparecera durante as férias de verão; não obstante, a minha mãe ainda insistia em saber onde eu estava literalmente a cada instante do dia, para o meu desespero.

— Eu posso — disse Stefan. Ele colocou para trás as mechas do cabelo louro-escuro que caíam na sua testa. — Tem certeza de que você não pode ir?

— Tenho — respondi, com tristeza. — Mas eu vou até a porta com você. Posso ir para casa por aquele caminho.

— Está bom.

O sino da escola tocou. Entramos no pátio juntos, mas, então, parei sob o pretexto de amarrar os cadarços do tênis. Queria esperar até o grupo de crianças sair dali, antes de ir para a sala. Eu preferia me atrasar a correr o risco de enfrentar as cutucadas e os sussurros, que demonstravam que alguém notara se tratar de *Pia Kolvenbach* — não foi essa menina que...? a avó dela não...?

Observei Stefan subir a escada depressa e soltei um suspiro. Eu e Stefan Fedido. Sempre nós dois. Juntos eternamente, como Batman e Robin, só que não tão legais.

— É o Plutão — disse Stefan, atônito. Ele se inclinou em direção à janela, dando uma espiada no breu da sala do outro lado. Em seguida, olhou de esguelha para mim. — É ele, sim, não tenho a menor dúvida.

— Deixa eu dar uma olhada. — Empurrei o ombro do meu amigo, tentando tirá-lo do caminho para poder ver. Pressionei o nariz contra o vidro.

O interior da casa de *Herr* Schiller estava escuro, não havia luz em nenhuma parte. Meus olhos demoraram um pouco para se acostumar com aquela penumbra, mas então, aos poucos, fui distinguindo os móveis, o vulto do rádio antigo de *Herr* Schiller no aparador, os contornos dos quadros nas paredes.

— Eu não estou vendo o Plutão.

— Na poltrona de *Herr* Schiller.

Semicerrei os olhos; daí, prendi a respiração. Stefan tinha razão: lá, na poltrona favorita do velho, estava a figura luzidia e musculosa de Plutão, confortavelmente enrolado, formando uma bola. Enquanto eu observava, o bichano ergueu a cabeça como se tivesse sentido que eu o estava observando, e vi os dois olhos cor de mel reluzirem e, em seguida, os caninos brancos brilharem quando ele deu um bocejo lânguido.

— O que é que ele está fazendo ali?

— Não sei — disse Stefan. — Mas *Herr* Schiller vai ficar bravo se voltar e encontrar Plutão.

Nós nos entreolhamos. Eu não estava muito preocupada com o bem-estar de Plutão; ele podia tomar conta de si mesmo, como boa quantidade de cachorrinhos de Bad Münstereifel podia atestar. Mas pensava em como o velho lidaria com a descoberta. Eu o via tendo um ataque cardíaco, teatralmente, como ocorria nos filmes, agarrando o peito e, em seguida, caindo no chão, levando junto a mesinha e as louças de porcelana que estivessem por perto.

— Onde é que está *Herr* Schiller, de qualquer forma? — perguntou Stefan, de repente.

Dei uma olhada na sala de novo.

— Não consigo ver...

— *Ha-llo!* — exclamou alguém, atrás de nós. Eu quase tive um troço. Quando me virei, vi Hilda Koch, avó do repulsivo Thilo, acenando energicamente para nós na soleira de sua porta, um pouco mais adiante, na rua. Olhei para Stefan, mas ele não deu a impressão de entender mais do que eu o que estava acontecendo. Não nos movemos.

Frau Koch desceu o degrau desajeitadamente e começou a caminhar depressa até nós. O efeito foi meio como o de uma morsa lançando-se na nossa direção numa banquisa. Suas camadas de gordura sacudiam de um jeito assustador à medida que ela se aproximava.

— *Ha-llo!* — vociferou ela de novo, daquela vez apontando o dedo manchado para nós. *Frau* Koch limpou as mãos no imenso macacão de estampa florida que cobria o corpo gigantesco e, então, apoiou-as no quadril. — Deem o fora daí, seus *Quälgeister*! O que pensam que estão fazendo?

Nenhum de nós disse nada. Ficamos ali parados, quietos, e observamos a aproximação da mastodôntica idosa.

— O que é que vocês pensam que estão fazendo, hein? — perguntou ela de novo, quando já estava há alguns metros de nós.

— A gente veio visitar *Herr* Schiller — disse Stefan, num tom de voz incrivelmente calmo.

Era um dos traços de personalidade dele que sempre me impressionava: dava-se tão bem com os adultos, embora fosse um desastre com garotos de sua idade. Naquele momento, ele observava *Frau* Koch como se ela não fosse o ser mais parecido com uma morsa gorda e barbuda da cidade de Bad Münstereifel; na verdade, quase sorria para ela, levando a idosa a retribuir o olhar, já não tão alterada.

— Hum — disse *Frau* Koch, ceticamente — Vocês crianças! — Em seguida, semicerrou os olhos. — Quem foi que tirou todas as flores do vaso da minha janela, isso é o que eu gostaria de saber. Não pensem que não sei desses detalhes.

— Que... — Fiz menção de dizer, *que terrível*, porém bastou uma olhada daqueles olhos letais para eu emudecer.

— O que vocês estão fazendo? Incomodando o pobre velho? — quis saber a implacável idosa.

— Nós não estamos incomodando *Herr* Schiller — respondeu Stefan, educadamente. — A gente vem sempre aqui.

— Ele é nosso amigo — ressaltei com ousadia, e fui recompensada com outro olhar incrivelmente censurador.

— Se ele é mesmo seu amigo, *Fräulein*, deveria saber que ele não está aqui, não é verdade? — comentou *Frau* Koch, com contundente ironia. — E não pensem que esta é a oportunidade para alguma *Blödsinn*, porque estou de olho em vocês dois.

— Claro que não — disse Stefan.

— Vocês, crianças! — resmungou *Frau* Koch outra vez. — Como se não bastasse tudo que aconteceu com *Herr* Düster, embora, quem se importa com ele, *um Gottes Willen*, vocês não precisam se meter com *Herr* Schiller. Não há o menor senso de respeito hoje em dia.

Stefan me olhou. Era tão transparente quanto um aquário de peixes; dava quase para notar os pensamentos nadando de um lado para o outro.

— *Frau* Koch? — começou a dizer meu amigo. O olhar que a mulher lhe lançou poderia ter chamuscado tinta, mas ele não titubeou. — O que *foi* que aconteceu com *Herr* Düster?

— Como se vocês não soubessem! — resmungou ela. Ainda assim, a velha não conseguiu resistir à tentação de espalhar um pouco de fofoca interessante. — Alguém tem deixado uns troços na soleira da porta dele, não tem?

— Troços? — Eu a fitei, com a imaginação a toda, supondo que seriam cartas anônimas maliciosas, miúdos do açougueiro, bosta de cachorro... — Como assim?

Frau Koch jamais admitiria que não sabia de algum detalhe.

O DESAPARECIMENTO DE KATHARINA LINDEN • 155

— Deixem para lá — respondeu ela. — Não quero atiçar a imaginação de vocês. — Olhou de esguelha para a casa de *Herr* Schiller. — É melhor se afastarem dessa janela, antes que eu chame a polícia.

— Está bom, *Frau* Koch — disse Stefan, puxando-me para longe. Deixei que ele me conduzisse alguns passos adiante, daí parei para checar se a velha ainda estava nos observando. E estava, com as mãos nos quadris gigantescos, sobre o tecido florido. Mais do que depressa, eu me virei e segui meu amigo.

Só depois de termos dobrado a esquina, perto da livraria, eu me dei conta de que tínhamos ido na direção errada: havíamos tomado o caminho mais longo saindo da casa de *Herr* Schiller. Olhei para o relógio, perguntando-me se chegaria atrasada em casa.

— Ela acabou atrasando a gente — reclamei com Stefan. — Minha mãe vai ficar brava.

Ele não respondeu. Olhei de esguelha e vi que fitava o Markstrasse. Acompanhei seu olhar e observei os tons verde e branco oficiais de uma viatura de polícia, estacionada bem diante da *Grundschule*. Enquanto contemplávamos a cena, a porta do motorista abriu e *Herr* Wachtmeister Tondorf saiu. Instantes depois, alguém se retirou do banco de passageiros: reconheci o policial de rosto frio que fora à escola depois que Marion Voss desaparecera.

Herr Wachtmeister Tondorf olhou ao redor depressa, de um jeito quase furtivo; o outro policial fitou a fachada da escola, com expressão impassível. Então, os dois circundaram o portão fechado com cadeado, que ficava na frente da construção, e desapareceram na arcada que dava acesso à escola.

— Você viu aquilo? — quis saber Stefan, virando-se para mim. — A polícia.

Eu assenti.

— Eles devem ter encontrado alguma coisa — prosseguiu ele. Nós dois ficamos observando a rua, na direção em que a viatura tinha estacionado, como se ela pudesse nos dizer algo. — Bem que eu gostaria de saber o que é que eles acharam.

Capítulo 30

— **M**ãe, a gente vai ficar na Alemanha para sempre?

A pergunta fervilhava na minha mente desde que eu voltara da Inglaterra. Durante três semanas inteiras resisti à tentação de fazê-la aos meus pais, mas, por fim, a vontade de saber a resposta havia sido mais forte que o meu receio de talvez me meter em confusão com tia Liz. Eu estava sentada à mesa com um espaguete à bolonhesa esfriando à minha frente quando a pergunta simplesmente saiu. Para a minha surpresa, mamãe nem esboçou uma reação. Reuni coragem e voltei a indagar, um pouco mais alto.

— Mãe, a gente vai ficar na Alemanha para sempre?

Daquela vez o meu pai ergueu a cabeça e lançou um olhar significativo para a minha mãe. Ela não notou ou optou por ignorá-lo; ficou concentrada em Sebastian e na limpeza do queixo dele, que estava todo melado de molho à bolonhesa. Quando terminou de passar o guardanapo com tanto empenho que nem uma gota de sujeira restara, colocou o pano na mesa e pegou seu copo d'água. Eu estava prestes a perguntar pela terceira vez, mas ela foi mais rápida.

— Que pergunta inusitada, Pia.

Em seguida, tomou um gole d'água e colocou o copo na mesa. Daí, indagou:

— Por que você quer saber?

— Bom... Mera curiosidade — respondi, finalmente. — Sabe, a senhora nasceu na Inglaterra, depois veio para cá.

— Nasci lá realmente, não é verdade? — prosseguiu ela. Mais parecia estar falando consigo mesma do que comigo. Daí, olhou-me e me deu um largo sorriso. — Nunca se sabe. As pessoas se mudam. Um dia, talvez, você vá morar na Inglaterra.

— Quer dizer, quando eu crescer?

— Isso mesmo — meteu-se meu pai. Ele observou minha mãe outra vez, com uma expressão significativa no rosto. Ela deu de ombros.

— Bom... — Limitou-se a dizer mamãe, pegando o garfo e espetando-o com hesitação no macarrão.

— A gente já conversou sobre isso antes — comentou meu pai, em tom ameaçador.

— Eu não disse nada — retrucou minha mãe, esboçando um sorriso. — Coma, Sebastian.

— Você nem precisa falar algo — insistiu ele. — Dá para notar pela sua expressão.

— Ah, quer dizer que agora preciso prestar atenção no meu semblante? — Ela parou de sorrir. — E quem é você, um maldito Policial do Pensamento? — acrescentou, em inglês.

— A gente não vai se mudar — ressaltou meu pai. Ele vinha segurando um copo de cerveja e, naquele momento, colocou-o na mesa com mais força do que necessário.

— É o que você diz — destacou mamãe, girando o garfo para juntar o espaguete. — Mas as pessoas se mudam. — Ela fitou meu pai. — Os Peterson estão indo embora daqui. Eu encontrei com a Sandra no supermercado. Vão depois do Natal. Tom conseguiu um novo emprego em Londres.

Papai mostrou-se chocado.

— Mas eles são felizes aqui.

— Pelo visto, não — salientou ela.

— Comentaram que nunca voltariam para a Inglaterra — disse meu pai. A impressão que se tinha era que aquele casal o traíra pessoalmente. — E os filhos deles estudam aqui.

— Ah, e isso é tudo. Ter filhos estudando aqui. — Ela colocou uma garfada grande de espaguete na boca e mastigou, sem desgrudar os olhos dele.

Meu pai recostou-se na cadeira, como se tivesse acabado de receber uma péssima notícia. Então, de repente, inclinou-se para a frente de novo.

— Claro, o Tom é inglês.

— E daí?

— Daí que é muito normal ele aceitar um emprego novo na Inglaterra.

— A Sandra trabalha também — ressaltou mamãe. — E vai ter que deixar o emprego quando eles se mudarem.

— Bom... — começou a dizer ele, com indiferença.

Mamãe atacou, como um falcão:

— Bom o quê?

— Bom, ela tem as crianças.

Houve um estalido quando o garfo da minha mãe caiu na ponta do prato dela.

— Não acredito que estou ouvindo isso! — Ela apoiou as palmas das mãos na toalha diante de si, como se fosse empurrar a mesa e todos nós também. — Olhe aqui, além do seu comentário supermachista, você simplesmente não entendeu o que eu quis dizer.

— Que foi? — O tom de voz dele estava tão furioso quanto o dela.

— Que não deve ter sido fácil para eles decidirem ir embora. — Minha mãe afastou uma mecha de cabelo escuro dos olhos, com um gesto impaciente. — Os dois adoravam viver aqui. Mas o Tom recebeu a oferta de emprego e, bom, com tudo que tem acontecido, eles acharam que talvez tivesse chegado a hora de partir.

— Olha, acho que foi você que não entendeu o que *eu* quis dizer — salientou meu pai. — Tom é inglês. Estudou na Inglaterra e trabalha para uma empresa britânica. Pode voltar para lá quando quiser. É diferente de nós.

— Por quê? — quis saber mamãe. — Você fala inglês bem, nós conseguiríamos.

— Eu teria que fazer uma reciclagem.

— Então, faça.

Daquela vez, meu pai golpeou a mesa com o punho com tanta força, que todos nós recuamos.

— Não é tão fácil assim, e você sabe muito bem disso. — Ele percebeu que a face de Sebastian se contorcia, como se estivesse prestes a chorar e, com esforço, falou mais baixo. — Seja realista, Kate. A gente tem que se sustentar com algo.

— Eu posso voltar a trabalhar.

— Não.

— Não seja tão...

Ele a interrompeu.

— E não temos dinheiro para comprar uma casa na Inglaterra. Não como esta.

Minha mãe olhou ao redor com desdém, como quem diz, *o que esta tem de tão especial, hein*, mas não fez nenhum comentário. Pegou o garfo outra vez e o girou, distraída, no macarrão espalhado em seu prato. Fez-se um longo silêncio. Então, ela se levantou, arrastando a cadeira ruidosamente no chão.

— Ah, que merda! — exclamou mamãe, retirando-se dali com passadas pesadas.

Sebastian e eu nos entreolhamos, com os olhos arregalados.

— Crianças — começou a dizer meu pai —, sua mãe está brava. Mas não quero escutar esse tipo de expressão nesta casa de novo.

— Está bom, pai.

Capítulo 31

O inverno chegou cedo naquele ano. Eu costumava achar o dia de São Martinho, em 11 de novembro, o ponto alto do período anterior ao Natal. Naquele ano, o mesmo em que Katharina Linden e Marion Voss desapareceram das ruas da cidade, já estava frio naquele feriado.

Minha mãe nos fez colocar camadas e mais camadas de roupas de inverno: macacões, jaquetas acolchoadas, botas térmicas, cachecóis e luvas. Eu usava um gorro rosa felpudo, com um pompom no alto, e Sebastian, um de flanela azul-marinho, com orelheiras. Parecíamos um par de duendes gorduchos, mas era necessário; durante a curta caminhada até Klosterplatz, sentimos um frio de rachar em cada centímetro de pele exposta. Apesar do espesso material de isolamento das nossas luvas, eu sentia a baixa temperatura quando segurava a lanterna.

Como aluna já crescida do *Gymnasium*, eu normalmente teria dispensado a lanterna, por não considerá-la nada legal, mas, na última hora, minha mãe comprou uma para mim e não tive coragem de recusá-la. Era um rosto redondo e amarelo, no formato de sol, feito de papel plissado. Sebastian levava uma lanterna bem maior, montada pela mamãe, junto com outros pais do jardim de infância dele. Consistia numa lagarta verde com bolinhas de tom rosa e roxo, feita de papel de seda numa estrutura de papelão preto. O bicho apresentava um semblante amalu-

O DESAPARECIMENTO DE KATHARINA LINDEN • 161

cado, porque mamãe deixara a boca cor-de-rosa ondulada. Ela disse ser um "golpe contra a uniformidade"; nunca suportou a mania alemã de se reunir e fazer exatamente a mesma coisa. Na verdade, detestava tudo relacionado à educação artística e trabalhos manuais. Sebastian, com certeza, devia ter ficado muito agradecido à mamãe por ela ter montado a lanterna para ele, considerando o esforço que fizera para terminá-la.

Quando chegamos a Klosterplatz, já havia um monte de grupinhos por ali, com pessoas batendo os pés e soprando as mãos. O corpo de bombeiros, como sempre, chegara, com seus funcionários perto do carro reluzente, estacionado num dos lados da praça, esforçando-se para aparentar indiferença. Uma fogueira enorme fora montada na parte central de Klosterplatz. Seria acesa pelos bombeiros quando a procissão seguisse seu curso na cidade, de forma a ficar bem chamativa assim que todos voltassem.

Juntamente com os bombeiros, havia uma quantidade fora do comum de policiais. Em geral, apenas *Herr* Wachtmeister Tondorf e talvez algum tira local estariam presentes, caso algo saísse errado, como na vez em que Jörg, o irmão de Thilo Koch, disparara um alarme de incêndio e os bombeiros tiveram que deixar seus postos perto da fogueira e sair depressa ao resgate. Naquele ano, porém, a polícia parecia ter requisitado a presença na cidade, naquela noite, de todos os tiras disponíveis das cercanias, de Bad Münstereifel a Euskirchen, incluindo o sujeito de expressão impassível. Apesar de agirem com discrição, estavam em todas as partes.

Notei que *Herr* Wachtmeister Tondorf conversava baixinho com uma das professoras, que supervisionava os alunos do ensino fundamental. Todos os professores e os policiais traziam uma expressão determinada nos rostos, como se estivessem prestes a fazer uma manobra militar; somente as crianças, como sempre, estavam despreocupadas, agitando as lanternas brilhantes e saltitando, empolgadas. Vi *Frau* Eichen, que, àquela altura, tinha sob sua responsabilidade uma nova classe de estudantes no ensino fundamental e contava cada um deles, agitando o dedo no ar enquanto o fazia. Praticamente dois minutos após fazê-lo, já os recontava.

Naquele momento, a ficha caiu. Todos os adultos estavam com os nervos à flor da pele porque receavam que algo acontecesse de novo, como ocorrera no *Karneval*. Ninguém queria que uma criança desaparecesse sob sua responsabilidade.

— Tem alguém da sua sala aqui? — perguntou mamãe, de súbito. Supus que ela se perguntava se a situação na nova escola era melhor que a da anterior. Obedientemente, olhei ao redor, em busca de rostos familiares.

— Não — respondi. De certa forma, foi um alívio; só o Stefan falaria comigo, e eu sabia que ele não ia.

— Tem alguém acenando — disse minha mãe, apontando. Parecia satisfeita. Acompanhei seu olhar. Era Lena Schmitz, da quarta série, o ano anterior ao meu na *Grundschule*. Os Schmitz viviam a apenas algumas casas em relação à nossa, e a mãe de Lena trabalhava no salão de beleza aonde minha mãe ia com frequência pintar as raízes do cabelo; então, nós nos conhecíamos um pouco. Acenei com entusiasmo, ciente de que meus pais me observavam.

Já estava quase na hora do início da procissão. A banda de música local, resplandecente com os quepes e os uniformes verde-escuros, reunia-se no canto da praça, ajeitando trombones, trompetas e cornetas, as quais cintilavam à luz das lanternas e das tochas. Alguém testou as notas iniciais de umas das canções, uma música tão familiar que as palavras se formaram em minha mente enquanto eu escutava: *Sankt Martin, Sankt Martin, Sankt Martin ritt durch Schnee und Wind...* A tentativa terminou com um guincho, que provocou uma onda de risos na multidão.

Alguém da assembleia subira os degraus na parte lateral da praça e falava inaudivelmente num megafone. Então, ouvimos o ruído de cascos nas pedras de cantaria e São Martinho entrou na praça.

Obviamente, todos os espectadores, exceto os mais novos, sabiam que ele era, na verdade, alguém da cidade, de capa de veludo vermelho e capacete em estilo romano; meus pais conheciam até a família que emprestara o cavalo. Mas sempre havia algo mágico a respeito de São

Martinho: era real de um jeito que Papai Noel e o Coelhinho da Páscoa não eram. Antes de mais nada, por ser inegavelmente concreto, como o cavalo: se a gente o seguisse de perto, tinha que tomar cuidado.

Enquanto observávamos, São Martinho deu a volta e começou a cavalgar lentamente, deixando o lado sul da praça, a capa escarlate ondulando na garupa enquanto o cavalo se movia, a luz da tocha fazendo o belo capacete dourado cintilar. A banda o seguiu, tocando os primeiros acordes de *"Ich gehe mit meiner Laterne"*, o sinal para que as crianças também fossem atrás. Conforme todos nós começamos a nos movimentar na mesma direção, vi *Frau* Eichen contando os alunos outra vez.

— Eu posso ir na frente? — perguntei à minha mãe, notando que ela progredia devagar demais com Sebastian no carrinho de bebê. Receei que acabássemos ficando presos no final, onde mal ouviríamos a banda e, ainda por cima, seríamos os últimos a voltar para a praça e ver a fogueira.

Mamãe balançou a cabeça.

— Não acho que seja uma boa ideia, Pia.

Nem me dei ao trabalho de perguntar por quê.

— Vou com ela — disse meu pai, erguendo o colarinho da camisa. Em seguida, olhou-me com seriedade. — Mas não suma de vista, Pia. Não vá sair correndo.

— Está bom, pai.

Então, eu o acompanhei a passadas largas; com suas longas pernas, andamos rápido e logo estávamos mais adiante, na procissão. Primeiro, ela percorreria a Heisterbacher Strasse e passaria na frente da nossa casa; depois, seguiria o contorno das muralhas de defesa medievais rumo oeste, em direção ao grande portão, o Orchheimer Tor. Olhei ao redor e vi as faces empolgadas, as tochas bruxuleantes, as lanternas reluzentes e as pedras antigas da muralha, entremeadas com seteiras. Era como se estivéssemos na Idade Média, a caminho de uma coroação ou da condenação à fogueira de uma bruxa.

Caminhando ao lado do meu pai, notei que estávamos alcançando as crianças da quarta série, que se espalhavam à nossa volta com três professores, os quais os acompanhavam, distraídos feito cães pastores. Distingui Lena Schmitz em meio à grande quantidade de rostos. No mesmo instante, ela me viu.

— *Hallo.* — Limitou-se a dizer a garota, mas foi o bastante. Era um tremendo alívio ser tratada com essa cordialidade depois de quase um ano no papel de pária da classe. Comecei a andar um pouco mais devagar para ficar ao lado dela.

— *Hallo*, posso ver a sua lanterna? — Lena mostrou-a para mim. Era feita de papel machê, e acho que pretendia reproduzir uma maçã, mas, em algum momento, havia sido golpeada ou amassada, fazendo com que parecesse mais um tomate. — *Schön* — comentei, ainda assim.

Ela deu uma olhada na minha.

— Minha mãe comprou esta — expliquei, depressa.

— Ah. E qual é a do o seu irmão?

— Uma lagarta.

A banda, que ia à nossa frente, terminou *"Ich gehe mit meiner Laterne"* e começou *"Sankt Martin, Sankt Martin"*. Obedientemente, dei uma olhada para trás com o intuito de ver se meu pai ainda estava ali e, em seguida, continuei a acompanhar a turma da Lena. A procissão chegava ao pequeno cruzamento onde se encontrava o rei Zwentibold, no alto da fonte, naquele momento sem nenhuma água por causa do inverno, evitando que os canos congelassem e rachassem.

— Você está gostando da nova escola? — perguntou Lena, que também iria para lá no ano seguinte.

— É ótima — menti. Na verdade, até podia ser considerada legal; era o passado que pairava ao meu redor como um mau cheiro, só que eu não queria tratar daquilo com Lena. — Você vai para o Sankt Michael no ano que vem?

— Provavelmente para o Sankt Angela.

— Ah.

Atravessamos as muralhas da cidade pelo Werther Tor e passamos outra vez pela igreja protestante, cujo projeto incrivelmente moderno contrastava com a arquitetura tradicional das construções que a ladeavam. Dali a alguns minutos já voltaríamos a Klosterplatz e estaríamos nos

O DESAPARECIMENTO DE KATHARINA LINDEN • 165

aquecendo em torno da fogueira, observando São Martinho reencenar sua boa ação com o pedinte.

— *"Mein Licht ist aus, ich geh' nach Haus"* — cantamos. — *"Rabimmel rabummel rabumm bumm bumm!"*

— Andem logo — disse *Frau* Dederichs, a professora da turma de Lena; sem dúvida, estava louca para chegar de uma vez à praça e deixar os alunos sob a responsabilidade dos pais. Ela ia para a frente e para trás da fila de crianças, tocando um ombro aqui e ali e curvando-se para dar uma espiada num rosto bem coberto. Esbarrou em mim com o braço ao passar, mas não viu meu olhar indignado, pois continuou andando.

Assim que regressamos à área da praça, vimos a fogueira em todo seu resplendor. A lenha e os gravetos empilhados deviam ter uns três metros de altura e as chamas erguiam-se no alto, formando uma enorme labareda, soltando faíscas em todas as direções. Eu teria ido direto até lá, para aquecer as mãos, que já doíam de tão geladas, mas *Frau* Dederichs levou a turma com determinação à parte lateral da praça, onde ocorreria o espetáculo de São Martinho.

— Você quer vir? — perguntou Lena, e eu assenti, feliz por ser incluída, para variar um pouco; e daí que era de uma turma da escola dos pirralhos? Dei uma espiada atrás de mim. A figura considerável do meu pai continuava por perto, seguindo-me como um guarda-costas.

Eu me meti nas filas de crianças aguardando. São Martinho estava na nossa frente, montado no cavalo pardo, que estava ficando um pouco inquieto com a fogueira e as vozes estridentes de centenas de crianças. Conforme ele se movia, o som dos cascos ressoava nas pedras de cantaria. O homem em cima do animal inclinou-se e fez carinho em seu pescoço.

O sujeito que usara o megafone, mais cedo, dirigiu-se a nós de novo, não muito mais audível que antes. Porém, conhecíamos a história tão bem que mal precisávamos dos seus comentários. São Martinho conduziu seu cavalo por ali e, em seguida, cavalgou um pouco até subir na rampa instalada na lateral da praça, de maneira que todos pudéssemos vê-lo. Fez um gesto teatral, ajeitando a bela capa de veludo para aquecer-se mais; seu capacete dourado reluzia conforme ele se mexia. Esperávamos com impaciência que o pedinte aparecesse.

Alguém abria caminho por entre as filas de crianças; Lena me empurrou e pisou no meu pé.

— Ei! — protestei, com uma careta, mas, então, sorri sem graça para ela, sem querer estragar a atmosfera amigável que surgira entre nós. Quem quer que fosse que empurrava todo mundo, criara uma onda que se espalhara pela multidão de crianças reunidas, como uma onda de torcida. *Frau* Dederichs percebeu e ergueu os olhos desaprovadoramente.

Uma mulher forte, de cabelos pintados de hena, tão espetados que mais pareciam as espinhas de um porco-espinho, abria caminho pela multidão. Não a reconheci, mas *Frau* Dederichs sim.

— *Frau* Mahlberg — disse ela, num tom que mesclava um simpático reconhecimento com uma leve desaprovação; a mulher perturbava a turma e bloqueava a visão de São Martinho.

A recém-chegada virou a cabeça e começou a avançar com dificuldade em meio às filas de crianças, na direção de *Frau* Dederichs, como se andasse em água à altura da cintura; sem dúvida, seus braços musculosos se moviam vigorosamente, dando a impressão de que iria tirar todos do caminho. Quando chegou perto de *Frau* Dederichs, não perdeu tempo com amenidades.

— Cadê a Julia? — quis saber. A voz foi estridente o bastante para várias crianças olharem ao redor e alguém fazer *psiu* atrás de nós.

Não ouvi a resposta da professora, porém, ao que tudo indicava, ela disse algo apaziguador e fez um pequeno gesto com a mão, indicando o grupo de crianças.

Voltei a observar São Martinho por alguns instantes; o pedinte aparecera, adequadamente trajando farrapos; ele representava o frio e a fome e esfregava os braços de alto a baixo, com o corpo curvado. Aquela era a parte da encenação por que todos ansiávamos: São Martinho desembainharia a espada e cortaria ao meio o belo manto. Eu o vi levar a mão à lateral do corpo e começar a tirar a lâmina brilhante da bainha — então, de repente, já não o vi mais, porque alguém esbarrou em mim de novo e eu caí, jogando o peso do corpo num dos joelhos e deixando cair a lanterna em meio à confusão. Levantei-a o mais rápido possível, mas foi tarde demais: estava esmagada, e a face do sol bastante sorridente adquirira um aspecto estranhamente afundando.

— *Wo ist meine Tochter?* — gritava alguém. Era *Frau* Mahlberg. Fora ela que empurrara várias de nós; continuava avançando em meio às crianças reunidas como uma fazendeira num matadouro, agarrando ombros e afastando costas do caminho, o tempo todo espiando com determinação os rostos voltados para cima, alguns deles com expressões hesitantes, outros, indignadas.

— *Frau* Mahlberg, *Frau* Mahlberg! — vociferou *Frau* Dederichs, a professora, seguindo-a de perto e retorcendo as mãos com hesitação. Atrás de nós, mais vozes manifestavam seu descontentamento com a interrupção da peça.

— Psiu!

— Julia! — bradava *Frau* Mahlberg, alheia a elas. Olhei de soslaio para a rampa em que São Martinho e o mendigo se encontravam parados, como numa cena de quadro, naquele momento observando com perplexidade o caos na plateia. Eu perdera o momento crucial em que a capa fora dividida; metade dela já estava amassada na mão de São Martinho, que ficara paralisada no ato da entrega do tecido ao mendigo. A outra metade incompleta continuava pendurada em seus ombros.

O homem do megafone disse algo e, em seguida, repetiu tudo, com um tom de voz meio irritado. Ainda assim, São Martinho não reagiu e, por fim, rompendo a tradição, o pedinte estendeu a mão e pegou a capa. Houve um ruído de interferência do alto-falante, mas o narrador ficara sem palavras por alguns momentos, talvez pasmo com o comportamento voraz do pedinte. Alguém se aproximou de nós: era o policial de expressão impassível que eu vira com *Herr* Wachtmeister Tondorf.

— *Hallo.*

Tratava-se de um comando, não de uma saudação. *Frau* Mahlberg deu a volta e o viu. Lançou-se na direção do homem como um abutre. Por um momento, achei que ela o agarraria quando se aproximasse, mas, no último instante, ele estendeu a mão e impediu-a.

— Minha filha! — A mulher fez um gesto desesperado em direção a *Frau* Dederichs, agitando o braço forte. — Ela deveria estar cuidando da minha filha!

— Bom, eu estou, eu... — *Frau* Dederichs ficou aturdida. Dava para ela ver que a maioria das pessoas ao alcance do ouvido já não contemplavam São Martinho e o pedinte, mas ouviam o interlóquio entre ela e *Frau* Mahlberg.

— E a senhora é... — perguntou o policial.

— *Frau* Dederichs. Sou a professora de Julia.

— Julia é a minha filha — acrescentou *Frau* Mahlberg.

— *Verstanden* — disse o homem.

— E ela não está aqui — salientou *Frau* Mahlberg. Sua voz começava a ficar mais estridente e histérica. — Esta mulher deveria estar cuidando de Julia, só que ela não está aqui, e só Deus sabe o que foi que aconteceu. — Fez um gesto na direção de *Frau* Dederichs, como se fosse golpeá-la. — Depois de tudo o que aconteceu! Como ela pode ter deixado minha filha se afastar!

— Não deixei que ela se afastasse! — protestou *Frau* Dederichs. — Fiquei ao lado das crianças cada segundo da procissão. Eu as contei, no mínimos, seis vezes.

— Então, cadê ela? — quis saber a mãe.

— Bom... — A professora fechou mais o sobretudo, como se desejasse sumir ali dentro e, em seguida, começou a contar os alunos outra vez. — Um... dois...

— O que é que a Julia estava usando? — perguntou o policial, enquanto *Frau* Dederichs continuava a contar.

— Uma jaqueta azul-escura, um gorro rosa. — *Frau* Mahlberg fez uma careta, dando a entender que o esforço de manter a calma estava quase matando-a. — Luvas de lã branca...

Como eu me virei para Lena, com a intenção de fazer um comentário sobre a Julia e perguntar se ela a vira, não percebi que a professora parara de contar.

— Não é ela ali? — indagou de repente, com a voz trêmula de empolgação. Ergui os olhos e vi que ela apontava para mim. Olhei para Lena outra vez e, então, virei um pouco para observar atrás de mim. Não havia nenhuma criança ali, apenas o vulto escuro do meu pai, com seu sobretudo de inverno. Eu me voltei para olhar *Frau* Dederichs. Ela continuava a me fitar, a mão ainda esticada.

— O gorro rosa — acrescentou a professora.

O DESAPARECIMENTO DE KATHARINA LINDEN • 169

De súbito, todos me olharam. Em seguida, *Frau* Mahlberg deu uns passos à frente e, com um movimento brusco da mão, tirou o gorro da minha cabeça, quase levando junto um punhado de cabelos.

— Ai — protestei, mas ninguém me ouviu. *Frau* Mahlberg gritava com toda força, guinchando como um porco preso. Agarrou os meus ombros e me sacudiu até meus dentes trincarem.

— Não é a Julia! *Não é a Julia!* — berrava, a centímetros do meu rosto.

Fiquei congelada em suas mãos, como um animal capturado pelos faróis de um trem expresso, incapaz de me mover enquanto a perdição tomava conta de mim. Minha cabeça estalou ao se inclinar para trás; enquanto sentia a fúria de *Frau* Mahlberg sobre mim, imaginei meus olhos saindo das órbitas e quicando na rua de pedra como bolinhas de gude.

— *Hör auf!* — gritou meu pai. Por um momento, insanamente, achei que ele estava *me* dizendo para parar, fosse lá o que eu tivesse feito para aborrecer *Frau* Mahlberg. Então, ele me puxou para longe dela e o policial de rosto impassível a segurou enquanto ela lutava contra ele feito uma louca. A face do sujeito continuava sem expressão.

Frau Dederichs estava parada atrás daquela confusão, com o rosto pálido, chocada. Ela olhava de mim para *Frau* Mahlberg e de novo para mim, como se não acreditasse no que vira.

— Eu as contei — repetia ela. — Eu as contei.

— A senhora contou esta criança — explicou o policial, fazendo um gesto na minha direção. — Ela é ou não da turma?

— Não — respondeu a professora. — Eu não sei... — Ela se aproximou de mim com hesitação, como se suspeitasse de que eu cometera algum ato criminoso, de ter feito Julia Mahlberg sumir num passe de mágica para ficar em seu lugar. Em seguida, acrescentou: — É Pia Kolvenbach. A garota cuja avó... — Não terminou a frase.

— A garota cuja avó o quê? — quis saber o policial, porém não ouvi mais nada.

Meu pai me puxou para me dar um abraço, como se eu fosse uma garotinha do jardim de infância, e não uma mocinha de 11 anos. Enfiei a cabeça na parte da frente do sobretudo dele; ainda assim, pude sentir a vibração de seu peito quando ele falou com firmeza com o policial; porém, felizmente suas palavras soaram abafadas para mim. Tive a sensação de que enlouqueceria se ouvisse o acidente de *Oma* Kristel ser trazido à tona mais uma vez. Fiquei agarrada no meu pai até ele parar de falar e me afastar.

— Pia, vamos para casa agora.

Minha mãe aparecera de algum ponto em meio à multidão, com Sebastian no carrinho de bebê.

Nem me dei ao trabalho de escutar a discussão pesada entre ela e o meu pai, nem de procurar a minha lanterna, que eu tinha deixado cair durante a sacudida violenta que *Frau* Mahlberg me dera e que, àquela altura, já estava pisoteada, sem chance de conserto. Deixei que minha mãe me afastasse daquela confusão, que prosseguia. Ela cingiu o meu ombro com uma das mãos e, com a outra, empurrou o carrinho pelas pedras de cantaria.

Meu pai continuou lá com o policial e *Frau* Mahlberg; olhei de soslaio, por sobre o ombro, para ele, enquanto minha mãe me afastava. Sentia o coração apertado com a terrível convicção de que, de alguma forma, eu nos metera naquela confusão e de que meu pai estava tendo de enfrentar as consequências no meu lugar.

— O que está acontecendo? — perguntei para mamãe.

Ela me fitou, o rosto sombrio na penumbra, porém, limitou-se a balançar a cabeça. Havia muita gente ao nosso redor; o homem do megafone estava parado nos degraus com o aparelho nas mãos, dando a impressão de estar estupefato. Ninguém parecia disposto a deixar a praça, mas o usual burburinho de vozes animadas foi substituído por olhares curiosos e sussurros. Os policiais que haviam assumido posições intervaladas ao longo da rota da procissão voltavam para a praça; eu nunca tinha visto tantos em Bad Münstereifel antes; ao que tudo indicava, eles esperavam um tumulto. Alguns falavam em seus walkie-talkies.

Minha mãe apertou o passo, levando-me junto. Quando chegamos à esquina, olhei para trás com o intuito de checar se São Martinho continuava lá. Porém, a rampa na lateral da praça estava vazia. Ele tinha partido.

Capítulo 32

Aquele não foi o final da história para mim, claro. Mais tarde, naquela noite, *Herr* Wachtmeister Tondorf foi até lá em casa e passou um longo tempo repassando o que tinha acontecido durante a procissão. Fiquei feliz por ter sido ele, não o policial de rosto pétreo, cujo olhar impassível me fez sentir culpada de praticamente tudo que se pudesse imaginar.

Herr Wachtmeister Tondorf foi gentil, como de costume, mas incrivelmente meticuloso; repassou tudo diversas vezes, fazendo perguntas num tom sempre amável, até eu ficar cansada demais para respondê-las da forma adequada. Por que eu decidira caminhar ao lado da turma de *Frau* Dederichs? Alguém sugerira que fizesse isso? Como conhecera Lena Schmitz? Eu sabia quem era Julia Mahlberg? Por acaso, notara a sua presença em algum momento durante a procissão?

Mamãe colocou Sebastian para dormir e, depois, desceu e se sentou do meu lado, pasma, segurando a minha mão em silêncio. Às 22h30, simplesmente comentou:

— Já chega. — E levantou-se. — *Herr* Wachtmeister Tondorf, Pia precisa ir dormir.

— *Frau* Kolvenbach... — Ele não pôde continuar.

— Não me diga que é importante. *Sei* que é. Mas se trata de uma criança, que está exausta. Veja só.

Tentei dar a impressão de estar acordada, mas mal podia manter os olhos abertos.

— Eu não estou cansada — comecei a dizer, mas coloquei tudo a perder com um enorme bocejo. Tinha a sensação de que minhas pálpebras deslizariam e fechariam a qualquer momento, como as persianas das nossas janelas.

— Ela não pode lhe dizer mais nada. O senhor fez as mesmas perguntas, no mínimo, duas vezes, de qualquer forma.

— *Frau* Kolvenbach — prosseguiu o homem, com teimosia —, sinto muito que sua filha esteja cansada, mas a senhora precisa entender que os Mahlberg também têm uma. Cabe a nós fazer todo o possível para encontrar a menina.

— Eu sei disso — retrucou mamãe. — Então, por que o senhor não vai até a rua para ajudar a buscá-la?

Com aquela grosseria, de repente me senti totalmente alerta. Estava acostumada com as ocasionais explosões dela; ainda assim, fiquei estarrecida com a ousadia de mandar o policial cuidar do próprio trabalho. Eu a observei; sua face tinha uma expressão esgotada, com sulcos marcantes entre as sobrancelhas e nos cantos da boca. Pareceu de súbito mais velha, como uma bruxa.

O semblante normalmente simpático de *Herr* Wachtmeister Tondorf ficou sem expressão naquele momento. Quando ele se levantou, seus movimentos foram rigidamente formais.

— Vou ter que voltar amanhã — informou ele, com frieza.

Ela se limitou a assentir, sem fazer nenhum movimento para se levantar também e acompanhá-lo até a porta. O homem olhou-a por um instante, em seguida pegou o quepe e se dirigiu sozinho à saída, fechando a porta com suavidade.

Minha mãe me levou para cima em silêncio e me ajudou a me preparar para dormir. Seu rosto mantinha a expressão estranhamente franzida, como se ela mantivesse algo sob rígido controle. Ainda assim, foi delicada comigo, escovando meus dentes enquanto eu oscilava um pouco de cansaço e, em seguida, ajudando-me a pôr a camisola. Chegou até a permitir que eu deixasse acesa a pequena luminária da mesinha de cabeceira, talvez tentando afugentar os monstros noturnos temidos por toda criança pequena. Sentou-se por um tempo na minha cama, e acho que ficou lá até eu cair no sono.

Capítulo 33

Não sei exatamente que horas eram quando acordei. Eu me encontrava deitada de costas na cama, com metade do corpo coberta pela colcha, a outra metade descoberta, e a minha cabeça inclinada para trás, de maneira que a luz da luminária batia direto no meu rosto. Eu estava sonhando com um ruído lamurioso, numa cadência rítmica, como o de uma sirene, e o clarão no meu rosto era tão forte que parecia pulsar também, acompanhando os altos e baixos do som estridente.

Abri os olhos e, em seguida, fechei-os na mesma hora, aturdida. O barulho da sirene continuava e, por um momento, achei que ainda fizesse parte de um sonho e que eu não estava de todo acordada. Só que era real. Assim que me sentei, pestanejando, podia ouvir meus pais se movendo na escada, falando baixinho.

— Mãe?

Eu me sentia estranhamente desorientada. Será que alguma casa tinha pegado fogo ou algo assim? Tirei as pernas da cama, com o intuito de me levantar e ir falar com os meus pais. Minha mãe se antecipou a mim e abriu a porta do meu quarto. Estava de camisola, os cabelos espalhados nos ombros formando um emaranhado escuro.

— Pia, o que você está fazendo acordada? — perguntou ela, mas sua voz mais parecia incerta que aborrecida.

— Eu escutei um barulho. — Meus pés descalços tocaram no assoalho, cujas tábuas estavam geladas.

— Não é nada.

Minha mãe entrou no quarto e pegou a colcha, com o intuito de me fazer deitar de novo e me cobrir. Mas, àquela altura, eu estava totalmente acordada. Olhei de esguelha para a entrada do quarto e vi meu pai parado lá. Ao contrário dela, ele estava com roupas de sair: calça de veludo escuro, botas e jaqueta acolchoada.

— Parecia até o corpo de bombeiros... ou a polícia — comentei.

— Não é nada com que você tenha que se preocupar — salientou minha mãe, agitando um pouco a colcha para me encorajar a me deitar debaixo dela. — Volte para a cama.

— Eles querem me fazer mais perguntas? — quis saber.

— Não. — Ela olhou para meu pai e, então, afofou meu travesseiro, batendo nele com força. — Não nesta noite. Vem — acrescentou, e eu obedeci, com relutância.

— Por que papai está de roupa de sair? Já é quase de manhã?

— Ele precisou dar uma saidinha — explicou minha mãe. Em seguida, ressaltou com amargura: — Como ele pensa que eu não tenho muito o que fazer, resolveu encher a casa de lama.

— Eu vou limpar — disse meu pai, num tom de voz irritado.

— Ah, claro — ironizou ela, tentando ajeitar os cabelos atrás da orelha, embora eles não ficassem ali; mechas rebeldes caíam de imediato nos seus olhos. Estava diferente da mãe diurna e seu costumeiro rabo de cavalo: aquela aparentava ser mais jovem, porém um pouco mais indomável.

— Achou aquela garota, pai?

Ele balançou a cabeça.

— Não, Pia. Mas a polícia continua procurando.

— Então, aonde é que o senhor foi? — Eu começava a sentir sono de novo, porém aquilo era interessante demais para perder: nós três acordados no meio da noite. Esperava que Sebastian não pusesse tudo a perder acordando e caindo no berreiro.

— No Castelo do Drácula — respondeu mamãe. — É lá que ele esteve.

— No Castelo do Drácula?

— Kate... — começou a dizer meu pai, porém ela o interrompeu.

— Bom, ele bem que poderia ter estado presente. É para lá que multidões de camponeses gritando, carregando forcados, costumam ir quando querem linchar alguém, não é?

Ela passou as mãos nos cabelos de novo e fitou meu pai com rebeldia.

— A gente não queria linchar ninguém, e não tinha nenhum *camponês*! — salientou ele, num tom ameaçador.

— Por acaso eu disse... — começou minha mãe com sarcasmo, daí parou e balançou a cabeça, frustrada. — Por que você sempre leva tudo ao pé da letra, caramba?

— E por que você faz um comentário, embora ache que não seja bem isso?

— Bom, mas acontece que foi, não foi? — quis saber ela, ressentida. — Uma multidão de linchadores? Ou, por acaso, bateu na porta dele e tentou vender enciclopédias?

— Na porta de quem? — indaguei, porém a pergunta se perdeu em algum ponto da atmosfera que faiscava entre meus pais como eletricidade produzindo centelhas entre dois pontos.

— Se quer saber a verdade, nós fomos até lá para ter certeza de que ele *não* seria linchado!

— Ah, que ótimo! — exclamou ela, assentindo com veemência. Meu pai a olhou desconfiado. — Não, por favor, continue. Estou interessada.

— Tem algumas pessoas nesta cidade que fazem julgamentos apressados — salientou ele, obstinadamente.

— Não me diga!

— Kate, é por isso que você acha difícil viver aqui, pois sempre pensa o pior das pessoas. — Ele estava com o rosto bastante rubro. Balançou a cabeça. — Só estou querendo dizer que algumas pessoas podem tirar conclusões precipitadas antes de saber a verdade. Não podemos fazer justiça com as próprias mãos.

— Quer dizer que você foi até lá, então, para se certificar de que ninguém *realmente* tentaria fazer justiça com as próprias mãos?

Meu pai assentiu.

— E os outros trinta e poucos pais consternados, formavam apenas uma espécie de força de paz das Nações Unidas?

— Você tem que ironizar — ressaltou ele.

— Eu não estou ironizando nada. Simplesmente não posso acreditar. Por acaso acha que o sujeito viu pela janela da frente o grupo se aproximando e pensou: "Puxa, agora eu estou salvo?"?

— Kate, aquele garoto Koch, o que tinha um irmão na turma de Pia, já tinha quebrado uma janela.

— E onde é que estava a polícia?

— Procurando a garotinha dos Mahlberg. Mas agora estão lá, você sabe disso.

— Tem certeza de que eles não demoraram de propósito?

— O que é que você está querendo insinuar?

— Quebrando janelas... Eu acho que algumas pessoas nesta cidade estão fazendo a própria *Kristallnacht*, em escala reduzida — disse minha mãe.

Fez-se um longo silêncio. Os dois não se moveram, meu pai preenchendo o portal do quarto, minha mãe de pé, à minha cama, a palma da mão apoiada na minha pequena penteadeira, como se precisasse de apoio. O silêncio foi interrompido pelo ruído dos dedos dela esfregando a madeira pintada.

— Sinto muito — disse ela, por fim.

Meu pai fitou-a, porém seu rosto mostrava-se tão impassível que eu não consegui detectar se ele estava zangado, aborrecido ou indiferente.

— Tem gente de bem nesta cidade — comentou ele, baixinho.

— Eu sei...

— Não precisam de insultos desse tipo: compará-los com os nazistas.

— Eu pedi desculpas, será que não basta?

— Não — respondeu ele, virando as costas. — Vou pegar uma vassoura, para varrer o assoalho.

— Eu posso fazer isso.

— Não será preciso.

Por alguns instantes, depois que ele sumira de vista lá embaixo, minha mãe continuou parada ao lado da minha cama, como uma mulher num cais, observando um navio desaparecer a distância. Os dedos acariciaram a superfície da penteadeira outra vez, provocando um leve chiado. Quando ela falou, foi com os cantos dos lábios, a voz suave, os olhos não desgrudando da porta.

— Durma, Pia. Durma.

Capítulo 34

Na manhã seguinte, quando desci, meu pai já havia ido trabalhar. Minha mãe fazia waffles na cozinha, um raro agrado para o café. Sebastian mastigava ruidosamente, satisfeito, agarrando com os dedos gorduchos um pedaço em forma de coração, com uma meia lua já marcada pela mordida. Quando ela fechou a forma, fez-se um sibilo, e uma pequena nuvem de vapor subiu.

— O seu vai ficar pronto daqui a bem pouquinho — disse minha mãe, sorrindo para mim. Pelo visto, estava animada naquela manhã, como as mães das propagandas de TV, que sorriam com satisfação quando os filhos lhes davam a roupa lamacenta de todo o time de futebol para lavar.

Sentei no meu lugar de sempre, atrás da mesa.

— Cadê o papai?

— Ele teve que sair mais cedo. — Ela abriu a forma de waffle e meteu um garfão embaixo da massa, para soltá-la.

— Ah. — Fiquei desapontada; queria fazer perguntas para ele sobre a noite passada. — Mas por que é que teve que sair tão cedo assim?

— Ah, sabe como é, não é? — Mamãe pôs o waffle num prato e o colocou na minha frente. — Trabalho.

— Hum! — Provei a massa, que estava quentinha e deliciosa. Por alguns instantes, simplesmente fiquei desfrutando daquele café da manhã. No entanto, assim que senti a barriga cheia e comecei a pensar que talvez waffles não fossem tão maravilhosos assim, e que, na verdade, seis deles podiam até ser considerados enjoativos demais, perguntei: — Mãe, para onde é que o papai foi ontem à noite?

— Ah, Pia. — Ela puxou o plugue da forma de waffle da tomada antes de responder. — Se quer saber, e acho que vai descobrir mais cedo ou mais tarde, considerando o antro de fofoca que é esta cidade, seu pai foi até a casa de *Herr* Düster.

— Do *Herr* Düster? Foram as janelas dele que quebraram?

— *Janelas* não — corrigiu minha mãe. — Foi apenas uma. E, sim, quebraram a dele; obra de Jörg Koch. Por que é que não estou surpresa? — acrescentou, cheia de sarcasmo.

— E por que ele fez isso? Foi sem querer?

— Não.

Ela pegou um paninho e começou a limpar a bancada, que estava cheia de respingos de massa de waffle. De costas para mim, com o braço movendo-se de forma enérgica, ela não pareceu muito acessível. Ainda assim, insisti.

— Então, por que ele quebrou?

— Porque é.. — Ela fez uma pausa, deu a volta e me olhou. — Porque alguns dos amáveis cidadãos desta adorável cidade chegaram à conclusão de que *Herr* Düster é um criminoso.

— Hum. — Pensei no assunto. — *Frau* Kessel disse que provavelmente foi ele que sequestrou Katharina Linden e as outras garotas. Ela contou que algumas meninas desapareceram em Bad Münstereifel na época em que o papai estava na escola, e que tinha sido *Herr* Düster.

— Pia! — Naquele momento, o olhar da minha mãe adquiriu a intensidade de um laser. — Aquela maldosa da *Frau* Kessel é uma velha...; bom, esquece. Eu não quero que você fique escutando as histórias dela sobre quem fez isso ou aquilo nesta cidade e, *acima de tudo*, não quero ficar sabendo que você andou espalhando para outras pessoas o que ela disse. Se não fosse por ela e sua corja de amigos, provavelmente não teríamos tido uma maldita multidão disposta a fazer linchamento nas ruas, ontem à noite. Ela é uma bruxa.

O lado sem imaginação da minha mente, herdado do meu pai, lutou para assimilar aquela última informação.

— Então, *Herr* Düster não fez aquilo? Ou seja, não raptou as meninas?

— Ah, *Pia*. Eu não sei. Ninguém sabe. E, mesmo se tivesse sido ele, não seria correto as pessoas irem até lá atacá-lo. Nos lugares civilizados — acrescentou mais para si mesma do que para mim —, as pessoas são consideradas inocentes até prova em contrário.

— Mas, e se ele *realmente* fez aquilo...?

— Seria preciso lidar com isso da maneira apropriada. A polícia tem que interrogá-lo e, se acharem que há provas suficientes contra ele, deve haver um julgamento. Sabe o que isso significa?

Anuí.

— No julgamento, os jurados não podem decidir punir alguém, a menos que haja prova de que a pessoa fez algo errado. Não se pode simplesmente achar que alguém *parece* culpado, ou *pensar* que fulano cometeu um crime. É preciso ter certeza. E para isso as provas são necessárias.

— Como o quê?

— Pia, eu não acho que a mesa do café da manhã seja o lugar adequado para se discutir medicina legal — salientou ela, secamente. Como eu estava acostumada com os seus usuais desvios para vocabulários rebuscados, apenas aguardei que me desse a explicação. — Neste caso, nem sabemos direito o que aconteceu com Katharina e as outras garotas. É bem possível que elas tenham ido de bom grado com alguém e que ainda estejam... — minha mãe se corrigiu —, e que acabem aparecendo sãs e salvas. Daí, como é que as pessoas se sentiriam se tivessem batido na porta de *Herr* Düster e dado uma surra nele? — Ela suspirou. — Já não está na hora de você ir para a escola? Daqui a cinco minutos não vai conseguir chegar antes de o sino tocar.

Saí detrás da mesa.

— Mas, mãe, o que seria prova? — insisti, hesitando em sair sem me dar por satisfeita com a conversa.

— Bom, pode ser uma pessoa, por exemplo, que testemunhou outra cometendo um crime... ou, então, artigos roubados, encontrados na casa de alguém.

— Ou um corpo?

— Ou um... Pia, não acho que ninguém vá encontrar cadáveres na casa de um morador de Bad Münstereifel. Será que podemos parar de falar nisso? É terrível. — Ela fez um gesto significativo na direção de Sebastian. — E alguns jovenzinhos estão começando a entender cada vez mais ultimamente.

— A-hã.

Com relutância, fui pegar o casaco e a mochila que substituíra, naquela altura, a infantil *Ranzen*. Chovia lá fora, e eu só tinha três minutos para chegar à escola, antes que o sino tocasse. Com um suspiro, meti-me na chuva.

Capítulo 35

— O Boris diz que com, certeza, foi *Herr* Düster.
— E como é que ele sabe?

Stefan e eu estávamos sentados na mureta do pátio do *Gymnasium*. A pedra parecia gelada, mesmo através dos jeans grossos que eu usava. Stefan não aparentava estar nem um pouco incomodado com o frio, embora a sua jaqueta fosse fina demais para aquela época do ano.

— Ele disse que é óbvio. — Meu amigo deu de ombros. — Todo mundo já ouviu boatos por aí, sobre a filha de *Herr* Schiller. Onde tem fumaça, tem fogo — avisou Boris.

— Não parece muito com algo que ele diria, e sim *Frau* Kessel — comentei.

— *Doch*, bom, acho que foi daí que tudo começou — concordou Stefan, batendo os tacões do tênis contra a mureta, pensativo.

— A mamãe falou que a pessoa precisa ter prova antes de acusar alguém de ter feito algo, tipo um crime ou coisa parecida.

— Se ele raptou a filha do *Herr* Schiller...

— Mas ninguém nunca prendeu *Herr* Düster por causa disso, não é? — salientei. — Ele não foi parar na prisão, nem nada. E, pelo visto, *Herr* Schiller o defendeu. Com certeza, não faria isso se achasse que o próprio irmão tinha raptado sua filha.

— Quem sabe? Às vezes, eu acho que os adultos são todos malucos — comentou Stefan, sentido. — Se nós dois fôssemos mais velhos, com uns vinte e poucos anos, e você resolvesse se casar com alguém, quem sabe Thilo Koch... — Ele mesmo se interrompeu, rindo da minha expressão de desgosto. — Bom, eu não sequestraria os seus filhos e os mataria.

— Se fossem de Thilo Koch, acho até que deveria — comentei, estremecendo ante a ideia. — Seja como for, é apenas um boato. Ninguém achou o corpo.

— Talvez ela só tenha fugido, então — sugeriu meu amigo.

— *Nee.* — Balancei a cabeça de forma enfática. — *Você* faria isso? Seria legal à beça ter *Herr* Schiller como pai, quer dizer, se ele fosse mais novo. Imagine tudo o que contaria. Aquela história do Homem Assustador foi *mesmo* horripilante. Uma pena você não ter escutado.

— Hum. — Stefan passou os dedos pelos cabelos louro-escuros. — Uma pena a gente não poder perguntar para *ele* o que foi que aconteceu.

— De jeito nenhum — ressaltei, com pesar. — Mesmo se *ele* não se enfurecesse, a minha mãe ficaria fula da vida quando soubesse.

Fez-se silêncio enquanto ambos ponderávamos sobre o assunto. Por fim, meu amigo disse:

— Bom, alguém precisa encontrar provas.

— Acho que a polícia está fazendo isso — comentei, sem muita certeza.

— Eles não acharam nada até agora ou já teriam prendido *Herr* Düster.

— Fizeram isso uma vez.

— Certo, mas depois soltaram o cara, não é? Se tivessem encontrado alguma coisa, não fariam isso. — Fez uma pausa e, em seguida, acrescentou: — Na verdade, de acordo com Boris, naquela vez, na casa do *Herr* Düster, *Herr* Wachtmeister Tondorf disse que eles *não* tinham prendido o idoso e que ele estava apenas ajudando a polícia ou algo assim. Lembra, quando você estava na Inglaterra?

Senti uma onda de culpa diante da lembrança das ligações que fiz da casa de *Oma* Warner. Isso fora dois meses atrás e eu ainda não escutara nada a respeito delas, mas seria demais esperar que meu delito passasse despercebido. *Oma* Warner era velha, mas, com certeza, *não* era caduca.

O DESAPARECIMENTO DE KATHARINA LINDEN • 185

De forma alguma deixaria de notar aquelas ligações quando a conta chegasse, o que deveria ocorrer em breve.

O pior era que a justificativa que eu tinha bolado na época, de que o engodo fora feito em prol da causa maior de resolver o mistério que assolava a cidade, obviamente não poderia ser usada.

Os fragmentos isolados de informações que obtivemos simplesmente não resultaram em nada concreto, mas, muito pelo contrário, fora como tentar montar um quebra-cabeça, sem perceber que, na verdade, se tratava de dois ou três jogos diferentes, com todas as peças misturadas. Numa delas, havia um gato preto reluzente todo enrolado na poltrona de alguém, noutra, a imagem de um castelo em ruínas ao luar e de um garoto saindo de lá e descendo a colina correndo, de rosto pálido. Havia também uma peça com um sapato de criança. Pelo visto, nenhuma delas se encaixava para formar uma cena reconhecível.

Balancei a cabeça, desanimada.

— Então, talvez ele não tenha feito nada.

— Ou pode ser também que eles não tenham provas — ressaltou Stefan.

Saí da mureta.

— Isso é uma idiotice. Eles estão andando em círculos.

Ouviu-se um leve baque quando os tênis de Stefan atingiram o piso. Ele pegou a mochila da mureta e colocou-a no ombro.

— Então, vamos *conseguir* alguma prova.

Eu o fitei.

— Muito engraçado você.

— Não, estou falando sério.

Coloquei as mãos nos quadris.

— O que é que vai fazer, hein? Invadir a casa de *Herr* Düster quando ele estiver fora e revirar tudo? — Uma onda de entusiasmo percorreu meu corpo antes mesmo de eu terminar de falar. Claro que deveríamos tomar essa atitude, todos os acontecimentos recentes vinham levando a ela. A questão era se realmente, *realmente* íamos tentar. Aquilo já seria bem diferente que usar o telefone de *Oma* Warner enquanto ela estava no bingo. Equivalia mais a subir na plataforma mais alta da piscina e tomar a decisão de saltar ou não; melhor dizendo, equivalia a subir no topo de um *penhasco* e tomar a decisão de saltar ou não. Só de pensar, já se podia sentir o salto de revirar o estômago.

Naquele momento, foi a vez de Stefan olhar fixamente para mim.

— Eu ia sugerir que a gente seguisse *Herr* Düster. Mas você tem razão, podemos tentar vasculhar a casa dele.

— Stefan... — Ao ouvir a ideia nos lábios de outra pessoa, notei que ela parecia real e também totalmente maluca.

— O quê?

— A gente não pode simplesmente arrombar a porta... E se formos pegos?

— Não vão pegar a gente. E, de qualquer forma, quem disse que a gente tem que *arrombar a porta*?

Abracei a mochila, segurando-a à altura do peito.

— Bom, e o que mais a gente pode fazer? Bater na porta dele e perguntar se deixa a gente revistar a casa?

— Podemos entrar pelo porão.

— De jeito nenhum. — Naquele momento, Stefan me deixou super-preocupada. Estávamos tendo aquela conversa como se fôssemos mesmo invadir a casa de *Herr* Düster e revirá-la, em busca de garotas mortas. Estremeci.

Eu sabia exatamente o que ele estava propondo ao sugerir o porão. A maioria das casas antigas da cidade tinha uma grade ou até um pequeno alçapão em algum lugar do térreo, que dava no porão. Antigamente, aquilo era usado para a entrega de combustível. Hoje em dia, a maior parte deles estava enferrujada, coberta de teias de aranha; só que esses acessos não haviam sido retirados. Ao ponderar mais a respeito, eu tinha certeza de que a casa de *Herr* Düster possuía algum tipo de alçapão, com duas portinholas instaladas na diagonal na parede e fechadas com cadeado. Se descobríssemos uma forma de arrombar a fechadura, seria fácil simplesmente abrir as portinholas, apoiar no marco e deslizar rumo escuridão abaixo...

— A gente nunca conseguiria entrar desse jeito — salientei, com a maior firmeza possível.

— Conseguiria sim. — Stefan falava num tom sério. — Olha só, como *Frau* Weiss faltou hoje porque está doente, quem é que vai notar se não estivermos na sala?

Eu o olhei horrorizada.

— Você acha que a gente deve fazer isso agora?

— Não, acho que podemos ir *dar uma olhada*. — Ele revirou os olhos. — Não sou *tão* estúpido assim. A gente nunca entraria lá em plena luz do dia, não com a *Oma* do Thilo Koch vigiando a rua toda. Vamos ter que ir à noite, depois que escurecer.

Capítulo 36

Ao caminhar pela Orchheimer Strasse tive a sensação de que todos os olhares se voltavam para mim. Nem ousei pensar no que ocorreria se nos deparássemos com algum conhecido — como *Frau* Kessel, por exemplo. Que grande dia *ela* teria se encontrasse nós dois matando aula.

— Esta foi uma ideia idiota — sussurrei, por entre os dentes.

— Pare de se preocupar — disse Stefan, que sorriu angelicalmente para um transeunte. — *Guten Morgen*. — Parecia supereducado e tão inocente quanto um carneirinho.

A casa de *Herr* Düster ficava quase em frente à de Hilde Koch. Embora não houvesse sinal da idosa, eu ainda me sentia pouco à vontade, como se as janelinhas de sua residência encobrissem olhinhos sórdidos, que observavam cada movimento nosso. Até mesmo os restos murchos de flores nos vasos das janelas davam a impressão de se inclinar para a frente, com o intuito de escutar.

— Olhe. — Stefan me deu uma cutucada na costela e, então, deixou escapar um assobio baixo de assombro.

Alguém realmente quebrara uma das janelas da frente da casa de *Herr* Düster; no lugar do vidro colocaram de improviso, depressa, o que aparentava ser um pedaço de fórmica branca. Apesar de nunca ter sido a casa mais ajeitada da rua, naquele momento parecia definitivamente mal-afamada, como um velho marinheiro com venda num dos olhos.

O DESAPARECIMENTO DE KATHARINA LINDEN • 189

Stefan foi até a casa, e eu o segui, tentando o tempo todo controlar a vontade de dar olhadas furtivas ao meu redor. O alçapão de acesso ao porão era mais ou menos como eu me lembrava: duas portinholas, antes carmesim, mas agora de tom de sangue seco. Havia uma pequena alça de metal em cada uma delas e, prendendo-as, um cadeado enorme. Ao vê-lo, senti um enorme alívio.

— A gente nunca vai conseguir abrir isso.

Meu amigo agachou-se sobre as pedras de cantaria e manuseou o cadeado.

— Nós não vamos precisar. — Ele meteu o dedo por debaixo de uma das alças de metal e puxou-a. — Olha. — O objeto soltava da portinhola, deixando escapar fragmentos de ferrugem.

— *Stefan*!

— Psiu... — Ele se levantou, batendo as mãos para limpá-las e tirar os fragmentos. Abri a boca para dizer que eu o achava maluco demais, porém, antes de eu conseguir fazer qualquer comentário, alguém me interrompeu.

— Pia *Kolvenbach*.

Por um instante, realmente achei que meus joelhos cederiam sob mim.

— *Frau* Kessel.

Eu me virei com uma terrível sensação de fatalidade e fiquei olhando para um familiar broche de Edelweiss, incrivelmente feio, fixado com firmeza à altura do seio, numa roupa de lã marrom. Com relutância, ergui os olhos para fitar a idosa. Sob os cabelos brancos de penteado volumoso, as lentes dos óculos de *Frau* Kessel reluziram quando ela inclinou a cabeça para trás, para me observar melhor.

— O que *vocês* estão fazendo? — Ela me fitou com desgosto e lançou um olhar ferino para Stefan. — Não deveriam estar na escola?

Foi meu amigo que nos salvou de um destino pior que a morte: sermos arrastados de volta para a sala de aula em público, por *Frau* Kessel, provavelmente puxados pela orelha.

— Estamos fazendo um projeto.

A velha virou-se na direção dele com a precisão lubrificada de um cano de metralhadora girando para se posicionar diante do alvo.

— Hã. A sua mãe não lhe deu educação não, menino? — Enquanto Stefan olhava para ela sem entender, a mulher acrescentou: — Eu tenho um nome.

— Nós estamos fazendo um projeto... *Frau* Kessel — repetiu ele, com um sangue-frio que me tirou o fôlego. Eu não conseguia entender como meu amigo podia permanecer tão calmo diante daquele olhar mortífero. Então, Stefan agitou um fichário fino, de espirais, que conseguira tirar da mochila num toque de mágica. — Construções antigas de Bad Münstereifel. — Pareceu que a velha arrancaria o fichário dele, porém ele foi mais rápido e guardou-o outra vez.

— E o que exatamente esse projeto tem a ver com *esta* casa? — perguntou *Frau* Kessel, fazendo um gesto em direção à residência de *Herr* Düster. Tive a sensação de que ela evitara citar o sobrenome dele de propósito, da mesma forma que evitaria saudá-lo pelo nome.

— A gente tem que anotar as palavras da fachada — respondeu o meu amigo, sem perder as estribeiras.

Automaticamente, todos nós olhamos para cima. E, com efeito, havia uma inscrição talhada, embora em péssimo estado, numa das madeiras horizontais; tudo que se podia ler naquele momento eram as palavras *In Gottes Namen*: em nome de Deus.

— Hum — exclamou a velha, desaprovadoramente, fitando-nos com desconfiança. — Vocês não poderiam ter encontrado um exemplo melhor?

— Todos já foram usados — respondeu Stefan.

— Ah, é? — A velha torceu o nariz. — Eu não acho que alguém já tenha escolhido a inscrição na *minha* casa. Com certeza, eu teria notado se alguns jovens tivessem ficado parados lá na frente.

— A sua casa tem uma também? — indagou Stefan, num tom de voz cheio de interesse. Eu lhe lancei um olhar furioso: *não exagere, ou a velha* schrulle *vai fazer a gente ir até lá para conferir*. Foi tarde demais.

— Claro que tem. Estou surpresa por vocês não saberem, ainda mais se estão fazendo um projeto sobre isso. — Ela pôs a mão no penteado gigantesco. — Acho que é considerada significativa.

— Que fantástico! — exclamou meu amigo, com um entusiasmo tão grande que até *Frau* Kessel suspeitou dele e semicerrou os olhos. — Não, sério. Eu adoraria ver.

— Hum. — A velha nos olhou ressabiada. — Bom — disse, por fim, com relutância. — Pelo visto, vocês querem ir dar uma olhada. Mas podem fazer algo útil e carregar estas sacolas. — E entregou uma de pano, bem cheia, para cada um de nós.

— Está bom, *Frau* Kessel — dissemos ao mesmo tempo, com obediência. Segurei com mais firmeza a sacola de compras dela, como sempre totalmente entupida, pelo visto, de tijolos e blocos de ferro. Ela deu a volta e rumou para a rua, conosco ao encalço.

— Stefan... — sussurrei, por entre os dentes.

— O quê? — perguntou ele com os cantos dos lábios, sem se virar para mim.

— O que você está *fazendo*?

Meu amigo manteve os olhos fixos nas costas com o traje de lã marrom de *Frau* Kessel.

— Quero descobrir o que ela sabe.

— Como assim? Você acha que foi *ela*?

— Não, *Dummkopf*. Mas a velha sabe de tudo que acontece nesta rua.

— Você está maluco. — Balancei a cabeça.

Com alívio, deixamos as sacolas de *Frau* Kessel à soleira da porta dela. A velha entrou em casa, levando-as para dentro. Por um instante, achei que ela bateria a porta na nossa cara e que os esforços de Stefan teriam sido em vão, porém sua vaidade falou mais alto. Não resistiu, saiu de novo e nos mostrou os aspectos mais interessantes da construção. Obedientemente, admiramos a inscrição, que dizia apenas: *Deus proteja esta casa do mal*. Era óbvio que algum morador antigo da residência compartilhava da obsessão da velha pelas Forças Malignas Atuando.

— E então? — indagou ela, com as mãos nos quadris. Nós a fitamos embasbacados. — Não vão anotar? — De imediato, pegamos lápis e papel e anotamos as palavras. Torci para que ela não notasse que eu anotava no alto, por cima da minha tarefa de inglês. — Hum! — exclamou a idosa, com rancor. — É bom ver a escola estimulando o interesse pela história local, para variar um pouco. Já são pouquíssimas as pessoas por aqui que se interessam pela própria cidade.

— Sim, *Frau* Weiss, e uma delas é a nossa professora, que diz que muitos aspectos importantes estão sendo esquecidos — comentou Stefan. — Ela afirmou que, quando os idosos da cidade morrerem, tudo se perderá para sempre.

Notei sinais de uma luta interna na expressão de *Frau* Weiss, naquele momento. O desejo de provar que ela também era uma fonte de informações valiosas sobre a cidade lutava contra a relutância em ser incluída na categoria de *idosos* da região.

Se Stefan percebeu, não demonstrou, mas prosseguiu inocentemente:

— Nós vamos entrevistar alguns deles, se pudermos. *Frau* Koch, bom, todos dizem que ela sabe de *tudo* a respeito daqui.

— Dizem, é? — perguntou ela, fechando a cara.

Ambos assentimos com entusiasmo, como se nossas cabeças estivessem encaixadas em molas.

— Hilde Koch pode *parecer* velha — começou a dizer *Frau* Kessel, com seriedade —, mas imaginem que, na verdade, é sete meses mais nova que eu. Com certeza, não vai ter *nada* para contar a respeito da cidade que eu não possa revelar para vocês.

— Isso nem passou pela nossa cabeça — comentou Stefan. — Pensamos que a senhora era muito mais nova que isso.

Eu o olhei de soslaio: *não exagera, vai!* Certamente, nem *Frau* Kessel acreditaria num elogio deslavado como aquele. Porém, foi o que aconteceu.

— Bem — disse ela, sorrindo de forma grotesca para ele —, os anos têm sido bons comigo.

Ali com meus botões, fiquei imaginando qual seria a aparência dela se os anos *não* tivessem sido bons, mas deixei o pensamento de lado antes que ele transparecesse no meu semblante.

— Não posso dispor de mais de meia hora — prosseguiu a velha. — E não pensem que desgrudarei os olhos de vocês um segundo sequer, enquanto estiverem aqui em casa.

— Claro, *Frau* Kessel — disse Stefan, com educação.

— Prometemos não tocar em nada — acrescentei.

A velha me lançou um olhar reprovador.

— Evidente que não, Pia Kolvenbach. — Ela deu a volta, entrou, e nós a seguimos.

A cozinha de *Frau* Kessel estava tão intimidantemente impecável quanto na primeira vez que eu estivera lá. Stefan e eu nos sentamos lado a lado à mesa, os lápis a postos para anotar o que ela quisesse contar: a idosa falava tanto, que eu mal consegui anotar um terço do que ela disse.

Ela começou relatando a história da casa dela, que, pelo que pude notar, era quase totalmente entediante. O alquimista da cidade nunca morara lá, a construção nunca tivera um tesouro escondido durante a invasão francesa e nunca fora queimada durante a guerra, que afetara a cidade ao longo de sua ampla história. Os fantasmas, sensatamente, escolheram outros lugares para assombrar. A residência passara por um breve momento de agitação quando, na década de 1920, o cachorrinho de Martha, a tia-avó de *Frau* Kessel, caíra no poço no porão e se afogara; infelizmente, o poço fora fechado nos anos 1940, na época em que a água corrente foi instalada.

— E as outras casas da rua? — perguntou Stefan, recebendo um olhar de desaprovação; *Frau* Kessel detestava ser interrompida no meio do discurso.

— Os poços nessas casas foram fechados também. — Foi a resposta curta da idosa.

— Não, não estou me referindo a eles. Pode contar pra gente algo sobre as pessoas? — quis saber meu amigo. — Que tal a casa que estávamos observando antes?

— Que casa? — indagou a velha, com rispidez. Stefan me olhou.

— A do *Herr* Düster.

Houve uma pausa, que se prolongou desconfortavelmente enquanto eu observava o crucifixo pendurado à bancada, o papel de parede marrom, a paisagem pela janelinha, qualquer coisa, na verdade, menos *Frau* Kessel.

— O que você quer saber?

— Bom... — Naquele momento, quando tinha a chance, Stefan ficou sem saber o que dizer. — Há quanto tempo ele... quer dizer... a mesma pessoa mora lá?

— Desde antes da guerra.

Stefan contemplou os rabiscos no bloco de anotações como se consultasse uma lista de perguntas para entrevistados.

— E alguém mais morou lá...?

Acho que meu amigo quis perguntar *Quem viveu nela antes de* Herr *Düster?*, porém, a velha respondeu:

— Não, ele sempre morou sozinho, sem família. — A velha enfatizou as últimas palavras, como se elas explicassem tudo.

Stefan ficou calado e deu a entender que não tinha muita certeza de como prosseguir. Acho que ele supôs que, uma vez que estivéssemos sentados ali confortavelmente à mesa de *Frau* Kessel, ela soltaria uma torrente de fofoca local e, em meio àquele dilúvio, conseguiríamos informações importantes, como garimpeiros à cata de ouro. Em vez disso, a conversa foi estancando. A velha nos olhou com perspicácia detrás dos óculos, os braços cruzados de um jeito ameaçador diante do peito coberto pela lã marrom.

— Que tal vocês me mostrarem o caderno? — perguntou, por fim.

— Que caderno? — quis saber Stefan.

— Aquele com o projeto da escola.

Instintivamente, meu amigo fechou a parte de cima da mochila, mantendo-a cerrada com as mãos.

— Hum... Ainda não terminei.

— Eu sei que não está concluído. De qualquer forma, passe aqui para mim, por favor.

Por um instante, cheguei a pensar que Stefan tiraria da mochila um caderno cheio de anotações sobre as construções antigas de Bad Münstereifel; até aquele momento, ele dera a impressão de estar tão seguro, com tudo tão sob controle, que eu podia até imaginar que ele preparara tudo com antecedência. Em vez disso, ele ficou ali, olhando-a com perplexidade.

— Foi o que pensei — disse *Frau* Kessel. Ela se inclinou na nossa direção como uma velha águia aproximando-se do peixe. — Não tem projeto nenhum, tem? — A voz soava fria. — Vocês podem achar que sou idosa, mas não sou idiota. O que pensavam que arrancariam de mim?

— Nada — balbuciou Stefan. — Quer dizer... nós apenas queríamos fazer umas perguntas para a senhora, nada mais.

— Sobre a minha casa?

— Bom...

— Não acho não. — As lentes dos óculos dela brilharam, e não consegui ver seus olhos. — Vocês queriam saber mais sobre *Herr* Düster, não é mesmo?

Com relutância, Stefan anuiu.

— Eu vou contar para vocês o que sei sobre ele. — Ela apertou as mãos esqueléticas, como se esmagasse algo entre as palmas. — Mas, antes, quero uma informação. Gostaria de saber por que vocês estavam tentando entrar na casa dele.

Capítulo 37

Stefan foi o primeiro a se recuperar. Quando falou, por incrível que parecesse, sua voz pareceu firme e forte.

— Nós não estávamos tentando entrar lá, *Frau* Kessel.

— Então, o que é que estavam fazendo? Tentando abrir o cadeado das portinholas do porão? — Ela o fitou com sarcasmo. — Não pense que não vi isso, menino. Vocês queriam entrar, não é?

— A gente não faria isso, *Frau* Kessel — intrometi-me. A olhada letal voltou-se de imediato para mim, porém, com esforço, mantive a calma. — Apenas estávamos... pensando nessa possibilidade. Mas não *faríamos* isso. Foi só uma... brincadeira.

— *Quatsch*. Sabem — acrescentou ela, com a voz baixa e venenosa — que eu realmente deveria denunciar vocês para a escola? Ou talvez para a polícia?

— Por favor, *Frau* Kessel...

— Mas não vou fazer isso — prosseguiu ela, sem me dar atenção. — E sabem por quê? Porque alguém *tem que* entrar naquela casa. Já está mais do que na hora de aquele velho... — E, naquele momento, a idosa usou uma palavra que me chocou; eu havia escutado o primo de Stefan, Boris, usá-la, mas nunca imaginei que a ouviria dizê-la. — ... ter seu *comeuppance*, ou seja, o castigo que merece. — Ela inclinou a cabeça para trás, com ares de superioridade. — Então, se querem saber mais a respeito *daquele homem*, eu vou contar. Direi para quem me perguntar. E, então, por fim, talvez alguém tome uma atitude. — Calou-se bruscamente.

Nem eu nem Stefan fizemos qualquer comentário: o que podíamos dizer? Com certeza, eu não admitiria que realmente estávamos pensando em entrar na casa de *Herr* Düster; ainda assim, continuava querendo saber o que *Frau* Kessel tinha para nos dizer. Por trás da minha curiosidade, restava a incômoda constatação de que minha mãe me proibira terminantemente de escutar quaisquer das fofocas ditas pela velha. Se ela soubesse que estávamos na cozinha de *Frau* Kessel, ouvindo a profusão de palavras ferinas da idosa, eu ficaria de castigo por semanas. Podia até vê-la me dizendo o quanto se sentia *desapontada* por eu tê-la desobedecido; o pensamento me fez estremecer.

— Ele estava apaixonado por Hannelore — disse *Frau* Kessel, mergulhando sem introdução na história.

Hannelore? Stefan me olhou, intrigado.

— Hannelore Kurth — prosseguiu a velha. — Uma bela moça, a mais bonita da cidade. Ela foi eleita a Rainha de Maio dois anos seguidos, antes de se casar com *Herr* Schiller. — A expressão de meu amigo mostrava-se confusa. *Frau* Kessel fitou-o com impaciência. — Até mesmo naquela época, *aquele sujeitinho* estava provocando confusão. Duas árvores de maio diante da casa! Ele deveria ter ficado no seu canto e deixado que o melhor entre os dois vencesse. — *Frau* Kessel fez um bico, os ombros rígidos. — Até parece que ela olharia para ele.

— *Herr* Düster era feio? — perguntei.

— Ah, acho que, com muito boa vontade, se podia dizer que era bem-apessoado. Talvez por isso ele tivesse achado que Hannelore prestaria atenção nele. Só que a jovem tinha bom senso.

A velha falava com autoridade, como se estivesse por dentro de cada movimento importuno de *Herr* Düster. Mas, quando ela discorrera sobre ele e Hannelore naquela primeira vez, naquele dia em que eu carregara as suas compras, não dissera que a mãe lhe contara tudo a respeito disso? Eu a encarei. Será que ela era mais velha do que queria admitir? Ou dera início bastante cedo à busca de detalhes das vidas dos outros?

Acho que essa última pergunta era a correta. Não era difícil imaginar aquela face rechonchuda, vingativa e pálida, contornada por cabelos castanhos presos numa trança e aqueles olhinhos bem semicerrados, enquanto ela inalava o incenso venenoso e inebriante da fofoca. Uma cochichadora na última fila da sala de aula, uma espreitadora nos cantos.

— Quando Hannelore Kurth se casou com o irmão, *Herr* Düster deve ter ficado arrasado. *Algumas* pessoas aqui da cidade acham que foi nesse momento que ele escolheu o mau caminho. — *Frau* Kessel não chegou a dizer exatamente *quem* pensava assim. — Mas ele já era um sujeito ruim muito antes de ter levado o fora dela. A jovem teve razão de fazê-lo, só que o homem não a deixava em paz. Havia dezenas de moças na cidade, mas ele cismou com ela.

Algo cintilou no semblante enrugado da velha, como um lagarto observando o entorno, dentro de um buraco, em meio a pedras, e retrocedendo rápido. Vi, porém, naquele momento, não sabia o que significava. Hoje em dia, pensando nas mãos semelhantes a garras, com os dedos cheios de anéis, exceto por um, acho que talvez eu saiba.

— Eu os vi juntos — sussurrou a velha.

— Quem? — Fiquei confusa.

— Hannelore e *aquele sujeitinho*. Seria de pensar que, em se tratando da esposa do próprio irmão... e ela já tinha tido a menina, àquela altura. Gertrud.

— O que eles estavam fazendo? — perguntou Stefan.

— Fazendo? Hannelore, com certeza, *nada*. Não acha que ela iria se encontrar com ele de propósito, acha? Mas o sujeitinho... gritava feito um louco. Pegou a mão dela e tentou beijá-la... — *Frau* Kessel falava como se tivesse acabado de comer algo horrível. — A jovem queria se afastar, mas ele não a deixava. Ah, *Herr* Düster foi arguto, encurralando-a lá. Achou que ninguém os veria, mas *eu vi*.

O veneno na voz dela estava me fazendo sentir mal. A velha não chegou a explicar *onde* vira Hannelore com *Herr* Düster, mas a imagem era clara na minha mente: os dois discutindo num lugar isolado, e *Frau* Kessel adolescente observando-os sem ser vista, os olhos cintilando de malícia. *Será que ela os seguira?*, perguntei-me. *Teria se escondido de propósito?*

— Nunca contei isso para ninguém antes — contínuou a velha, levando a mão ao peito e agarrando com os dedos esqueléticos o broche de Edelweiss pontudo. Os olhos mostravam-se impenetráveis detrás das lentes brilhantes. — Mas a imagem sempre vem à tona. Tudo aparece, no fim das contas.

— É verdade — disse Stefan, com educação; não restava nada mais a fazer além de concordar com ela. *Frau* Kessel mal se dirigia a nós; estava perdida nas tramas de uma história que se revelara há mais de 50 anos.

— Daí, Hannelore morreu — prosseguiu a idosa. — E *Herr* Düster já não pôde mais consegui-la para si. Mas restava Gertrud. A filha do irmão, a própria sobrinha. Quando ela desapareceu, deu na mesma, entendem? *Herr* Schiller perdeu a única pessoa que amava e *Herr* Düster, a única mulher que queria. Eu me pergunto se ele era feliz naquela época. — Sua voz pareceu ríspida.

— Ninguém suspeitou? — perguntou Stefan, sem poder crer.

— Suspeitar? Claro que sim. Acontece que não havia provas. Nenhum corpo; eles nunca a encontraram. E, depois da guerra, tudo ficara em ruínas. Com destroços por toda parte, as construções que ficaram de pé eram verdadeiras armadilhas perigosas, e as pessoas lutavam para permanecer vivas. Ninguém tinha tempo de investigar o ocorrido.

— *Herr* Schiller não tentou descobrir? — perguntou Stefan.

— Ele é um cristão de verdade. Disse que, caso *Herr* Düster sequestrasse Gertrud, já seria castigo suficiente para ele ter consciência de ser o culpado.

— *Frau* Kessel?

— Hein? — Ela se virou e fitou Stefan.

— Todo mundo pensa que *Herr*... todo mundo pensa que foi *ele*? Quem raptou Katharina Linden e as outras meninas?

— Nem todo mundo. — O tom de voz dela era frio. — Seu pai, por exemplo, Pia Kolvenbach. Ele e os amigos, na verdade, *protegeram Herr* Düster.

Então, a versão do meu pai da história era correta. Ele realmente tentara evitar que as pessoas fizessem justiça com as próprias mãos naquela noite.

— O papai acha... — comecei, e parei, sob o olhar gelado da velha. Tentei de novo. — Ele acha que é a polícia que tem que se encarregar disso.

— É mesmo? — *Frau* Kessel fez um biquinho. — É fácil dizer isso, se você não está envolvido, se nunca perdeu ninguém.

— A minha mãe disse que tem que ter prova — protestei, chateada com a crítica dirigida ao meu pai.

— Prova? Claro que tem. De quantas mais eles precisam?

Ela nos contemplou como se ambos fôssemos incorrigivelmente estúpidos.

— O sapato, o sapato que encontraram no bosque, na colina de Quecken. Da garotinha dos Voss.

— Ele foi encontrado na colina de Quecken? Onde fica o antigo castelo? — Aquilo era novidade. Eu ouvira dizer que fora encontrado no bosque, mas a maioria das pessoas parecia vaga com relação ao local exato em que o descobriram. Fiquei imaginando por meio de qual caminho obscuro *Frau* Kessel ficara sabendo desse detalhe.

— E como sabem que pertencia a ela? — perguntou Stefan. Acabou ganhando uma olhada zombeteira.

— Porque o outro tinha ficado na escola — respondeu ela, como se fosse óbvio. — O nome dela havia sido colocado em ambos. Mas disseram que mal se podia discerni-lo no que foi encontrado no bosque, de tão queimado que estava.

— Como a senhora sabe que foi queimado? — quis saber meu amigo.

Frau Kessel o fitou.

— Eu... — começou, mas, em seguida, parou. — Alguém me contou. — Sua expressão impediu mais perguntas. Eu me perguntei quem seria essa pessoa: a filha ou sobrinha de alguém da sua corja, talvez trabalhando na delegacia, ou a esposa de um dos policiais. Era difícil acreditar que alguém seria indiscreto a ponto de compartilhar essa informação com *Frau* Kessel; era o mesmo que divulgá-la no jornal local ou anunciá-la na rádio Euskirchen.

— Que horror! — deixei escapar, sem conseguir me conter.

— *Doch* — concordou a velha, num tom duro. — E pensar que *ele* está morando na cidade, no meio de nós, livre feito um passarinho!

Assenti debilmente, mas não era o que quisera dizer. Eu tinha tido uma visão repentina do sapato de Marion Voss, escuro e chamuscado, caído de lado num emaranhado de vegetação rasteira, e fiquei pensando no Homem Assustador de Hirnberg, e em como o mero toque da mão dele faria o seu corpo torrar na hora e a carne chiar. E em como ele poderia envolver a pessoa num abraço flamejante, cingindo-a até que cada centímetro de sua vítima pegasse fogo. Imaginei como alguém aguentaria tamanha dor.

— Pia? — Tive a impressão de que a voz de Stefan vinha de muito longe. — Você está se sentindo mal?

Neguei, mas tive a sensação de que minha cabeça era uma bola de cristal com neve dentro, sacudida com força por uma criança, de modo que o líquido se inclinava de um lado para o outro e os flocos se espalhavam, numa grande nevasca. Minha boca estava cheia de saliva; pensei que iria vomitar, bem ali na mesa da cozinha de *Frau* Kessel.

Houve um chiado quando a velha afastou a mesa de mim e, no momento seguinte, pôs a mão semelhante a uma garra na parte posterior da minha cabeça e empurrou-a para baixo, entre os meus joelhos. Ela era surpreendentemente forte, e seus anéis afundaram no meu couro cabeludo. De súbito, fiquei olhando para um dos ladrilhos superlimpos do piso, contornado pelas minhas próprias coxas.

— Fique aí — ordenou *Frau* Kessel, tirando, para o meu alívio, a mão. Instantes depois, ouvi o barulho da torneira sendo aberta; a velha pegava para mim a tradicional panaceia: um copo d'água.

— Pia? — A face ansiosa de Stefan entrou no meu campo de visão. Ele devia estar se contorcendo no piso para fazê-lo. — O que foi que houve?

— Eu não sei — respondi para a face de cabeça para baixo. Não conseguia encontrar as palavras para descrever no que eu estivera pensando: no Homem Assustador, no sapato chamuscado. — Me senti mal.

— Você está bem?

— Que pergunta mais idiota — salientou *Frau* Kessel com a costumeira acidez. Escutei um *toc* quando ela colocou o copo na mesa.

— Endireite-se. Não precisa ficar rolando no meu chão como um cãozinho malcomportado.

Enquanto Stefan ficava de pé, uma das mãos da velha pousou no meu ombro, com toda a delicadeza de um abutre atacando a presa.

— Você ainda está tonta?

— Acho que não.

— Então se sente direito e tome isso.

Ela me deu o copo d'água. Eu o observei com hesitação. Era o copo típico de uma *idosa*, decorado com um padrão desbotado de chapins num galho florido. Tomei um gole. Como *Frau* Kessel não deixara a torneira ligada por tempo suficiente, a água estava desagradavelmente morna. Na verdade, eu não sentia sede, mas, como não consegui pensar numa boa razão para recusá-la, tomei todo o líquido, com uma careta.

— E então? — quis saber ela. Seu tom de voz era áspero, lembrando mais o de *Frau* Eichen querendo saber a resposta de um problema de matemática que alguém perguntando sobre meu estado de saúde.

— Estou um pouco melhor. — Eu me aventurei a falar.

— Hum. — Uma das garras baixou e pegou o copo. — Não posso dizer que estou surpresa com o que aconteceu. A ideia me deixa doente também.

Não me dei ao trabalho de contradizê-la.

— Acho que é melhor *você* levar Pia para casa daqui a pouco, quando ela tiver se recuperado. — Fitou com reprovação o meu amigo, como se ele fosse o responsável por meu estado.

Eu me arrisquei a olhar para o rosto dela de soslaio: os lábios estavam contraídos e os olhos, endurecidos. Qualquer outra pessoa sentiria pontadas de culpa se uma criança desmaiasse em sua casa após ter ouvido suas insinuações pavorosas. Mas não *Frau* Kessel. A meu ver, mesmo se ela vivesse 120 anos, em nenhuma das 12 décadas ela pediria desculpas, nem uma vez sequer, por nada. Aos olhos da velha, ela não tinha culpa nenhuma: eram as outras pessoas que agiam de forma repreensível.

— Está bom, *Frau* Kessel. — Stefan pareceu resignado. Ele me ofereceu o braço, como se fôssemos dois velhinhos aposentados indo caminhar.

— Não *devo* mencionar esta visita — informou a idosa, no mesmo tom de voz agudo.

— Obrigado.

— Seja como for, não quero vê-los perambulando de novo pelas ruas no horário de aula; de outro modo, *terei* que dizer algo.

— *Verstanden.*

Stefan e eu caminhamos devagar até a saída. A velha já estava com a mão na maçaneta, pronta para nos colocar na rua, quando Stefan perguntou:

— *Frau* Kessel, por que isso é tão importante para a senhora?

O que *era tão importante?*, pensei. *Tirar a gente da casa? Não nos ver nas ruas de novo?* Mas ela sabia exatamente a que ele se referia.

— Porque Caroline Hack era a minha sobrinha — informou, rispidamente. Quando saímos e nos viramos para nos despedir, ela já fechara a porta.

No dia seguinte, depois da escola, Stefan e eu voltamos de forma furtiva para a casa de *Herr* Düster, com o intuito de reexaminar as portinholas do porão. O objetivo era passar por elas como quem não queria nada e, se tivéssemos certeza de que ninguém estava olhando, tentar soltar as alças novamente. Porém, a ida até lá acabou sendo em vão. Naquele ínterim, alguém tirara as alças velhas e colocara outras novinhas em folha, presas com firmeza nas portinholas e fechadas com um cadeado ainda maior que o antigo.

Capítulo 38

— *P*ia? — perguntou *Herr* Schiller. Ele me dava uma pequena xícara de café.
— Sinto muito.
Balancei a cabeça, como se para desobstruí-la, perguntando-me quanto tempo ele ficara segurando a xícara e, em seguida, peguei-a com cuidado.
— Você está de cabeça cheia hoje, *Fräulein* — comentou *Herr* Schiller.
— Hum. — Tomei um gole do café, com cuidado; sorvi-o com ansiedade, receando engasgar a olhos vistos, pois estava tão grosso e forte que eu mal estava aguentando.
— Está correndo tudo bem na escola grande?
— Hum... — Hesitei, sem saber se deveria dar a resposta padrão, *está*, ou se deveria lhe dizer a verdade, que era: *deu na mesma, continuo sendo a garota cuja avó explodiu.*
Enquanto eu pensava, Stefan se intrometeu:
— É legal, mas a gente tem muito dever de casa.
— Ah. — *Herr* Schiller olhou para mim e para meu amigo, com a sobrancelha grossa arqueada. — Muito trabalho de campo, *oder*? — Observando nossas faces pálidas, ele sorriu, o que fez o rosto enrugar em centenas de lugares. — Eu os vi rua abaixo, examinando as casas.

Olhei para Stefan. Será que todo mundo naquela rua tinha visto a gente na frente da casa de *Herr* Düster? Eu já deveria ter previsto — Bad Münstereifel era uma daquelas cidades em que câmeras de TV de circuito fechado seriam totalmente redundantes. Horas de filmagem não informariam nada que os moradores não pudessem informar.

— Ah — deixou escapar Stefan. Em seguida, deu de ombros. — A gente estava pensando em fazer um trabalho sobre casas antigas... mas acabou não dando certo.

— Uma pena — salientou *Herr* Schiller, sem insistir no tema. Era outro lado dele do qual eu gostava: ele não costumava martelar no assunto, como os outros adultos. Se tivéssemos contado a mesma coisa para a minha mãe, ela ia querer saber por que havíamos abandonado um projeto que já fora iniciado, qual seria o prazo de entrega, se tínhamos outro plano em mente e no que os demais alunos da sala estavam trabalhando...

— *Herr* Schiller?

— Sim, Pia.

— O senhor contou para a gente todas as histórias que existem sobre Bad Münstereifel? Quer dizer, as que envolvem fantasmas e criaturas?

— Por quê? Você está planejando trabalhar num projeto sobre isso também? — quis saber o idoso.

— Não. Só estou interessada.

— Hum. — *Herr* Schiller recostou-se na poltrona e pegou o cachimbo. Fascinada, observei enquanto ele metia tabaco no bojo. Parecia horrível, mas como ele continuou a fumar, acho que gostava mesmo. Quando meu olhar passou do bojo do cachimbo para o rosto do velho, eu me dei conta de que ele me observava. Entre baforadas, o idoso comentou:
— Eu não lhes contei todas as histórias que existem sobre esta cidade. Acho que ninguém pode fazer isso. Mas — acrescentou, talvez ao notar a minha decepção —, posso relatar *uma* das quais vocês não ficaram sabendo. Claro que se vocês tiverem tempo, nos intervalos de suas tarefas. Havia um toque quase imperceptível de humor em sua voz.

— Claro. — Eu não queria nem um pouco persistir no assunto dos meus estudos. Recostei-me um pouco mais na poltrona e o olhei, com expectativa.

Herr Schiller começou a dizer, devagar:

— Esta é uma história sobre o nosso velho amigo, Hans, o Inabalável. Certa tarde, ele estava sentado do lado de fora do moinho, com o cachimbo nos lábios, vendo o sol se pôr detrás da colina quando, de repente, viu, ao longe, uma figura vindo em sua direção. Estranhamente, carregava no alto do corpo uma cesta grande, do tipo que se usa para colocar frutas.

"Algo naquela imagem levou Hans a semicerrar os olhos e a observar com atenção. Talvez fosse a forma como parecia deslizar pela relva úmida, sem atolar na terra lamacenta nem tropeçar num arbusto. Ou talvez tivesse sido a forma como a cesta estava tão próxima dos ombros da figura — peculiarmente baixa, considerando que a cabeça dela deveria estar abaixo.

"Hans tirou o cachimbo da boca e bateu as cinzas na mureta de pedra do moinho. Em seguida, guardou-o, e ficou ali com as mãos no quadril, esperando que a figura que se aproximava o alcançasse. Ela trajava uma roupa curiosamente antiquada, para aquela época. Com efeito, o tecido se mostrava desgastado, como se tivesse perdido a cor em virtude do tempo e do uso.

"'Guten Abend', disse Hans para seu visitante.

"O estranho não respondeu, mas estendeu as mãos e ergueu a cesta que o cobria. Naquele momento, Hans entendeu o motivo da posição peculiar da cesta, tão próxima dos ombros do homem. Ele não tinha cabeça. Na parte em que o colarinho da camisa aparecia por cima da jaqueta velha, havia um toco de pele e carne, como o pescoço de uma galinha decapitada e, destacando-se no meio, um pedaço de osso. Mas a figura não tinha queixo nem rosto nem crânio. Simplesmente não havia nada ali.

"Outra pessoa teria dado uma olhada e fugido aos berros para dentro do moinho, para trancar a porta. Porém, Hans, como vocês sabem, era um sujeito destemido. Ele ouvira a mãe falar do fantasma sem cabeça de Münstereifel, quando ela já era uma velha encarquilhada de 80 anos e ele, um garotinho de uns seis ou sete, de rostinho viçoso. Se outro homem teria morrido de medo, Hans ficou apenas cheio de curiosidade. Decidiu se dirigir ao espectro e perguntar por que estava ali.

"'Quem é você, e o que quer?', indagou, ousadamente.

"Então, o espectro deixou escapar um longo suspiro, um som esquisito, que vinha do cotoco em seu pescoço e parecia ecoar no interior de seu tronco.

"'Querido Hans', disse o fantasma, com um tom estranhamente reverberante. 'Pelos pecados que cometi durante a minha vida, fui condenado a vagar por Münstereifel, na condição de um ser temeroso, sem cabeça, até que uma alma mais corajosa que as demais ousasse perguntar quem eu era e o que buscava. Por muito tempo tenho vagado, sem descanso. Quando comecei a caminhar nesta região, havia uma cidade antiga e um castelo no alto de uma colina, com a bandeira de um senhor feudal esvoaçando no alto e soldados marchando ao longo de sua ameia. O castelo caiu em ruínas, a cidade sumiu e o bosque encobriu os escombros. Ainda assim, continuei a perambular pelas pedras partidas, pela relva e pelo capim. Por fim, uma nova cidade começou a surgir no lugar da anterior; a minha caminhada prosseguia, mas ninguém ousava conversar comigo.'

"'*Lieber Gott*', exclamou Hans. 'O que é que você fez para merecer esse destino?'

"Então, o espectro se aproximou mais dele e lhe revelou seus pecados. O moleiro, que não temia nem homens nem espíritos, empalideceu e ficou calado diante de uma lista tão grande de malfeitorias.

"'Eu pensei', começou a dizer finalmente Hans, num sussurro, 'que ninguém poderia fazer tanto mal para merecer tamanho castigo, mas agora vejo que estava enganado.' Ele fez o sinal da cruz, como bom católico que era. 'Sinto muito por você'.

"'Não tenha pena de mim', salientou a voz do fantasma. 'Ao falar comigo, e me perguntar quem eu era, você me libertou.'

"E, então, Hans viu que, naquele momento, nas mãos do espectro, havia uma cabeça, a cabeça de um homem de 50 invernos, repleta de rugas, os traços denotando a marca de uma vida longa e perversa. Os dedos do fantasma estavam emaranhados nos cabelos grisalhos. Diante de Hans, o espectro levou a cabeça até a parte central dos ombros e a acomodou ali. Quando sentiu que ela encaixara direito, fez uma reverência para o moleiro e desapareceu.

"E desde aquele dia nunca mais foi visto; então, ao que tudo indica, Hans realmente o libertou."

Stefan se moveu, irrequieto, na poltrona.

— Simplesmente desapareceu?

— *Doch.*

— E quais foram os pecados que ele contou para Hans?

— Não se sabe — respondeu *Herr* Schiller. — O moleiro nunca contou para ninguém o que tinha escutado. Reza a lenda que os crimes do fantasma foram tão terríveis, que o melhor seria deixá-los apenas entre o espectro e Deus.

— Hum. — Stefan se mostrou desapontado.

— Eu sei — disse o velho, secamente. — É bem decepcionante, não?

— Bem que eu gostaria de saber o que foi que o fantasma fez.

— Melhor não saber, essa foi a ideia — ressaltou *Herr* Schiller.

— Não pode ter sido *tão* ruim assim. Nada é *tão* ruim assim.

— É bom acreditar nisso, quando se tem dez anos — disse o idoso.

— Eu tenho onze...

— Mas, infelizmente, quando você ficar mais velho, vai descobrir que algumas situações *são* ruins assim. — *Herr* Schiller pareceu triste.

Com o corpo acalorado, numa sensação similar à culpa, eu me perguntei se ele estaria pensando em Gertrud, no que poderia ter acontecido com ela e na possível punição, um dia, da pessoa responsável por aquilo.

— É melhor simplesmente não comentar algumas situações — acrescentou *Herr* Schiller, como se pudesse ler a minha mente.

Tentei ver se Stefan me olhava, para que eu pudesse, de algum modo, transmitir-lhe a mensagem de que deveria se calar antes que o idoso se contrariasse e nos mandasse embora outra vez, porém meu amigo estava por demais perdido em pensamentos, totalmente alheio aos meus olhares significativos. Era um dos aspectos que sempre me

O DESAPARECIMENTO DE KATHARINA LINDEN • 209

irritava a seu respeito e continuava a colocá-lo de novo na posição de *Stefan Fedido*: ele nunca sabia quando parar.

— Se foi tão ruim assim — insistiu —, como é possível que ele fosse liberado quando alguém perguntasse quem era? E se a primeira pessoa que o visse tivesse falado com ele? Daí o espectro acabaria não sendo castigado.

— Mas não foi isso que aconteceu — ressaltei. — Ele passou anos e anos, provavelmente *centenas* deles, perambulando por aí antes que Hans fizesse a pergunta.

— É, mas, e *se*? — persistiu Stefan, com teimosia.

— Então ele acabaria tendo de pagar pelos pecados de outra forma — explicou *Herr* Schiller, com delicadeza. — É sempre assim. — Balançou a cabeça. — Mas tenho a impressão de que você não está captando o cerne da questão.

— Não estou entendendo.

— O fantasma só foi liberado porque alguém ousou falar com ele. Esse é o cerne da questão. Hans ousou se dirigir ao espectro. A maioria das pessoas teria saído correndo. — O idoso arqueou as sobrancelhas. Seus olhos reluziram. — Aquele homem foi o único a deixar o temor de lado e *tomar uma atitude*.

— Então a moral da história é que a gente não deve temer nada.

— A moral da história é que se algo precisa ser feito, você tem que ir em frente. Até mesmo se for uma coisa que a maioria das pessoas acharia difícil. Até mesmo se você estiver com medo.

Ao caminhar com Stefan de volta para casa pela Heisterbacher Strasse, eu ainda sentia o gosto do café de *Herr* Schiller na boca, um sabor forte e pungente que me fazia pensar em cinzeiros e fogueiras. Nem meu amigo nem eu falamos nada por um longo tempo. Ele metera as mãos no fundo dos bolsos da jaqueta; o vapor que saía de sua boca formava diminutas nuvens. A forma como filetes esbranquiçados de respiração saíam dos lábios entreabertos me fez lembrar de Boris fumando. Eu fiquei pensando em *Herr* Schiller, no Hans, o Inabalável, e no fantasma sem cabeça.

Se algo precisa ser feito, você tem que ir em frente.

Nós tínhamos decidido voltar para a minha casa pelo Salzmarkt e pela ponte, diante do rei Zwentibold e sua fonte. Assim, não passamos em frente à residência de *Herr* Düster. No entanto, eu continuava ciente de sua localização em relação a mim, como se nós fôssemos dois pontos vermelhos gigantescos num mapa da cidade: você *está aqui*, e *aqui está ela.*

— Pia?

Olhei para o meu amigo, mas ele fitava as pedras de cantaria, não eu.

— Hein?

— O que você achou da história?

Suspirei.

— Sei lá. — Como me dei conta de que ele tinha parado de andar, parei também.

Stefan olhou para o céu. Um floquinho de neve inicial desceu lentamente e pousou em seu rosto voltado para o alto, derretendo de imediato. Meu amigo me observou.

— Você não acha que *Herr* Schiller estava tentando transmitir uma mensagem? Tipo valores ou algo assim?

— Acho que sim.

Eu não me sentia pronta para me comprometer. A ideia de que talvez *nós* ou talvez *eu* precisasse fazer o que *tinha que ser feito* ainda me parecia perturbadora demais para ser examinada de perto.

— Ele estava — insistiu meu amigo. — Eu sei que estava. Ele acha que devemos fazer algo.

— Sobre o quê? — Mas eu já sabia a resposta.

— Sobre Katharina Linden e as outras garotas — respondeu Stefan, com um toque de impaciência na voz. Em seguida, falou mais baixo. — Sobre *ele. Herr* Düster.

— *Herr* Schiller não pode querer de verdade que a gente faça algo sobre o irmão dele — protestei. — Apesar de ser legal, ele é um homem maduro. Não vai nos dizer para arrombar a casa de alguém nem nada parecido.

— Por que não?

— Porque daria uma confusão danada se a gente fosse pego, e ele acabaria se metendo em problemas também.

— Talvez ele ache que valha a pena arriscar.

Naquele momento, eu realmente me senti pouco à vontade.

— Só que não é *Herr* Schiller que tem que fazer isso. E, seja como for, *ele* não fez nada quando a filha desapareceu, fez? *Frau* Kessel chegou a comentar que o velho era um cristão devoto. Então, como é possível que agora ele estivesse nos dizendo para fazer isso?

— Não sei — disse meu amigo. Em seguida, ergueu um dos braços e deixou-o cair, frustrado. — Olha só, mesmo que ele não tenha tentado dizer para a gente ir em frente, continua... continua sendo uma boa ideia, não é?

— Uma *boa* ideia?

— Bom, uma ideia apropriada. — A boca de Stefan deixava transparecer sua determinação.

— Nós somos duas *crianças*, não Batman e Robin. — Eu me movi, pouco à vontade. — Se nós formos pegos, ele vai nos *matar*.

— Bom, então a gente não vai ser pego.

Capítulo 39

Como o Natal estava chegando, as lojas se encontravam cheias de coroas do Advento.

— Quase um ano — comentou meu pai, sombriamente.

Minha mãe foi mais pragmática.

— Nós não vamos querer uma *dessas*.

Como não podia deixar de ser, o surgimento das coroas do Advento sinalizaram o ressurgimento do interesse na morte prematura de *Oma* Kristel. De repente, eu me tornei foco de atenção indesejada de novo. Stefan estava me irritando muito — ficava martelando o tempo todo no tema de *Herr* Düster e do que deveríamos fazer a respeito dele. Lembrei por que o apelido *Stefan Fedido* parecia tão apropriado — ele tinha o hábito de adejar ao redor, como um mau cheiro. E, naquele momento, fui obrigada a recordar à força por que ele era a única pessoa que eu poderia considerar como amiga na escola.

Meus ex-amigos, tipo Marla Frisch — que me largara num piscar de olhos por recear ser contaminada pela Incrível Família Explosiva — tinham se tornado os principais fornecedores da história lúgubre de *Oma* Kristel. As crianças dos anos mais avançados que o meu, que não estudavam na mesma escola quando minha avó morreu, estavam naquele momento loucas para ouvir a história triste dos lábios dos que tinham frequentado o mesmo colégio que eu.

O DESAPARECIMENTO DE KATHARINA LINDEN • 213

De certa forma, não dava para culpá-las; a história era absurda demais para ser levada a sério, tendendo mais a alguma de terror inventada. De qualquer modo, isso não aliviou o tormento provocado toda vez que eu entrava na sala de aula ou no banheiro feminino e ouvia as conversas sussurradas cessarem bruscamente assim que me viam. Seria só uma questão de tempo antes que todos começassem a se recusar a se sentar ao meu lado de novo.

Nesse ínterim, meus pais vinham se dedicando ao serviço em memória de *Oma* Kristel. Minha mãe, que era uma protestante não praticante, foi liberada do planejamento da missa no templo, porém ficaria a cargo de toda a refeição, para seu desgosto.

O grande debate se centrava basicamente em que dia o serviço deveria ser realizado. *Oma* Kristel falecera no último domingo do Advento, mas planejar o serviço durante o Natal era uma ideia deprimente. Minha mãe disse que, na verdade, acabaria sendo bom, pois a missa poderia ser feita em janeiro. Seria exatamente do que precisaríamos para nos animarmos quando o Natal terminasse. Meu pai, que nunca entendia o senso de humor macabro dela, ficou ofendido; porém, não conseguiu sugerir uma ocasião melhor.

Certa tarde, voltei cedo para casa e encontrei o carro do meu pai parado na diminuta vaga retangular, calçada com pedras, que servia de estacionamento para a nossa casa. Quando vi o automóvel, supus que meus pais estavam metidos noutra reunião de cúpula sobre a música a ser tocada e sobre que tipo de flores usar, rosas ou lírios no serviço em memória de *Oma* Kristel. As discussões podiam se tornar surpreendentemente calorosas nesses assuntos; ainda assim, fiquei pasma quando abri a porta e ouvi meu pai berrando feito um louco.

Tirei minha mochila com cuidado, perguntando-me se deveria sair de forma sorrateira de novo. Mas então passou uma rajada de vento frio e a porta bateu, ressoando como um tiro. Eu continuava parada ali, meio inclinada, segurando a alça da mochila, com uma expressão de culpa no rosto, quando a porta da cozinha abriu e minha mãe apareceu. Sua expressão mostrava-se bastante colérica e seus cabelos escuros estavam despenteados, como se ela tivesse passado a mão neles várias vezes.

— O que você está fazendo em casa a esta hora? — perguntou ela.

— *Frau* Wasser foi dispensada, por estar doente — balbuciei. A figura do meu pai preencheu o vão da porta, atrás da minha mãe.

— Não grita com ela.

— Eu não estava gritando, droga! — Naquele momento, quase o fazia.

— Você já fez o suficiente.

— Eu nem *toquei* nela — protestou minha mãe, como se ele a tivesse acusado de me bater.

— Não estou falando de tocar. — Meu pai, como sempre, entendia tudo ao pé da letra, mesmo no calor da discussão. — Você acha que não afeta as crianças agir...

— Wolfgang! — A voz da minha mãe o interrompeu, com um tom claro de advertência nela.

Olhei de soslaio para a escada, analisando minhas chances de fugir.

— Pia! — O tom de voz dela parecia mais calmo, porém frio. — Venha até a sala comigo.

— Pia, não se mova — disse meu pai. Ele olhava furioso para a minha mãe. — Não vou deixar você contar para ela o *seu* lado da história.

Minha mãe colocou as mãos nos quadris.

— Bom, eu não vou deixar que *você* faça isso — salientou ela.

— Faça o quê? — perguntei, intrigada.

— Vá para a sala, Pia, por favor — ordenou meu pai. Com relutância, fui até lá, levando a mochila junto; se eles iam insistir que eu ficasse ali isolada, enquanto discutiam, ao menos adiantaria o meu dever de casa. Comecei a espalhar os cadernos na mesinha de centro, mas era difícil me concentrar. O som abafado de vozes alteradas podia ser ouvido com clareza do corredor, do outro lado. Decidi fazer primeiro o dever de inglês. Ao abrir meu caderno numa página em branco, escrevi com cuidado "UMA VISITA À INGLATERRA". Daí, meti a ponta da caneta na boca e fiquei fitando a folha vazia.

— Você me deve isso! — vociferou meu pai, no corredor.

Minha avó, escrevi e, em seguida, parei de novo. Eu ia contar que *minha avó mora em Middlesex*, aí as vozes alteradas no corredor me fizeram lembrar da maior bronca que eu receberia quando *Oma* Warner recebesse a conta de telefone. Minha pele pinicou só de pensar. O valor já deveria ter chegado àquela altura; eu passara as longas férias de verão lá e estávamos perto do Natal.

A porta abriu. Era a minha mãe.

— Posso entrar? — perguntou ela, como se estivesse ingressando no meu quarto e não na sala. Então, entrou e fechou a porta com cuidado. Daí foi até o sofá e se sentou ao meu lado.

— Cadê o papai? — quis saber eu.

— Subiu. Vai descer mais tarde. Então você vai poder conversar com ele.

Minha mãe me olhou, deu um sorriso tenso e, em seguida, contemplou a paisagem pela janela. Uma idosa caminhava na rua, virando-se e curvando-se o tempo todo, e supus que levava junto um cachorro relutante.

Mudei de posição na poltrona.

— Tenho dever de inglês — comentei, apontando para o caderno aberto.

— Hum — exclamou ela e, então —, é meio sobre isso que eu quero conversar com você, Pia.

— Sobre o meu dever de inglês?

— Não, não sobre isso. — Mamãe cruzou os braços no peito e esfregou a parte de cima deles, como se estivesse com frio. — Pia, seu inglês é muito bom, embora a gente não o fale aqui em casa com a frequência que deveria.

— Charles e Chloe gozam da minha cara quando eu falo inglês.

— Bom... tente não prestar atenção nos seus primos. Você fala *bem* sim.

— E eles nem falam alemão — salientei, mas ela não desviou a atenção para esse aspecto.

— Acho que você conseguiu se virar... na Inglaterra. Ficou superbem com *Oma* Warner no verão.

— Cer... certo — confirmei, com cautela, perguntando-me se, por uma via indireta, a conversa se direcionava para um confronto a respeito da conta de telefone. Porém, minha mãe não aparentava estar brava comigo; aliás, parecia nervosa, como se receasse que eu ficasse furiosa *com ela*.

— Se você... Sabe, se você morasse lá, em breve falaria perfeitamente. Na sua idade, poderá perder o sotaque. Daí as pessoas não vão rir; na verdade, nem vão notar.

Peguei o caderno e fitei a página em branco com o "UMA VISITA À INGLATERRA" destacado no alto.

— A gente vai visitar *Oma* Warner de novo?

— Bom, não exatamente.

— Mamãe?

— Hein?

— Eu não gosto de ir para a Inglaterra. Gosto da *Oma* Warner, mas... Ela soltou um suspiro.

— Pia, nem sempre temos escolha.

— Como assim? — perguntei. Uma percepção desagradável começou a surgir em minha mente, como uma gosma nojenta e úmida que se recusa a descer pelo ralo, não importa com tanta força você tente empurrá-la para baixo. Quando Liz e minha mãe trataram da mudança para a Inglaterra, a ideia não fora nem um pouco hipotética.

— Você é metade inglesa — salientou minha mãe, como se isso explicasse tudo. — Nós moramos na Alemanha há anos, mas sempre tem a possibilidade... você precisa conhecer o seu lado inglês. — Seu tom de voz era suplicante.

— Não sei o que está querendo dizer — falei, com teimosia.

— A gente veria muito mais *Oma* Warner. *É* a minha mãe, sabe, e eu gostaria de passar mais tempo com ela. Seria bom para você, agora que *Oma* Kristel não está... — Fez uma pausa e esfregou as palmas das mãos, dando a impressão de ter ficado constrangida, de súbito. — De repente, até você vai começar a gostar dos seus primos.

Eu nunca vou gostar deles, pensei, mas fiquei calada. Simplesmente observei minha mãe retorcer as mãos e sorrir com nervosismo. Senti-me gelada, como se ela fosse uma total estranha oferecendo-me falsidades, falsidades concebidas para machucar.

— Sabe o que estou dizendo, não, *Mäuselein*? — Recebi o termo carinhoso com uma leve irritação; fazia anos que ela não me chamava de ratinha; por que o trazia à tona naquele momento? — A gente... bom, a gente provavelmente vai morar na Inglaterra.

— Provavelmente?

— A gente *está* indo, só que é preciso resolver umas coisinhas antes e...

— E o trabalho do papai?

— Seu pai... — Minha mãe fez uma pausa e, de novo, começou a retorcer as mãos e a esfregá-las como se quisesse tirar algo das duas. — Seu pai *provavelmente* não vai. — Ao se dar conta de que repetira a palavra, corrigiu-se: — Ele *não* vai com a gente.

— Mas não pode ficar aqui sozinho — protestei. — E, seja como for, eu não quero ir para a Inglaterra.

— Pia. — Ela soltou outro suspiro. — Sei que você acha que não quer ir para lá. Mas nós não podemos mesmo ficar aqui.

— Por que não?

— Porque... bom, porque preciso ter *Oma* Warner e tia Liz por perto. Sebastian ainda é muito pequeno e necessito de ajuda; de outra forma, não sei como vou voltar a trabalhar. — Ela esboçou um rápido sorriso e estendeu a mão para tocar no meu ombro. Eu me retraí, ainda tentando avaliar se minha mãe estava falando sério ou se tudo aquilo era uma piada de mau gosto.

— Por que não volta a trabalhar aqui?

O sorriso desapareceu num piscar de olhos.

— *Por quê?* — Ela deixava o ar escapar com força pelas narinas. — Pia, isso não é nada fácil, sabia? Precisa ficar esmiuçando tudo que eu falo? — Fitou-me e, em seguida, seu rosto relaxou de novo, numa expressão derrotada. — Se vamos ficar sozinhas, prefiro estar perto da família. Da *minha* família.

— A gente tem um monte de parentes aqui — destaquei. — *Onkel* Thomas e *Tante* Britta e...

— Eles são a família do seu pai.

— Mas... — Não terminei de falar. Não sabia ao certo como descrever o sentimento que tive, de repente, de que a família se dividia em duas, como exércitos medievais posicionando-se nos lados opostos de um campo de batalha. Pelo que entendi, minha mãe me dizia que eu deveria estar num lado específico, o da bandeira inglesa; porém, teria sido o mesmo que me informar que eu lutava pela Mongólia Exterior.
— Eu podia ficar aqui com o papai — informei, numa súbita inspiração.

— Pia, não pode...

— Ah, posso sim. — Dava para eu sentir a tensão nos meus lábios.

— Não pode. — A voz de minha mãe endureceu. A verdade nua e crua se revelava: como uma lebre saindo do esconderijo, a realidade correu a toda a paisagem da minha mente. Mamãe deixou de lado o *Mäuselein* e *precisa conhecer o seu lado inglês.* — Você tem que ir para a Inglaterra, Pia. Ponto final. Sinto muito. — Não deu a impressão de lamentar, mas de estar furiosa. — É o que vai acontecer.

Fitei as palavras na página que estava amassada na minha frente. "UMA VISITA À INGLATERRA". Uma raiva crescia dentro de mim. Mais parecia uma massa numa forma, crescendo e crescendo até estourar em cima. Meu rosto, meus ombros e meus dedos estavam rígidos, mas não pude impedir as lágrimas escaldantes que saíram dos meus olhos. Uma gota caiu na folha, manchando as letras ING. Não havia mais como evitar, um soluço estrondoso surgia. Minha mãe tentou me abraçar, mas eu lutei para escapar, debatendo-me com os braços. O caderno rasgou e caiu no chão, deixando-me com meia página na mão.

— Pia...

— Eu te odeio! — gritei com toda força, as palavras arranhando a garganta. — Eu te odeio! Eu te odeio! Eu te odeio!

— Pia, acalme-se, *Schätzchen*, vai dar tudo certo, *vai dar* tudo certo, você verá...

A voz de minha mãe mostrava-se suave e reconfortante, porém, apesar da raiva, eu tinha consciência de que ela estava apenas tentando me acalmar. Não dizia *Está bom, então a gente não vai mais para a Inglaterra, vamos ficar aqui.* Estava apenas se esforçando para me tranquilizar a fim de que eu aceitasse a verdade intragável, da mesma forma que alguém acalma um animal antes de lhe dar um remédio desagradável.

Eu me afastei dela e, na verdade, *corri* até a porta. Minha mãe me seguiu até a soleira, ainda com seus agrados fragmentados, mas eu estava decidida a não lhe dar ouvidos. Quando subi a escada correndo, ela não tentou me seguir. Fui para o meu quarto, tranquei a porta, apoiei a cadeira que ficava do lado da minha cama na maçaneta, como uma barricada adicional, atirei-me na cama e chorei feito um bebê.

Capítulo 40

Bem mais tarde, meu pai apareceu e bateu à porta. No início, não respondi, mas quando ele abriu a boca e vi que não era a minha mãe, levantei-me e abri a porta.

— Posso entrar?— quis saber. Eu assenti. Ele veio, arrastou a cadeira que estava impedindo a entrada e se jogou nela. Eu me sentei na cama e o fitei, com olhos que mais lembravam fendas inchadas, de tanto chorar.

— *Ach*, Pia. — Sua voz parecia cansada. — Sinto muito.

Estremeci.

— Papai, a gente não vai mesmo para a Inglaterra, vai?

Ele suspirou.

— *Doch*. Bem que eu queria lhe dizer que não.

— Eu não quero ir.

— E eu não quero que você vá, *Schätzchen*.

— Então, não posso ficar aqui com o senhor?

— Acho que não. — As palavras de meu pai eram hesitantes, porém carregavam o peso de um destino cruel.

— Por que não?

— Não está totalmente decidido ainda, mas a sua mãe quer que você vá com ela.

— Não pode me obrigar.

— Bom, talvez não possa, mas os tribunais sim — ressaltou meu pai.

— Ela quer... Pia, sabe o que quer dizer *custódia*?

Balancei a cabeça.

— Quer dizer que um dos pais recebe a permissão de levar os filhos... depois de um divórcio.

— De um divórcio?

Meu pai anuiu; não precisava me explicar isso.

— Por que...? — comecei, mas não consegui ir adiante. A pergunta simplesmente não se formava.

— É coisa de adulto — disse meu pai, com tristeza. Ele abriu os braços, eu me levantei e fui receber seu abraço. A sensação dos músculos fortes no ombro dele, através da camisa, enquanto eu apoiava a cabeça, era, de alguma forma, reconfortante. Dei uma grande fungada no tecido grosso.

— Papai, Charles e Chloe fazem pouco de mim.— Ele não fez nenhum comentário, mas continuou a me abraçar. — E eu não quero ir para a escola na Inglaterra. — Afundei a testa em seu ombro. — Detesto comida inglesa, até mesmo a da *Oma* Warner.

Senti os ombros de meu pai sacudirem e, por um instante, fiquei me perguntando o que eu tinha dito de tão engraçado. Daí, acabei me afastando para olhá-lo. E aquela foi só a segunda vez na minha vida que eu vi meu pai chorar; a primeira tinha sido quando *Oma* Kristel morrera.

Capítulo 41

Depois disso, a casa adquiriu o aspecto de uma grande base militar, no processo de empacotamento e mudança, com minha mãe exercendo o papel de general severo, perambulando pelas caixas e pelas embalagens, supervisionando tudo. Na verdade, só nos mudaríamos no Ano-novo; uma família com crianças em idade escolar não pode ser transferida de um país para o outro em um ou dois dias e, além disso, mamãe concordara em ficar na Alemanha até o Natal.

— Pelo menos com isso ela concordou — disse meu pai, magoado.

Na escola, a notícia de que Pia Kolvenbach ia se mudar para a Inglaterra e de que os pais estavam se divorciando circulou num piscar de olhos. De repente, eu já não era condenada ao ostracismo por ser a Garota Potencialmente Explosiva, mas a nova atenção podia ser considerada pior. Dava para notar que as garotas que se aproximavam de mim de forma sorrateira e perguntavam com sorrisinhos falsamente amigáveis se era verdade que eu estava indo embora o faziam com base em conversas entreouvidas dos próprios pais, a quem elas repassariam as minhas informações como boas escoteiras. Logo, não restaria nada de mim, nada real: eu seria uma piada ambulante, ora *trágica* ora *estarrecedora* e, o pior de tudo, uma *pobre coitada*.

— Por que é que a sua mãe está fazendo isso? — perguntou-me Stefan, certa manhã. Éramos os últimos a deixar a sala de aula, depois de uma aula pesada, de dois tempos, de matemática. A luz do sol de inverno penetrava esbranquiçada e fria pela janela. — Tem outras pessoas envolvidas?

Eu o olhei feito uma boba por alguns momentos, perguntando-me o que ele queria dizer com aquilo; será que perguntava se minha mãe tinha outros *filhos*?

— Outros filhos?

— Sabe — comentou meu amigo, de um jeito despreocupado —, outro homem.

— Não — ressaltei, embora nunca tivesse considerado a ideia, até aquele momento.

— Bom, então por que ela está indo?

— Não sei. Dá para você parar de falar nisso?

— Desculpa.

Meti meus livros de matemática na mochila.

— Ela diz que odeia a Alemanha e Bad Münstereifel.

— *Na*, eu também detesto, às vezes.

— Acontece que ela odeia *de verdade* — salientei, endireitando-me. — Mas eu detesto a Inglaterra, não consigo entender por que tenho que ir morar lá, só porque ela... — Mordi os lábios, esforçando-me para não cair num pranto humilhante.

— É uma *Scheisse* — concordou Stefan, compassivamente. Em seguida, pôs a mochila no ombro, endireitou a cabeça e se dirigiu à porta. Eu o segui, desolada. Conforme caminhávamos no pátio, ele perguntou: — Você já contou para *Herr* Schiller?

Balancei a cabeça.

— Na certa, ele já sabe. — Acrescentei, com rancor: — Ao que tudo indica, todo mundo da cidade já sabe. — Era verdade. Embora os adultos não se aproximassem de mim para fazer perguntas com a cara de pau das crianças, eu notava que pensavam em fazê-lo, quando me olhavam. A atenção era quase insuportável. Quando *Frau* Nett, na panificação, deu-me um sorvete de graça, uma gentileza inédita no meu caso, eu sabia que agira assim por estar pensando: coitadinha da Pia Kolvenbach. Eu preferiria ter dispensado tanto o sorvete quando a compaixão.

Enquanto andávamos pela Orchheimer Strasse, Stefan comentou:

— A gente tem que fazer algo sobre... você sabe. — Ele olhou de forma significativa para a casa de *Herr* Düster.

— Stefan. — Eu me sentia exausta. — Estou indo embora. Será que não entende? Vou para a sacal e *verflixten* Inglaterra.

— É exatamente por isso que temos que fazer algo. — Meu amigo parecia empolgado. — Sem nem mesmo olhar para ele, eu sabia que ele estaria com aquela expressão entusiástica, que eu ora achava cativante, ora enfurecedora, e que seus olhos brilhariam por causa disso. — A gente precisa fazer alguma coisa *agora*, senão você nunca vai saber o que aconteceu.

— Eu nunca vou saber — falei, com amargura.

— Então a gente tem que descobrir antes de você partir.

— Ah, que diferença faz?

Olhei para o céu nublado, revirando os olhos de frustração. Nossa investigação fútil, que, naquele momento, mais parecia brincadeira de criança diante dos recentes infortúnios que ocorriam na minha vida, não passava de mais um item na longa lista de itens que eu nunca terminaria na cidade onde eu sempre vivera. Eu nunca cantaria no concerto da escola na primavera, nunca começaria a nova série no ano seguinte, no *Gymnasium*, nunca participaria de outra procissão de São Martinho.

Tudo que para mim era tão reconfortantemente concreto ao meu redor desapareceria como num sonho, seria enrolado como um mapa e guardado nos recônditos da minha mente. Quando eu estivesse longe, já na minha vida inimaginável, eu poderia pegar o mapa, abri-lo e meditar sobre as marcas ali deixadas, as formas, as figuras, os pontos de referências, porém tudo seria teórico, como trechos de um livro a respeito de culturas mortas. Eu voltaria um dia para visitar a cidade, mas então meus amigos seriam adultos e eu... eu seria como *Dornröschen*, a Bela Adormecida, que dormira por cem anos enquanto todos fora do castelo envelheciam e morriam, a cerca de espinhos ficando maior e mais espessa, até que não houvesse mais como passar. Quando eu finalmente voltasse ao mundo que conhecia antes, não haveria mais nada reconhecível.

— Pia?

Eu me dei conta de que estava chorando e comecei, depressa, a procurar um lenço nos bolsos.

— Eu estou bem — ressaltei, brava. Assoei o nariz e continuamos a andar.

Por algum tempo, Stefan não disse nada; por fim, comentou:

— Se você não quiser vir, eu vou sozinho.

Fiquei calada.

— A gente tem que fazer *algo* — insistiu ele.

— Por que sempre *nós*? Por que a polícia ou outra pessoa não se encarrega disso?

— Porque eles não estão conseguindo nada.

— E o que faz você pensar que nós vamos chegar a algum lugar? — Percebi que eu disse *nós*, como se eu ainda tivesse a ver com aquela ideia, e estremeci.

— Precisamos tentar.

— Não precisamos não — disse, com rispidez. Em seguida, eu me voltei contra ele. — Essa ideia é uma *Scheisse*. E se foi ele mesmo? Daí é loucura até considerar entrar na casa dele. Poderemos ser os próximos.

— Não se você for comigo. Todas as crianças que desapareceram estavam sozinhas.

— Olhe, é pura loucura só considerar isso. E, de qualquer forma, ele colocou um cadeado novo nas portinholas do porão. Então, o que é que vamos fazer, ir até a porta dele, bater e perguntar se podemos entrar?

— Claro que não. — Meu amigo deu a impressão de estar ofendido.

— Bom, então o quê?

— Esperamos até escurecer; daí, quando todos tiverem ido dormir, a gente...

— Não — neguei de forma categórica, meneando a cabeça. — De jeito nenhum. — Fuzilei-o com os olhos. — Você é muito idiota, posso entender por que...

Eu ia dizer *posso entender por que o chamam de* Stefan Fedido, mas, apesar da minha raiva, algo me conteve, a voz abafada da consciência me explicando que meu amigo não tinha nada a ver com a raiva que eu sentia. Não terminei a frase e, em seguida, recuperei-me. — Bom, a *sua* mãe deixa você perambular pela cidade à noite, mas a minha, com certeza, não.

Notei a expressão de tristeza de Stefan e me dei conta de que eu tinha posto o dedo na ferida com o meu comentário agressivo sobre a falta de interesse da mãe dele, mas eu estava mal-humorada demais para pedir desculpas.

Meu amigo me olhou por um longo momento. Quando finalmente disse algo, o tom de voz era baixo e urgente, sem nenhum resquício de raiva.

— Por que você ainda se importa com o que a sua mãe pensa? — perguntou.

Capítulo 42

O plano era simples: esperaríamos ficar bem tarde da noite, até a hora em que desligavam as luzes de Natal penduradas ao longo da Orchheimer Strasse. Num horário preestabelecido, sairíamos das nossas casas e nos encontraríamos na aleia estreita entre as duas construções antigas, no lado leste da rua. Se um de nós chegasse muito mais cedo que o outro, a aleia evitaria olhares bisbilhoteiros e, além disso, permitiria que escondêssemos as bicicletas lá.

— Bicicletas? Por que a gente precisa delas? — perguntei.

— Se tivermos que fugir depressa — respondeu Stefan. — Elas serão o nosso carro de fuga.

Senti uma pontada familiar de inquietude. Stefan sempre parecia falar da empreitada como se fosse uma cena de um filme de ação.

— A gente vai usar walkie-talkies também?

Stefan me lançou um olhar de desdém.

— Não seja boba.

Eu levaria uma lanterna, e Stefan pegaria um martelo e um cinzel da caixa de ferramentas do pai, para abrir as portinholas.

— Como você sabe o que precisa ser feito? — perguntei, incerta. — Não fez isso antes, fez?

— Não, mas... — Meu amigo não terminou a frase. Fiquei aliviada; realmente não queria ouvi-lo dizer: *eles fazem isso o tempo todo nos filmes*. Receei que, se ele mencionasse isso, eu perderia as estribeiras na hora.

Depois que Stefan abrisse as portinholas, entraríamos e as fecharíamos, caso alguém passasse ou estivesse olhando pela janela; isso não deveria ocorrer, já que Bad Münstereifel geralmente ficava bastante inativa à noite, mas, por via das dúvidas... Seria um tremendo azar se Hilde Koch resolvesse sair da cama à meia-noite para ir ao banheiro esvaziar sua bexiga ancestral e não resistisse à tentação de dar uma espiada pela janela da frente.

— E quando a gente entrar?

— Vamos procurar — disse Stefan, simplesmente.

— E *Herr* Düster?

— Bom, é óbvio que a gente não vai poder procurar *em cima* — respondeu ele, com impaciência. — Mas ele não esconderia nada lá, esconderia?

— Por que não?

— Os serial killers nunca fazem isso — informou Stefan, cheio de autoridade. — Na certa, ele escondeu os corpos no porão.

— Nossa! — exclamei, estremecendo. Em seguida, esfreguei os braços como se estivesse com frio. — E se a gente encontrar algo, o que vamos...?

— Vamos pegar provas — respondeu Stefan, com firmeza.

— Provas? Tipo...?

— Precisamos conseguir algo e trazer com a gente.

— Stefan, se nós encontrarmos um cadáver, eu *não* vou tocar nele.

— E quem disse que você tem que fazer isso, sua boba? A gente pode pegar um pedaço da roupa ou algo assim.

Eu o olhei sem esperança. Realmente não haveria escapatória daquela vez. *Íamos* mesmo em frente

— Está bom — concordei.

Cheguei a pensar que conseguiria me livrar daquela empreitada. Quando Stefan tocou de novo no assunto, eu me fingi de desentendida: não havia motivo para levar aquela aventura adiante com o fim de semana chegando — como o bazar de Natal ficava aberto até tarde de sexta a domingo, o centro da cidade estaria cheio de gente. Tinha uma frente fria chegando e esperava-se que ia nevar; congelaríamos se saíssemos à meia-noite, e deixaríamos nossas pegadas na neve se o fizéssemos. Eu teria uns dias longos na escola em breve e precisava dormir. Achava que estava no início de um resfriado...

— *Pech gehabt!* — disse Stefan, sem a menor solidariedade.

— Não é questão de azar, eu realmente estou doente... — Dei uma fungada teatral.

— Olha só, Pia. — Meu amigo parecia animado. — *Herr* Düster saiu. A gente precisa ir *agora*.

— Agora? — Olhei ao redor de forma frenética.

— Eu quis dizer hoje.

— Como é que sabe que ele não está?

— Ouvi aquela *schrulle Frau* Koch contar para alguém, na hora do almoço. Ela disse que já era hora dele ir e que o sujeito tinha partido de manhã. — Stefan me fitou, os olhos reluzindo com o fervor de um fanático. — Será que não vê? Esta é a nossa chance! Temos que fazer isso hoje à noite!

— Está bom — concordei. E comecei a me sentir enjoada.

O restante do dia transcorreu na agonia do suspense. Quando a aula terminou, fui andando para casa pela Marktstrasse, mas evitando a Orchheimer, onde a casa de *Herr* Düster estava à espreita, como uma armadilha. Não deixei que meu amigo fosse comigo.

Quando cheguei a casa, tanto meu pai quanto minha mãe estavam lá, nas áreas mais distantes possíveis um do outro. Ela limpava os armários da cozinha de forma enérgica, talvez resolvendo quem cuidaria de sua enorme coleção de Tupperware, e meu pai estava sentado na poltrona de vime do quarto deles, com um arquivo no colo e a extensão de telefone ao alcance. Sebastian se encontrava sentado na frente da televisão, chupando dedo, com uma pilha de carrinhos largados ao seu redor, os olhos grandes grudados na tela, em que os Teletubbies dançavam entre coelhos gigantes e moinhos de vento futuristas.

Ninguém pareceu notar a minha presença; tínhamos virado algo similar a planetas individuais em órbitas solitárias ao redor de um único e impiedoso Sol, em trajetórias concêntricas, que nunca se encontravam. Peguei um copo de suco de maçã, daí sentei à mesa da cozinha e tentei fazer a tarefa, mas foi impossível me concentrar.

No fim das contas, fechei os cadernos e fui até lá fora procurar minha bicicleta. Estava gelado, e já começava a escurecer; as lâmpadas da rua não faziam muita diferença na penumbra. Eu teria que deixar a bicicleta na rua e torcer para que nenhum dos meus pais notasse e me obrigasse a guardá-la de novo. Levei-a e deixei-a no espaço entre o carro do meu pai e o muro, na esperança de que não fosse detectada. Fiquei um tempo na rua, encolhida de frio, dando chutes inconsequentes com o tacão na calha, porém, depois que *Frau* Kessel passou e disse *"Hallo, Pia Kolvenbach"* de um jeito desaprovador, eu me dei conta de que era melhor entrar; simplesmente estava chamando muita atenção daquele jeito.

Na hora do jantar, tentei romper o silêncio ao perguntar para a minha mãe:

— É verdade que *Herr* Düster foi embora?

No entanto, ela se limitou a soltar um "Hum" e continuou a fitar a rua escura pela janela, com uma expressão distraída no rosto. Os dedos, como sempre, remexiam o rabo de cavalo; as pontas estavam ficando lisas.

Meu pai lia, ou fingia ler, o *Kölner Stadtanzeiger*. De vez em quando, ele baixava o jornal para pegar algo — o prato de *wurst* fria ou a manteiga —, porém nunca pedia que ninguém lhe passasse nada. Preferia se levantar e pegar ele mesmo o que queria, inclinando-se de um jeito sufocante sobre nós.

Quando o telefone tocou, foi um alívio. Eu já deslizava da minha cadeira para ir atendê-lo, quando meu pai se levantou, ergueu uma das mãos grandes para indicar que eu deveria me sentar de novo, pois ele iria.

— Kolvenbach?

Fiquei fitando apaticamente o meu prato, perguntando-me se Sebastian poderia ganhar a última fatia de salame, como um cachorrinho esperando sob a mesa.

O DESAPARECIMENTO DE KATHARINA LINDEN • 231

— O quê?

O tom de voz dele se exaltou, como se estivesse chocado. Minha mãe virou a cabeça por um instante, mas, em seguida, voltou a contemplar a paisagem pela janela. Seus lábios mostravam-se meio contraídos, talvez em sinal de irritação, e supus que ela achava que meu pai tentava chamar a atenção, algo que minha mãe estava decidida a não dar.

— Quando? — Daquela vez, minha mãe nem mexeu a cabeça. Meu pai escutou por um longo tempo.

— *Mein Gott* — exclamou por fim e, então: — Quer que eu...?

Houve outro silêncio prolongado enquanto ele escutava alguém falando do outro lado da linha. Daí, ele falou "*Bis gleich*" e desligou o telefone. Então, entrou na cozinha.

— Kate. — Foi quase um choque ouvi-lo pronunciar o nome da minha mãe em voz alta. O silêncio dela era inquietante. — Vou precisar sair. Tenho que...

Ele não terminou.

— Simplesmente vai — disse ela.

— Você não quer...?

— Simplesmente vai — repetiu.

Meu pai franziu o cenho, mas não fez nenhum comentário. Voltou para o corredor e pegou a jaqueta do cabide. Instantes depois, a porta da frente bateu com força, quando ele saiu. Olhei para a minha mãe.

— O que será que...

— Coma o seu jantar.

E foi o que fiz, apesar de estar sem vontade. Algo estava acontecendo lá fora, eu sabia. Ouvia vozes em intervalos regulares, conforme as pessoas passavam pela nossa casa. Como naquele dia o bazar de Natal não funcionava, não havia motivo para haver tanta gente na rua.

Vi minha mãe olhar de soslaio pela janela e cheguei à conclusão de que se arrependia de ter se recusado a saber o que estava ocorrendo. Ainda assim, continuava decidida a não demonstrar seu interesse. Terminou o próprio jantar em silêncio e, então, tirou a louça com estardalhaço, deixando os pratos tinirem e batendo as gavetas.

— Pia, vá se arrumar para dormir. — Foi a única observação que dirigiu a mim, durante toda a noite; ela se fechara como a concha de uma ostra. Subi e coloquei a camisola. Quando fiquei pronta, desci e lhe dei um beijo, porém foi o mesmo que beijar uma figura de cera. Ela nem pareceu se dar conta de que eu estava ali.

Voltei para cima e espiei o quarto de Sebastian. Ele já dormia pesado, encolhidinho, com as cobertas envolvendo-o de tal forma que mais parecia um rolinho primavera. Meu pai ainda não voltara. Ao que tudo indicava, ninguém tinha o menor interesse em mim, nem no que eu fazia.

Deitei na cama e fiquei ali por um longo tempo, os olhos traçando os contornos familiares do meu quarto, enquanto se ajustavam à escuridão. Dormir estava fora de cogitação. Coloquei o alarme para tocar meia-noite e meia; depois de pensar um pouco, saí da cama de novo e fui fechar a porta, na esperança de evitar que o despertador acordasse todo mundo.

Por fim, ouvi o rangido da minha mãe subindo a escada e, em seguida, os estrépitos e estalidos da tubulação, o que significava que ela estava tomando banho. Uma casa tão antiga quanto a nossa é tão tagarela quanto uma velhinha: pode lhe dizer tudo que está acontecendo. Tirei um cochilo inquieto, do qual acordei, desorientada, quando a porta do quarto da minha mãe fechou.

Busquei às cegas o despertador e apertei o botão que iluminava a tela. Já eram quase 23h00, e eu ainda não tinha ouvido meu pai entrar. Se ele não chegasse antes de 24h30, eu não ousaria sair de casa: com certeza, daria uma olhada em mim antes de se deitar e, além disso, havia o risco real de encontrá-lo na escada.

No fim das contas, meu pai chegou um pouco depois das 23h30. Ouvi a porta da frente bater com força e, em seguida, o barulho dele subindo pesadamente a escada. Eu me encolhi toda, de costas para a porta, e fechei os olhos, fingindo dormir. Escutei a porta abrir, só que meu pai não entrou, como normalmente fazia, para ajeitar a minha coberta ou me dar um beijo na testa. Apenas ouvi quando deu um suspiro bem forte e, então, fechou a porta de novo.

Um pouco depois, a descarga do banheiro ressoou, acompanhada de mais percussão dos canos; uma porta bateu e fez-se silêncio, ou o mais perto disso que a nossa casa antiga podia chegar.

O DESAPARECIMENTO DE KATHARINA LINDEN • 233

* * *

Contra a minha vontade, acabei pegando no sono de verdade, e tão profundamente que levei algum tempo para acordar quando o alarme tocou. Pelo que pareceu um longo tempo, fiquei apenas meio ciente daquele sinal eletrônico implacável me incomodando; daí, de repente, despertei por completo e quase caí da cama na ânsia de apertar o botão e dar fim à barulheira.

Meu coração batia com tanta força, que eu tinha a impressão de que, a qualquer momento, subiria até a garganta e me asfixiaria. Com os dedos ainda no despertador, escutei. Não havia nenhum ruído de alguém mais se mexendo; as duas portas fechadas entre mim e os meus pais deram certo, ou talvez eles estivessem exaustos demais para acordar, por causa da tensão entre os dois.

Acendi a luminária e fiquei prestando atenção outra vez: nada ainda. Eu realmente teria que me levantar e ir embora. O mais silenciosamente possível, saí da cama, coloquei um jeans e um casaco escuro. Quando eu estava prestes a abrir a porta, tive uma ideia repentina: peguei o maior ursinho de pelúcia da cadeira no canto do quarto, acomodei-o na cama e cobri-o com a colcha. Para um olhar crítico, não chegava a convencer muito, porém se um dos meus pais desse apenas uma olhadela no quarto, sem acender a luz, talvez não notasse. Então, abri a porta.

Naquele momento em que eu já entrava em ação, torci muito para os meus pais *não* acordarem. Não podia nem imaginar como explicaria o que fazia totalmente vestida no patamar da escada, no meio da noite. Descer os degraus foi angustiante; cada rangido e estrépito das tábuas antigas ameaçavam me denunciar.

No corredor escuro, busquei às cegas a jaqueta acolchoada pendurada no cabide e minhas botas de sair. Assim que acabei de amarrá-las, fui até a porta e descobri algo que ocorrera em meu favor; meu pai se esquecera de passar o ferrolho na porta ao entrar, talvez exausto demais para lembrar.

Com cuidado, abri a porta. Na mesma hora, o ar gelado da madrugada golpeou o meu rosto. Flocos de neve caíam em turbilhão da grande escuridão sobre os telhados. Saí de forma sorrateira e fechei a porta com cuidado. Daí, aguardei alguns instantes, mas não ouvi nenhum ruído nem vi nenhuma luz sendo acesa. Estava um verdadeiro breu lá fora. As luzes brancas de Natal, que enfeitavam todas as construções da cidade de outubro a janeiro, haviam sido desligadas, restando apenas um poste antigo no outro lado da rua, com seu círculo de luz fraca.

Peguei a bicicleta do espaço entre o carro do meu pai e o muro, e tirei a neve do selim, com a manga da jaqueta. Eu teria que tomar cuidado: as pedras de cantaria mostravam-se escorregadias por causa da neve. Com cautela, subi na bicicleta e pedalei rumo ao breu.

Capítulo 43

— Você está atrasada! — Foi o primeiro comentário de Stefan assim que eu saí da bicicleta.

— Quase que eu não vim. Meu pai chegou em casa supertarde.

— Ah. — Ele não demonstrou muito interesse. — Traz a bicicleta pra cá, anda.

Deixei o veículo na aleia. Stefan me seguiu, olhando ao redor para se certificar de que ninguém observava. Não precisava nem ter se dado ao trabalho: a rua estava vazia. A neve começava a aumentar ali fora; se eu tivesse chegado cinco minutos mais tarde, teria deixado rastros reveladores no caminho.

— Você trouxe o martelo, o cinzel e tudo o mais? — sussurrei.

— Trouxe. — Nós nos entreolhamos.

— É melhor a gente andar logo — sugeriu meu amigo. — Estou congelando!

Vai estar mais quente lá dentro, pensei, sentindo um frêmito ao perceber que, assim que entrássemos, estaríamos no *interior* da casa de outra pessoa — teríamos invadido. Segui Stefan pela aleia. Ele caminhava rápida e silenciosamente pelas pedras de cantaria, mantendo-se próximo à parede de uma forma que, na certa, copiara dos filmes.

Nós nos agachamos perto das portinholas do porão. Stefan tirou o cinzel e o martelo do trapo que carregara até ali. Ele me olhou de soslaio.

— Vai, anda — estimulei. Eu mesma não tocaria naquelas ferramentas; não tinha a menor ideia do que fazer.

— Você está com a lanterna?

Anuí, tirando a pequena que eu levara no bolso. Liguei-a e tentei focar a luz nas portinholas. Com cuidado, Stefan posicionou o cinzel no cadeado e, em seguida, bateu com o martelo. O *bangue* que ressoou pareceu terrivelmente alto. Fiz uma careta e cerrei os olhos, porém, quando os abri, fiquei desapontada ao constatar que o cadeado continuava fechado com firmeza.

— O que pensa que está fazendo?

— Não dá pra evitar! — murmurou meu amigo, aborrecido. — Segura a lanterna bem reto.

Ele deu outro golpe. Mais uma vez, houve um *bangue* superalto, seguido de um *Scheisse* em tom abafado.

— Você bateu no próprio dedo?

— Não. — Meu amigo parecia estar agoniado. Bati a mão. Ele apertou-a com a outra. — Tenta você.

— Eu não sei o que fazer.

— Simplesmente *tenta*, vai!

Com relutância, peguei as ferramentas dele. Fiz umas tentativas com os dois instrumentos, porém o ruído parecia alto demais, um aviso de néon anunciando a nossa presença. Percebi que não cheguei nem a marcar o cadeado.

— Não vai dar certo — sussurrei.

— *Scheisse, Scheisse, Scheisse.*

— Bom, o que quer que eu faça? — perguntei, furiosa. Em seguida, eu me levantei. — Tenta você de novo.

Passei o cinzel e o martelo para Stefan; como eu já nem conseguia encarar a perspectiva de segurar a lanterna para ele, coloquei-a no bolso. Dentro de mim, as emoções subiam e baixavam como uma maré. Quando meu amigo não conseguira romper o cadeado, minha primeira sensação fora de alívio: dever cumprido. Não teríamos que entrar na casa de *Herr* Düster, eu poderia voltar com a minha bicicleta e me meter sorrateiramente na cama antes que alguém notasse que eu tinha partido. Nós havíamos feito tudo que se podia fazer.

Então, veio a reação inevitável, como um recuo de ondas prolongado, arrastando-me de volta para o mar: *Katharina Linden, Marion Voss, Julia Mahlberg... se algo precisa ser feito, você tem que fazer*. Fechei os olhos, ainda sentindo o frio penetrando a pele apesar da jaqueta acolchoada — era uma friagem úmida que se insinuava, o gelo de uma noite em que ninguém deveria deixar um cachorro do lado de fora, quanto menos uma criança. Impossível não pensar naquelas meninas, em Katharina e nas outras — estariam deitadas em algum canto, longe do aconchego das suas camas, as faces pálidas cobertas de folhas escuras e encharcadas, a neve acumulando-se cada vez mais em seus cabelos, sem nunca derreter?

Não dava para ficar ali parada, espiando Stefan em meio à escuridão. Com desânimo, fui até a soleira da porta de *Herr* Düster, onde uma leve reentrância oferecia uma ligeira proteção contra a neve. Olhei de um lado para o outro na rua; ela continuava silenciosa, sem movimento. Não consegui evitar outra careta diante do barulho do martelo no cadeado. Mesmo se Stefan conseguisse abri-lo, o que fizemos ficaria bastante óbvio.

Abraçando-me, eu me recostei contra a porta. Como o restante da casa, estava decrépita e largada. Quando coloquei a mão, notei que a madeira era rudimentar e envelhecida. Junto com a fechadura de metal bastante nova, havia uma maçaneta de latão velha e, abaixo, um daqueles buracos antigos de chave, cujo contorno amassado lembrava a boca de um ancião banguelo. Sem realmente pensar no que eu estava fazendo, peguei na maçaneta com os dedos congelados e a girei com suavidade. Com um *clique* audível, a porta abriu.

Por um instante, fiquei ali embasbacada, ainda segurando-a. A casa de *Herr* Düster se descortinou à minha frente, o interior escuro feito breu.

— Stefan.

— Hein? — perguntou ele, num sussurro irritado.

— A porta está aberta.

— *O quê?*

— A porta está aberta. — Eu o ouvi se levantar e, instantes depois, ele estava ao meu lado.

238 • HELEN GRANT

— O que você fez?

— Não fiz nada. Ela simplesmente abriu. Ele não deve ter trancado.

— *Mensch!* — Meu amigo pareceu impressionado.

— Stefan, talvez ele esteja em casa.

— De jeito nenhum. *Frau* Koch disse que ele não estava.

— E daí? Ela é uma grandessíssima mentirosa, que nem o neto.

— Ah, dá um tempo! *Parece* que tem alguém aí?

— Nã-ã-ão — respondi, com hesitação. Porém, ao se observar a rua, dava para notar que nenhuma das casas aparentava estar mais ativa que a de *Herr* Düster, todas se mostravam completamente escuras.

Stefan me deu um leve empurrão.

— Anda.

— Vai você primeiro — disse eu, sem me mover.

Ouvi um suspiro impaciente, daí ele passou por mim e entrou. Estava um breu lá dentro, e quase na mesma hora ouvi um ruído, seguido de uma exclamação abafada.

— Vou ligar a minha lanterna — murmurou meu amigo, tentando encontrá-la.

— Alguém pode ver a gente.

— Alguém, com certeza, vai *ouvir* a gente se não usarmos uma.

Houve um diminuto *clique* e, em seguida, um pequeno círculo de luz surgiu, passando devagar por um armário pesado de carvalho, com folhas entrelaçadas e veados saltitantes talhados na parte da frente, por um papel de parede desbotado com um desenho apagado de folhas, por um relógio antigo, cujo mostrador estava cheio de pequenos focos de ferrugem. Havia um cheiro de poeira e de lustra-móveis.

— O que é aquilo? — sussurrei o mais baixo possível. Stefan moveu a luz da lanterna pela parede até o alto, para iluminar o que eu vislumbrara; um crucifixo de madeira, com um Jesus de metal se contorcendo de dor.

Meu amigo não fez nenhum comentário, porém deixou escapar um ruído similar a um suspiro. Continuou a movimentar a lanterna, e a luz amarelada percorreu o ambiente bolorento como um fantasma, tocando sem tocar. Estávamos num corredor estreito, o assoalho coberto por uma passadeira desbotada, as paredes decoradas com peças de madeira escura.

O DESAPARECIMENTO DE KATHARINA LINDEN • 239

Bem na nossa frente, começava a escada de madeira. Os degraus mostravam-se gastos, e o pilar do corrimão, no qual fora talhada uma face destacando-se de um ninho de folhas, apresentava um brilho fosco, que, supus, decorria mais do toque de diversas mãos ao longo dos anos que de lustra-móveis. O raio de luz moveu-se, e o rosto protuberante foi engolido outra vez pela escuridão.

À esquerda da escada, o corredor prosseguia para os fundos, porém, de onde estávamos, a pouca claridade só nos permitia entrever uma possível passagem no final. Assim que Stefan acabou de perscrutar tudo com a lanterna, vi que havia uma porta bem à nossa esquerda, uma porta de madeira sólida, fechada com firmeza. Era apenas a sala de estar, claro — não podia ser o quarto de Barba-Azul, voltado para a rua do jeito que era.

De qualquer forma, eu estava perdendo minha vontade de investigar. Naquela penumbra completa, era difícil não imaginar o ausente *Herr* Düster ainda à espreita lá dentro, talvez sentado encurvado numa poltrona de encosto alto, como uma lagosta escondida na sua caverna rochosa, nas profundezas de águas negras, com nada visível além do brilho opaco de uma carapaça e dois olhos reluzentes em forma de conta.

Stefan estendeu a mão para tocar na maçaneta e, com o máximo de cuidado, abriu a porta. Entramos com cautela no ambiente escuro. Dentro, havia uma pista de obstáculos com luminárias, armários e poltronas. O mesmo odor deprimente de poeira e lustro velho impregnava tudo. A julgar pelos poucos detalhes que eu conseguia entrever pela luz da lanterna — a borda orlada de uma lamparina, o pé em forma de pata de uma poltrona, o brilho fosco de uma bandeja de peltre — a sala não era redecorada fazia décadas. O reflexo de vidro demonstrava que as paredes estavam cheias de fotos emolduradas, embora só desse para ver as imagens quando Stefan lançava a lanterna diretamente sobre elas.

Fiquei me perguntando o que o sem amigos *Herr* Düster usava para decorar a casa. Tateei em busca da minha própria lanterna, liguei-a e examinei algumas das fotografias mais próximas. Todas eram fotos bem antigas: algumas apresentavam um tom sépia, com aquelas manchas nas pontas que se costuma ver nesse tipo de imagem.

Um retrato de uma jovem trajando roupas de uma época remota chamou a minha atenção; o rosto dela era o único realmente bonito em meio a uma série de figuras impassíveis e respeitáveis, com olhares contrariados. Eu a fitei por alguns instantes, imaginando se seria, talvez, a Hannelore sobre a qual *Frau* Kessel tanto falara, porém, ao observar o estilo de seu vestido de gola alta e os cabelos presos no alto, fiquei na dúvida. Aquela fotografia não era velha demais para ser dela?

Eu ainda observava a foto quando ouvi um barulho de algo batendo atrás de mim. Dei a volta como se tivesse levado uma picada.

— Stefan, será que não dá pra você...?

Ele não me deixou terminar a frase.

— *Psiiiiiiiu.* — Meu amigo estendeu a mão como se estivesse repelindo algo. Em seguida, desligou a lanterna. — Desliga a sua também — sussurrou.

Hesitei. A ideia de mergulhar na total escuridão não era nem um pouco agradável. Stefan não tinha esses receios; deu alguns passos à frente, tomou de mim a lanterna e desligou-a.

— O quê...?

— *Cala a boca*! — Seu tom de voz foi tão enfático, que obedeci e, por alguns momentos, nós dois ficamos ali parados na escuridão, escutando.

— Stefan? — murmurei, por fim. — Foi você que fez isso, não foi?

— Psiiiiiiiu — disse ele. Daí: — Não. Veio lá de cima.

— Lá de...

Então caí na real, o que impediu meus braços e minhas pernas de se moverem por alguns instantes. *Scheisse, Scheisse*, foi o que me ocorreu de forma incoerente. Quase cambaleei, mas agarrei o braço de Stefan, tentando puxá-lo rumo à porta, ciente, mesmo ao fazer isso, de que se alguém — ou *algo* — descesse naquele momento, nunca poderíamos sair da casa sem passar a um metro dele.

Meu amigo manteve-se firme, e os dedos de sua mão livre circundaram o meu pulso com uma força impressionante.

— Fica quieta — pediu ele, em meio ao breu.

— Não... — Eu me contorci como um peixe fora d'água enquanto Stefan me segurava.

O DESAPARECIMENTO DE KATHARINA LINDEN • 241

— Ele vai ouvir você.

Aquilo bastou. Congelei. Daí, de algum lugar em cima de nós, veio outro baque abafado, como se alguém tivesse deixado cair algo no chão. Não consegui evitar: lutei para me soltar de Stefan.

— Fica quieta — sussurrou ele, agoniado. — Sua jaqueta...

Ele tinha razão; a cada movimento, as mangas felpudas e o restante da jaqueta roçavam entre si, num farfalhar bastante audível. Agarrei meu amigo, tomada de pânico.

— O que a gente vai fazer? — sussurrei.

— Vamos pro chão. Pode ser que ele não venha até aqui.

As chances eram mínimas, mas não me ocorria um plano melhor. Nós nos agachamos no tapete gasto, de forma que uma poltrona grande, ladeada por uma mesinha de cabeceira com luminária nos protegia da entrada. Busquei a mão de Stefan. Ele segurou a minha, agradecido. Esperamos.

Por um breve instante, alimentei a esperança de que tínhamos escutado Plutão, saltando no chão de algum lugar favorito, no qual tirava seus cochilos. Mas, naquele momento, pude ouvir com clareza o som de passos se movendo no quarto, bem em cima de nós. O ruído de algo arrastando, como se alguém tivesse empurrado um pouco algum móvel e, então, o som de passos mudou; eu me dei conta de que, fosse quem fosse, estava se dirigindo para o patamar da escada.

Aproximei os lábios da orelha do meu amigo.

— Ele vai descer. — Eu estava prestes a chorar.

Senti a respiração de Stefan na maçã do meu rosto; daí, ele disse, com suavidade: — Fica aqui.

Não. Assim que percebi que ele ia se mover, entrei em pânico. E se meu amigo conseguisse dar o fora e me deixasse ali, presa na casa com o monstro? Tentei impedi-lo, provocando mais ruído ao roçar a jaqueta, só que foi tarde demais. Tão rápida e silenciosamente quanto um gato, ele se levantara e se dirigira à porta. Naquele momento, em que meus olhos já tinham se acostumado com a escuridão, ele me parecia bastante visível.

Momentos depois, ouvi o primeiro rangido, quando alguém pôs um pé pesado no alto da escada. Com a delicadeza de um dançarino, Stefan se posicionou atrás da porta, a qual estava entreaberta. Quando ele inclinou a cabeça, supus que observava pela fresta vertical, próximo às dobradiças.

Inexoravelmente, os passos continuaram a descer a escada, cada passada tão pesada e definitiva quanto a porta de uma prisão se fechando, os pisos de madeira protestando sob o peso. Ajoelhando no chão, agarrei as pernas em forma de pata da poltrona, como se tentasse me ancorar contra uma tempestade.

Cerrei os olhos, na agonia do suspense, porém não foi possível evitar a série de imagens que me vieram à mente, numa sequência que se repetiu infinitamente: uma garota da minha idade, com tranças de cabelo castanho-claro agitando-se conforme ela corria pela rua com a *Ranzen* nas costas, correndo sem rumo; *Frau* Mahlberg gritando, histérica, por Julia; *Herr* Düster escondendo-se, após a guerra, nas ruínas da colina de Quecken, voltando para o seu refúgio na alvorada, com o sangue de frangos abatidos nos lábios. Eu estava com muito medo de fazer xixi na calça, de tanto pavor que senti; apertei as coxas, os músculos da perna rígidos sob o tecido do jeans.

Ouvi um último rangido e, em seguida, um baque mais abafado, quando seja lá o que fosse pisou na passadeira gasta do corredor. Houve uma pausa, daí os passos se moveram com lentidão pelo corredor. A qualquer momento passariam pela porta.

Abri os olhos de novo, e pude ver com clareza Stefan ainda atrás da porta, totalmente imóvel. Quem quer que fosse, carregava algum tipo de iluminação: surgiu um leve filete amarelado na fenda entre a porta e o caixilho. Vi Stefan se inclinar um pouco rumo à parede, tentando não ser visto.

A porta, pensei, de repente: ela não estivera aberta quando chegamos e, naquele momento, encontrava-se entreaberta. Tarde demais para fazer algo a respeito; abaixei a cabeça, tentando me espremer para ocupar o menor espaço possível, caso a pessoa que não víamos no corredor decidisse olhar para a sala.

Quem quer que fosse passou diante da porta. Houve uma parada repentina antes, como se a pessoa tivesse hesitado, talvez por ver a porta entreaberta. Porém, logo prosseguiu; ouvi a porta da frente abrir e, em seguida, fechar com suavidade.

Deixei o corpo cair, inclinando-me para a frente, cheia de alívio, apoiando a cabeça no assento surrado da poltrona. *Obrigada, obrigada,* é só o que eu conseguia pensar. Ouvi os passos suaves de Stefan se aproximando e, então, senti a mão dele no meu ombro. Ele acendeu a lanterna perto demais do meu rosto, fazendo-me recuar.

— Você está bem? — perguntou ele, próximo ao meu ouvido.

— Acho que sim.

Com esforço, eu me agachei, apoiando-me no tornozelo. Sentia algo peculiar: a parte inferior do meu maxilar parecia ter adquirido vida própria e tremia, dando a impressão de que eu estava prestes a cair em prantos.

— Stefan? — Até minha voz mostrava-se estranha, vibrando como se eu estivesse tentando falar dentro de um carro que passava por um terreno acidentado.

— Está tudo bem.

— Eu quero ir pra casa.

Fez-se silêncio. Por fim, Stefan disse:

— Pia, eu acho que ele trancou a porta.

— Como? — perguntei bem alto. Sem querer saber se me escutariam, comecei a me deixar levar pelo pânico.

— Fica calma — pediu meu amigo, baixinho. Ele cingiu meu ombro com um dos braços.

— Ele não pode ter trancado a porta — balbuciei. — Eu não ouvi esse barulho.

— Pia, não acho que ele tivesse uma chave — prosseguiu Stefan, no mesmo tom de voz baixo.

— Então é pura *Quatsch* — insisti, com ansiedade. — Ele não pode ter trancado. — Tentei afastar meu amigo. Tudo que eu queria era me levantar e dar o fora dali.

— Mas ele trancou *mesmo* a porta.

Balançando a cabeça, eu me levantei e me dirigi a ela, o mais rápido que minhas pernas cheias de cãibras permitiam. Dei uma olhada no corredor; ela realmente estava fechada. Corri até lá e girei a maçaneta. Stefan tinha razão. Fora trancada. Tentei de novo, movendo com violência a fechadura, apoiando o ombro na porta e empurrando com toda força.

Tão intransponível quanto uma barricada, a porta não se moveu nem um centímetro. Desesperada, chutei o painel inferior e, então, dei um passo atrás, ofegante. Em silêncio, meu amigo se aproximou de mim.

— Não consigo abrir — informei, sem fôlego.

— Eu sei.

Antes que eu pudesse me controlar, dei um tapa no ombro dele. Não conseguia entender como conseguia se manter tão irritantemente calmo.

— A gente não pode sair! — Eu arfava. O temor e a frustração espalhavam-se pelo meu corpo como toxinas. — Ele trancou a gente. Ele trancou a gente. *Herr* Düster...

— Pia. — Stefan estendeu a mão para impedir outro golpe. — Não foi ele.

— Como assim, não foi *Herr* Düster? — Eu estava transtornada. — Quem era, então? O *Verdammter* Drácula...?

— Era o Boris — respondeu ele.

Capítulo 44

—O Boris? — A informação me fez parar na hora. — Era o Boris?

— *Doch*. Eu vi pela fresta na porta.

— Mas... mas... — Eu estava confusa, tentando entender. — Como podia ser ele?

— Não sei. Mas foi por isso que a porta estava aberta. Ele deve ter destravado.

— Como? Não podia ter uma chave, podia?

— Claro que não. Mas isso não ia impedir aquele cara.

Stefan falava num tom impessoal; mais próximo que eu do epicentro das atividades questionáveis de Boris, ele não achava nada demais o primo arrombar a fechadura da casa de alguém.

— Ainda bem que ele não ouviu a gente entrar. Teria ficado furioso.

— Mas, se foi Boris, onde está *Herr* Düster?

Meu amigo deu de ombros.

— Está fora, como *Frau* Koch informou. — Ele voltou a acender a lanterna, daí passou por mim despreocupadamente e testou a maçaneta; claro que sem sucesso.

— Por que ele trancou a porta? — perguntei, aborrecida com aquela injustiça.

— Acho que para *Herr* Düster não perceber que ele esteve aqui.

— Você consegue destrancá-la?

Stefan balançou a cabeça.

— Acho que não. — Ele me olhou e observou os ombros curvos, os punhos cerrados à minha frente, como garras. Com suavidade, estendeu a mão livre e pegou o meu pulso. — Ei, não entra em pânico.

— A gente está trancado aqui. — Minha voz soou bem mais alta que de costume.

— Vamos sair.

— Como?

— Eu não sei... mas vamos.

— Mas a gente está trancado!

— Você já falou. — O tom de voz dele continuava tranquilo. Ele ergueu a cabeça. — Mas, como já estamos aqui, por que não terminamos de procurar?

A repentina constatação de que, se *houvesse* quaisquer cadáveres na casa, estávamos presos junto com eles era quase demais para mim; não parecia nada menos que um milagre eu estar de pé e não tendo convulsões num ataque de pavor na passadeira puída. Olhei fixamente para Stefan, como se, ao me concentrar nele, e não no ambiente ao meu redor, pudesse me livrar dos maus pensamentos.

— Então vamos. — Consegui dizer, com a voz fraca.

Ele meneou a cabeça.

— Tira a sua jaqueta primeiro.

— Por quê? — Eu relutava em sair da proteção quente do acolchoado e me expor à atmosfera da casa.

— Porque toda vez que você se move fica fazendo um barulhinho idiota.

Suspirei, mas ele tinha razão. Abri o zíper e tirei a jaqueta.

— Coloca ali — sugeriu meu amigo, apontando para a sala. Ele não precisou acrescentar *caso alguém a veja*. Eu já estava amedrontada o bastante. Meti a jaqueta debaixo de um dos aparadores antigos de *Herr* Düster.

— E agora?

— A gente pode subir primeiro ou começar pelo porão.

— Você não disse que a gente não precisava subir? — perguntei.

— E também que serial killers nunca deixam corpos nos quartos?

— Bom, provavelmente não — respondeu Stefan, fazendo uma careta. — Sabe, você por acaso conseguiria dormir à noite se soubesse que havia um cadáver enfiado no seu guarda-roupa? — Vendo minha expressão, ele acrescentou depressa: — Olhe, a gente não ia poder subir lá se *Herr* Düster estivesse aqui, só que agora que ele não está, dá pra ir. Já que estamos aqui, melhor aproveitar de uma vez.

Observei a área escura, no alto da escada e, em seguida, a outra direção, no andar debaixo.

— Não sei não — comentei.

— Vamos jogar uma moeda, então — sugeriu meu amigo, com rispidez, revirando o bolso e encontrando uma única moedinha de dez *pfennig*. — O que você escolhe?

— Carvalho.

Com seriedade, ele jogou-a para o alto e tentou pegá-la quando ela caía, mas se atrapalhou e a moeda caiu no chão. Nós dois nos agachamos. À luz da lanterna, deu para vê-la cintilando monotonamente: *10*, lemos. Eu me levantei e me apoiei na parede. Sentia uma estranha falta de interesse na opção que Stefan escolhera; tudo parecia fora do alcance das minhas mãos.

— O porão — escolheu ele, com determinação. Começou a andar pelo corredor escuro; em seguida, virou-se, a lanterna reluzindo na minha direção. — Vamos.

Desencostei da parede e o segui a contragosto. O corredor estreitava um pouco perto da escada; no escuro, tinha-se a sensação sufocante de estar entrando num túnel. Fora do raio de luz amarelo-pálido, tudo estava envolto numa sombra aveludada. Qualquer coisa poderia estar à espreita nos cantos corredor, e os ângulos das paredes se juntavam ao teto: aranhas enormes, morcegos de nariz arrebitado, roedores chiando. Estremeci.

— Aqui.

Tinha uma porta estreita debaixo da escada, com a madeira velha e gasta. Não havia cadeado, apenas um trinco de metal, que Stefan levantou com cuidado. A porta abriu sem dificuldade.

— Aposto que ele passa óleo nas dobradiças. Daí ninguém escuta quando ele entra e sai... com os corpos, claro — comentou meu amigo.

— Cala a boca.

— Entra aqui — pediu Stefan, impassível, ao ingressar no retângulo escuro. — Anda — acrescentou, ao me ver hesitar. — Eu quero fechar a porta.

— O quê? — Não podia imaginar nada pior que ficar trancada naquele ambiente desconhecido, no breu, com o cheiro de poeira e mofo, e a luz fraca da lanterna detectando diminutas criaturas noturnas à medida que elas saíam correndo pelas paredes, as inúmeras pernas movendo-se de forma frenética.

— Eu quero acender a luz. — Ele aparentou estar impaciente. — Ninguém vai ver, desde que a gente feche a porta.

— Ah.

Com relutância, eu me coloquei ao lado dele, olhando para baixo e tateando com a ponta da minha bota, receando cair escada abaixo. Instantes depois, ouvi um *clique* firme e a luz foi acesa. De repente, Stefan já não era uma imagem indistinta, realçada pela luz amarelada da lanterna, mas uma figura sólida, parada ao meu lado com as pontas dos dedos ainda segurando a tomada antiga. Fiquei grata pela luz; ao me virar um pouco, notei que ambos estávamos perigosamente perto da beira da escada do porão. Uma queda ali, no escuro, teria sido desastrosa. O pequeno espaço no qual estávamos parecia exercer também o papel de closet; havia uma série de jaquetas desbotadas de *Herr* Düster, penduradas em cabides.

Cutuquei Stefan.

— Olha só.

Tinha um rifle com aspecto antigo, apoiado na parede, debaixo dos casacos.

Stefan deu de ombros.

— Todo mundo tem um. Aposto que até Hilde Koch, para manter os ladrões afastados.

Ele começou a descer a escada e eu o segui, não sem olhar de soslaio, sem querer, para a porta fechada com firmeza. Era difícil não pensar no porão como uma armadilha. Como não tínhamos conseguido quebrar o cadeado do lado de fora, seria totalmente impossível escapar dali pelas portinholas. Sem nenhuma outra saída, eu me sentia cada vez menos à vontade me afastando cada vez mais da porta. E, o pior, uma comichão parecia se espalhar pelo meu corpo, já que eu tinha a sensação de que insetos e aranhas imaginárias caminhavam em mim. Esfreguei as palmas da mão e tremi.

Depois de descer as escadas, chegamos a um quarto um pouco maior do que o meu. Supus que devia estar bem embaixo da sala. As paredes haviam sido cobertas com cal e, naquele momento, apresentavam um tom de marfim manchado. Cheguei à conclusão de que aquele porão era muito antigo, talvez até mais do que a casa principal. Era óbvio que *Herr* Düster não o usava muito. Ali havia, sobretudo, madeira serrada. Vimos também pedaços quebrados de móveis, alguns sacos sujos de sal, a serem incluídos nas misturas de areia usadas no inverno, e o que, à primeira vista, era uma turfa velha e seca.

Stefan caminhava arrastando os pés na poeira acumulada no chão, espiando os sacos inclinados e chutando com a ponta da bota os móveis quebrados. Sob a luz amarela da lâmpada exposta que iluminava o ambiente, meu amigo dava a impressão de ser insalubremente pálido. Como todo o lugar exalava um cheiro úmido e bolorento, relutei em tocar em qualquer coisa com as mãos, como se a sujeira fosse, de alguma forma, infecciosa.

Tentando não esbarrar nos móveis de aspecto cinza, perambulei pelo local. Acho que buscava pistas, mas nada me saltou à vista. A maior parte dos itens parecia não ter sido movida nem tocada há anos.

Por fim, minha caminhada sinuosa me levou ao canto mais longínquo do porão, onde *Herr* Düster abandonara um armário com entalhes de mau gosto, tão grande que eu poderia ter entrado nele. Estava vazio naquele momento; uma das portas pendia por apenas uma dobradiça, permitindo entrever um interior em que havia apenas fezes de ratos.

Franzi o cenho; como era possível que as pessoas tivessem usado objetos tão feios quanto aqueles numa casa? Fui observar a lateral do móvel; era tão feia quanto a parte da frente. Percebi que o móvel não estava totalmente encostado na parede. Havia um espaço de uns 80 centímetros entre o fundo decrépito e a parede caiada. O suficiente para alguém passar sem dificuldade, a menos que fosse Hilde Koch, com seu corpo gorducho.

Ouvi um suspiro próximo ao meu ombro direito; Stefan estava ali.

— Encontrou algo?

— Não. — Dei de ombros.

Stefan pegou a lanterna dele.

— Vamos dar uma olhada.

Ele passou por mim, rumo ao vão.

Fiquei onde estava; não apreciava a ideia de juntar poeira preta e teias de aranha nas mangas do casaco, quando eu esbarrasse na parede.

— Pia? — A voz de Stefan era abafada. — Tem uma espécie de porta aqui.

Capítulo 45

— Uma espécie? — repeti, devagar. — Como assim, uma espécie de porta?
 — Não é exatamente uma porta. — A voz dele se tornou mais clara; supus que ele tinha virado o rosto na minha direção. — Bom, é que não tem uma aqui, mas uma abertura. Dá pra passar pro outro quarto.
 Avaliei minha reação àquela informação com a calma e a cautela de um cirurgião examinando um braço, em busca de ossos quebrados. Não me sentia assustada nem alarmada. Havia uma inevitabilidade em tudo aquilo. Imaginei um quarto oculto, escondido atrás do armário enorme, um lugar secreto com teto abobadado e piso de pedra, as meninas desaparecidas ali, deitadas como se fossem várias Brancas de Neve, de lábios vermelhos e pele alvíssima, como os olhos bem fechados, como se estivessem dormindo.
 — Pia? Você vem?
 — Vou.
 — Cuidado, não tem luz aqui.
 Segui Stefan no vão entre a parede e o armário. Ele estava no canto, apontando a lanterna para o escuro. Naquele momento, vi o que ele chamou de passagem. Com o armário posicionado ali, a pessoa suporia tratar-se apenas de um canto, sem dúvida alguma cheio de besouros e aranhas. Na verdade, a parede mais distante do porão não emendava

com a outra no canto; havia um espaço grande o bastante para uma pessoa passar.

Juntos, espiamos dentro. Como o armário bloqueava quase toda a luz, estava escuro feito breu ali. A luz da lanterna iluminava apenas um pouco de cada vez, movendo-se com hesitação aqui e ali, como uma mariposa. Não podíamos ver o fundo do quarto. Ao que tudo indicava, o piso era revestido de lajotas, que se haviam polido com o passar do tempo. Várias delas, fora da área englobada no círculo amarelado e fraco de luz, estavam encostadas na parede de pedra.

Ao me inclinar rumo ao quarto, eu já senti uma diferença no ar. Era uma mudança sutil, porém perceptível: havia ali um cheiro que eu não podia identificar, mas que supus se tratar de um *externo*, gelado.

— Não sei não — comentei, hesitante.

— Você não sabe o quê? — Ele deu a impressão de estar impaciente.

— Como estamos aqui, melhor investigar de uma vez.

Meu amigo entrou. Sem querer, segui-o. Descobri que eu estava tremendo um pouco, sob o casaco. Desejei não ter deixado minha jaqueta acolchoada lá em cima. De qualquer forma, minhas visões sombrias de garotas mortas, deitadas como damas medievais em seus sarcófagos, não se tornaram realidade; uma vasculhada com a luz demonstrou que não havia nada sobre as lajes, nem um móvel quebrado nem um pedaço de carvão.

— O que é aquilo? — perguntei, tocando no braço de Stefan. Ele girou a lanterna. Quase no meio do piso, havia uma mancha preta, circular como uma poça escura.

— Legal — disse ele, alto. Sua voz ecoou um pouco, dando-lhe um estranho efeito insubstancial. — Acho que é um poço.

— Um poço?

— A-hã. Não lembra o que *Herr* Schiller contou? *Ach, Quatsch*, você não estava naquele dia, estava? Ele disse que todas as casas em Bad Münstereifel costumavam ter um.

— Acho que a minha não tem não.

— Não, eles fecharam todos depois da guerra, lembra?

Vagamente, eu me recordei de ter ouvido algo a respeito. A história de *Frau* Kessel sobre o cachorro da tia-avó Martha, que caíra no poço da casa dela e se afogara, antes de ele ser fechado nos anos 1940.

O DESAPARECIMENTO DE KATHARINA LINDEN • 253

Nós nos aproximamos, Stefan segurando a lanterna como uma arma. Eu contornei o poço com cautela, sem querer ter o mesmo destino do cão de Martha. Ficamos cada um num lado, olhando para baixo. Ele tinha razão, *era* um poço. Cerca de dois metros abaixo de nós, vi o brilho fosco de água subterrânea. Aquele fora o cheiro que eu sentira ao entrar ali: o odor gelado de água fluindo.

— Ufa! — exclamou Stefan, com alívio exagerado.

Olhei para ele.

— O quê?

— Foi para isso que pegaram as lajotas. Eu pensei... — Ele não terminou a frase e me fitou, o rosto fantasmagórico sob a luz da lanterna. Em seguida, deu uma risadinha forçada. — Não faça essa cara. Está tudo bem. É só um poço. — Ele se inclinou sobre ele, observando as águas negras. — Bastante fundo, também.

— Stefan?

— Hein...?

— A gente pode ir agora? — Não pude evitar o tom de súplica. Eu já tinha cansado de dar uma de detetive. Estava louca para sair dali. — Quero voltar pra casa.

— Cala a boca.

— *Wie, bitte?* — Fiquei furiosa na mesma hora com aquela grosseria.

— *Cala a boca.*

— Cale v... — Porém, minha frase indignada foi cortada antes do término quando a lanterna foi desligada, com um estalido. — O que é que você... — Comecei a dizer, mas, quando ouvi o brusco *psiiiiu* em meio à escuridão, não houve como não reconhecer seu tom de voz urgente. — O que está fazendo? Acende a lanterna de novo! — sussurrei alto. Tateei em busca da minha, porém me dei conta de que a deixara no bolso da jaqueta acolchoada.

— Psiiiiu. Não posso. — Houve uma pausa, durante a qual tentei desesperadamente distinguir Stefan naquele breu. — Fica quieta — disse a voz insubstancial dele.

— O quê...?

— Acho que tem alguém lá.

O temor e a raiva brotaram dentro de mim como dois bicos de gás.

— Seu *Blöder*, não tenta me assustar.

— Não estou tentando fazer isso. *Escuta.*

O medo parecia ter se solidificado no meu peito como uma pedra permeada com veios de incredulidade. Eu simplesmente não podia *acreditar* que havia alguém mais na casa conosco, não depois da escapulida por um triz de Boris. A simples ideia me fazia ficar doente de raiva, por causa da tremenda injustiça que representava. Ao que tudo indicava, todo o universo conspirava contra nós, dando golpes a cada movimento nosso. Esforcei-me para ouvir, torcendo para que não houvesse nada.

— Não estou ouvindo nada — murmurei. — Liga a lanterna.

— Não. Espera.

A escuridão não era total; um diminuto retângulo de tom cinza-escuro mostrava o vão entre o ambiente em que estávamos e o outro, porém quase toda a luz do quarto adjacente era cortada pelo armário no canto. Em todas as outras laterais o breu mostrava-se absoluto. Semicerrei os olhos para discernir o que quer que fosse numa escuridão tão completa que parecia ter uma textura própria. Eu a imaginei como um pelo aveludado e preto igual ao de Plutão, um pelo preto que meus dedos esticados quase podiam ter tocado, enquanto tateavam inutilmente no ar. O breu exercia uma pressão suave e insistentemente de todas as direções, cercando-me e sufocando-me.

— Stefan... — Comecei a dizer, daí ouvi algo. Um baque abafado, porém bem discernível. Parecia que alguém tentara jogar uma daquelas bolas pesadas que se encontram no ginásio da escola num piso sólido. Agitei as mãos no ar, tentando segurar o ombro, a manga, qualquer coisa do meu amigo, desde que não tivesse que ficar no escuro sozinha. Instantes depois, ouvi um segundo *baque*, seguido de uma longa pausa e, então, o ruído se repetiu. *Pá.* Meu coração parecia bater no mesmo ritmo, com uma marreta ameaçando estraçalhar sua jaula de costelas.

— O *Gott*. O que é que a gente vai fazer? — perguntei, estremecendo.

O barulho tinha que estar vindo do porão pelo qual havíamos acabado de passar, não tinha? Talvez a desorientação provocada por aquele breu me tenha feito pensar que viera de algum lugar atrás de mim, de um recôndito qualquer das profundezas escuras do quarto sem luz. Como não podíamos fugir pelo porão, precisaríamos tentar nos esconder ali. Mas como?

— Fica quieta — sussurrou Stefan.

Anuí tolamente, esquecendo-me de que ele não podia me ver. Engoli em seco, e foi como tragar um bocado de poeira. Fiz o melhor que pude para permanecer imóvel, porém não foi como participar de uma brincadeira de criança, tentando não piscar enquanto alguém caminhava ao seu redor, em busca de movimentos involuntários. Naquele momento, minha postura me transmitia a sensação dolorosa e rígida de um espasmo muscular. Minha perna direita tremia tão violentamente que a sola da minha bota fazia ecoar sons suaves nas lajotas. Do escuro, veio um ruído estridente, como alguém pigarreando. Dali a pouco, algo esbarrou na minha panturrilha, com força muscular. Um pânico completo tomou conta de mim, espalhando-se como ácido. Com um grito que escapou da minha garganta, dei um salto, afastando-me da criatura desconhecida e, de repente, eu me vi caindo no espaço. Eu tinha ultrapassado a borda do poço.

Instintivamente, ergui os braços para me proteger do impacto no outro lado. Meu antebraço direito atingiu uma pedra com tanta força, que a dor reverberou até o meu ombro num percurso violento, daí senti que eu caía para trás, pelo que pareceu um tempo interminável. Por fim, atingi a água.

Estava desagradavelmente fria. Fui direto para o fundo e, então, lutei para emergir, com as roupas molhadas e pesadas, o braço direito latejando de dor. Estendi a mão para alcançar as laterais do poço, mas não toquei em nada. Com tremendo esforço tirei os braços encharcados da água, impulsionando-me para o alto, mas também não encontrei nada em cima de mim.

Uma visão aterradora e repentina passou por minha mente — eu tinha caído num lago subterrâneo gigantesco, infindável em todas as direções. Eu me debateria ali, até a exaustão e o peso das minhas roupas ensopadas me arrastarem para baixo. Dei um berro, acabei engolindo água e engasguei. O sabor era repugnante, de algo estragado. Por um instante, submergi de novo. Mesmo com o corpo todo debaixo d'água, eu não tocava no fundo. Fui à tona outra vez, ofegante.

Por fim, um das minhas mãos tateantes esbarrou em algo sólido. As pontas dos meus dedos tocaram em, ao que tudo indicava, pedras, escorregadias em virtude da umidade. Meu alívio, no entanto, não durou muito; não havia nada que eu pudesse agarrar. Meus dedos percorreram sem sucesso a superfície escorregadia. Eu nadava de forma enérgica, fazendo de tudo para boiar. O frio penetrava em cada centímetro de roupa. Lutando para manter o rosto acima da água, berrei:

— Stefan!

Não houve resposta.

— *Ste...!* Tomei outro gole d'água e o berro virou uma tosse de quem engasgara. Movi os braços com força e golpeei a parede de pedra com as palmas das mãos, como se tentasse arrombar uma porta. Por fim, meus dedos agarraram algo, algo que pude pegar com ambas as mãos.

No início, achei que era algum tipo de escombro natural, um pedaço de galho de árvore envolvido num emaranhado de lixo, trazido de alguma parte ao ar livre do rio e agora preso na lateral do poço. Não era agradável tocar na superfície encharcada dele; aquilo parecia aniagem, viscosa ao toque.

Eu me pendurei com a mão esquerda e, com a direita, examinei o troço, a mente tentando entender o que sentia, cega pela escuridão. Havia algo impactante na estrutura do que eu agarrava, algo do qual meu pensamento se esquivava.

Aos poucos, percebi que já não estava totalmente escuro no poço. Alguém acendera a luz no quarto acima ou então carregava uma lanterna potente. Eu devia gritar por socorro. Independentemente de quem estivesse ali e das consequências do que eu e Stefan tínhamos aprontado, era tarde demais para nós dois tentarmos sozinhos controlar o que ocorria. Não obstante, algo me mantinha muda, o início de uma compreensão que me deixou perplexa de medo. Minhas mãos percorriam uma parte muito familiar, mas apenas no que dizia à forma; a textura não seria aquela.

Cera, pensei, ou sabão. Por um instante, tive uma forte onda de esperança, quase igual à alegria. Eu estava tocando numa boneca ou num boneco. Meus dedos sentiram a curva da maçã de um rosto, o contorno inconfundível de uma orelha. Uma boneca. Feita de forma grosseira, porém...

A luz ficava mais forte. Alguém colocava uma lanterna no poço; ouvi um ruído delicado quando ela esbarrou, oscilante, na construção de pedra. Em seguida, a luz iluminou o fundo, preenchendo com um tom amarelado o espaço abaixo. De repente, pude ver o que eu segurava e gritei. Num pânico total e cego, tirei as mãos e tentei me lançar para trás na água, fazendo o que fosse para me afastar daquilo, daquele troço que, de alguma forma, ficara preso na parede, algo que eu reconhecia, porém de um jeito que eu nunca vira antes, de um jeito *errado*.

— *O Gott, O Gott* — vociferei. Tudo que eu conseguia pensar era: *Tem dentes*.

Capítulo 46

— *Stefan! Stefan!* — Eu tinha gritado tanto que ficara rouca. Com uma energia sobrenatural, surgida do mais puro terror, eu me lancei para o alto, tentando agarrar a lanterna, que oscilava em cima, numa tentativa desesperada de sair do poço com seu ocupante assustador.

No mesmo instante, a lanterna foi erguida com uma puxada rápida, ficando fora do alcance das minhas mãos agitadas. Quem quer que estivesse segurando a corda que a prendia, estava puxando-a. À medida que a luz sumia, as sombras bruxuleavam em todas as partes.

— *Nãããããão!* — Movendo-me com violência e dando chutes, senti a bota entrar em contato com um troço na água, que esbarrou no meu corpo e se afastou rodopiando, no escuro. Algo pareceu implodir dentro de mim. Eu já não podia mais berrar. Um diminuto grasnido, um chiado acabou escapulindo à força e, então, só pude ouvir foi o som da minha própria respiração entrecortada, cortando dolorosamente o ar. Eu enlouqueceria; eu *estava* ficando louca.

Já não sentia o troço que roçara em mim no escuro, mas eu sabia que continuava ali, girando na água escura bem perto de mim. Quantas figuras se encontravam ali naquele poço comigo? *Katharina Linden, Marion Voss...* porém, mesmo se eu estivesse lúcida o bastante para contar, não faria diferença. Aquelas coisas flutuando como toras encharcadas não tinham nada a ver com as garotas desaparecidas — haviam se transformado em outra coisa.

Bem no alto, acima de mim, onde ainda dava para discernir um círculo tênue de luz amarela, começou a surgir um ruído peculiar de algo rangendo. De algo rangendo ou sendo arrastado. Alguém carregava um troço pesado no piso de pedra.

— *Hilfe!* — Tentei gritar por socorro, mas o som saiu baixo e insignificante, dando a impressão de que o breu sufocara meu apelo. — *Hilfe!*

Ninguém respondeu, mas ouvi um grunhido, como ocorre quando alguém faz um esforço. Daí escutei um baque abafado quando uma lajota foi colocada na entrada do poço, cortando o último resquício de luz e me prendendo no escuro.

Capítulo 47

Eu não me lembro muito bem do período subsequente ao momento em que fiquei no breu total. Perdi totalmente a noção do tempo. Posso ter ficado cinco minutos ou talvez uma hora naquele gelo, no escuro, sem nada além do som da minha própria respiração, vibrando com os calafrios que assolavam o meu corpo.

Não ousei tentar nadar de volta para a parede, mas, na mais absoluta ausência de luz, fiquei desorientada e acabei esbarrando de novo lá. Minhas mãos agarraram uma pedra meio saliente e, por fim, consegui me aferrar a ela e aliviar o esforço exaustivo de nadar com as roupas encharcadas.

Ao que tudo indicava, meus pensamentos, que haviam percorrido a minha mente a toda velocidade, como insetos aprisionados, foram minguando cada vez mais, até eu só ter consciência da dor dos meus dedos congelados, agarrando a pedra fria.

Nenhuma última visão da minha vida surgiu diante dos meus olhos, tampouco pensei numa derradeira prece pelos meus pais e pelo meu irmão. Não havia passado nem futuro, apenas o frio e o escuro, e a pedra rígida. A água parecia estar subindo; já não batia nos meus ombros, mas no meu queixo. Será que era isso que ocorria, ou eu estaria afundando? Pelo visto, já não fazia diferença.

Quando os ruídos soaram no alto, eu mal me interessei. Meu cérebro os registrou sem entender. Metal batendo na lajota, barulho de algo arrastando, vozes abafadas. Nada daquilo parecia ter um significado que fizesse diferença para mim. A dor no meu braço direito se tornara uma aflição intensa e eu já nem conseguia sentir os dedos. Perguntei-me se eles continuavam a segurar a pedra saliente. Talvez eu já tivesse me soltado e me afogado, e aquele limbo negro fosse tudo que me aguardasse depois.

— Pia? — A voz insubstancial de Stefan ecoou aos poucos da abertura do poço. Não respondi. — *Pia?* — Houve um toque de pânico naquela vez. Vozes sussurravam no alto. Então, ouvi um chiado, e algo atingiu a água, com um salpico suave. Alguém atirara uma corda.

— Pia! Pia, você está bem?

— Estou — respondi, com a voz rouca e fraca.

Mais murmúrios lá em cima. Então, a luz penetrou a escuridão. Teria sido cômico em outras circunstâncias; Stefan baixou a lanterna amarrada num fio. Ela ficou ali pendurada, como um visitante do outro planeta, a luz de um submarino, no fundo de um oceano negro. Eu me concentrei nela, sem querer observar nada mais no poço. Meu pescoço pareceu rígido, ao girar. Soltei a mão da pedra e, com hesitação, peguei a corda.

— Dá para você segurar? — gritou meu amigo.

— Não — disse eu. Não tinha certeza se respondera alto o bastante para ele me escutar. Estava cansada demais para me importar. Observei sem interesse quando a corda desapareceu lá em cima e o barulho de vozes ressoou. Tive a impressão de que Stefan discutia com alguém.

Fechei os olhos. Foi como escutar o rádio tocar em outro ambiente. Tentei imaginar que eu estava na cozinha de *Oma* Kristel, sentada à mesa, esperando que ela terminasse de preparar uma xícara de chocolate quente para mim, o rádio tocando em segundo plano. Houve sons abafados e, sem seguida, outro salpico quando algo atingiu a água, com mais impacto que da outra vez.

— Pia — disse a voz de Stefan, bem próxima a mim. Senti algo tocar o meu ombro. Então: — Ah, *Scheisse*. — Concluí que ele vira as demais figuras que se encontravam ali. Fechei ainda mais os olhos. — Ah, *Scheisse*, Pia. Ah...

Eu queria que ele se calasse. Não queria que ninguém me lembrasse do que havia na água. Porém, a sensação de seus braços ao meu redor, das mãos me segurando com firmeza, foi reconfortante. A corda foi colocada em torno do meu corpo e, em seguida, eu fui içada. Deixei que me puxassem como uma boneca de trapos. Havia luz no alto, e eu estava sendo conduzida até lá em solavancos dolorosos. Pensei: *talvez eu tenha morrido.* Eu não esperava que doesse tanto depois. Daí, eu já estava fora do poço, deitada como um peixe enorme no bancada de um pescador, a boca abrindo e fechando, cheia de líquido. Água escorria pela lateral do meu rosto, dos meus cabelos. Alguém me virava. Olhei para cima e, à luz da lâmpada, vi quem era e soltei um berro.

Capítulo 48

— Cala a boca, Pia! — gritou Stefan. Ele estava parado, inclinado sobre mim, com água escorrendo da parte de baixo do jeans e da bota. Enquanto eu fazia uma pausa para respirar, ouvi-o dizer: — Melhor dar um tapa nela?

Com um esforço sobre-humano, contive os berros. Meus lábios moveram-se inutilmente; nenhuma palavra coerente saiu. Ainda assim, apontei com a mão trêmula para a pessoa parada ao lado do meu amigo, observando-me em silêncio: *Herr* Düster, com os traços emaciados ainda mais marcados à luz da lanterna. Se seu lábio superior fino houvesse se erguido para revelar os caninos longos e brilhantes de um vampiro, eu não teria me apavorado tanto.

A convicção predominante que fervilhava na minha mente era a de que, a qualquer momento, *Herr* Düster jogaria nós *dois* de volta no poço. Sem ninguém para nos resgatar, morreríamos afogados ali, no escuro, com as figuras atrozes que estavam nas águas negras.

Stefan se ajoelhou ao meu lado e agarrou meu ombro com ambas as mãos.

— Calma, Pia. Você está bem agora. Já saiu do poço.

— Ele... — tartamudeei, tentando apontar para *Herr* Düster de novo. Meu amigo estava de costas para o idoso; será que não se dava conta do perigo que corria?

Stefan se virou.

— Está tudo bem — comentou, como se falasse com uma criancinha do jardim de infância. — *Herr* Düster *ajudou* a gente. Eu não poderia ter tirado a lajota da entrada do poço sem ele.

Balancei a cabeça, obstinada. *Será que você não viu o que tinha lá embaixo?*, queria gritar. Tentei sair do chão, mas os meus braços e as minhas pernas mostravam-se rígidos por causa do frio e da umidade, de maneira que só consegui me debater, como um porco na lama.

— Ela vai ter hipotermia — comentou alguém. Chocada, notei que fora *Herr* Düster. Quase nunca o ouvira falar antes. Sua voz parecia calma e ponderada. O que foi uma surpresa também; por algum motivo eu o imaginava com o tom insano e frenético de um animal ou talvez como a garota do conto de fadas, que deixava cair um sapo da boca sempre que a abria para falar. Mas, ao contrário do que eu pensava, *Herr* Düster transmitia muita lucidez. — Cubra Pia com isso — disse ele, passando a minha jaqueta acolchoada. Ele ou Stefan deviam tê-la tirado de debaixo do aparador.

Meu amigo me puxou na direção dele e, por um momento apavorante, pensei que os dois estariam em conluio; ele me empurraria para baixo e ambos ficariam escutando enquanto eu me afogava. Porém, acabei percebendo que ele tirava meu casaco ensopado. Água gelada escorreu pelas minhas costas. Stefan deixou a camiseta, em nome do recato; a jaqueta acolchoada foi colocada em cima.

Enquanto Stefan lutava para fechar o zíper na frente, fitei *Herr* Düster com desconfiança, por sobre o ombro dele. Por que estaria nos ajudando?

— O que você viu no poço, Pia? — perguntou ele. Seus olhos mostravam-se afundados, em meio a olheiras. Não dava para dizer no que pensava.

— Nada — balbuciei.

Stefan se afastou de mim e me fitou, atônito.

— Pia, conte para ele.

— Nada — tentei de novo. Eu não estava prestes a revelar a *Herr* Düster que eu vira os corpos das suas vítimas lá embaixo, nas águas negras. Tinha a ligeira sensação de que, se ele não soubesse que descobríramos o que ele fizera, ainda conseguiríamos escapar. Porém, antes que eu pudesse impedir Stefan, ele abriu a boca.

— Tem *gente morta* — revelou meu amigo.

Herr Düster deve ter reparado na minha expressão.

— E você acha que *eu* as coloquei no poço, *Fräulein* Pia?

Balancei a cabeça de forma enérgica. Stefan acabara de fechar o zíper da jaqueta. Tentei me levantar de novo, só que, daquela vez, tive mais sucesso. Consegui me erguer até ficar de joelhos, como se fosse pedir alguém em casamento. Eu me perguntei se as minhas pernas dormentes poderiam me levar se eu tentasse sair correndo dali.

— Você contou pra ele — disse eu para Stefan, movendo os lábios congelados.

— Claro que sim — ressaltou meu amigo, com impaciência. Por um momento nauseante, pensei nele exercendo o papel de cúmplice de assassino. Talvez Stefan tenha sentido quando enrijeci. Acrescentou:
— Pia, não foi ele, mas outra pessoa.

Sem querer, olhei para o alto. Aquela era a casa de *Herr* Düster. Em algum lugar acima de nós, estava a sala, onde ele se sentava em meio a fotografias desbotadas de amigos e parentes, mortos havia muito tempo. Como o poço sob a residência dele poderia estar cheia daqueles — daqueles troços —, sem que ele os tivesse colocado ali?

— O que você viu, Pia? Quantos eram?

— Não vi nada.

Fez-se um longo silêncio, durante o qual nos entreolhamos sob a luz amarelada da lanterna. *Herr* Düster abriu a boca para fazer um comentário, e foi naquele momento que ouvimos algo. Um barulho abafado, porém bem-definido. O ruído de uma porta batendo.

Herr Düster levou o dedo esquelético aos lábios. Em meio ao silêncio, o som da minha respiração parecia altíssimo. Com grande esforço, consegui inalar mais profunda e tranquilamente e pressionei as mãos no meu rosto, como se para evitar que meus dentes batessem.

O velho pegou a lanterna e, por mímica, indicou que a giraria: *Vou desligá-la. Não entrem em pânico.* Instantes depois, estávamos no escuro.

Eu me inclinei para a frente, tentando me arquear, formando uma bola protetora. A jaqueta farfalhou e congelei na mesma hora.

Tum. tum.

Meu corpo se encolhia a cada som abafado, como se fosse um golpe. *Corra!*, urgia a parte mais primitiva do meu cérebro, uivando e vociferando com um animal enjaulado. A única coisa que me impediu de tentar foi a ciência de que o poço continuava descoberto, aguardando que um desavisado mergulhasse em suas águas negras.

Conforme meus olhos foram se ajustando à escuridão, fitei com fascinação petrificada o retângulo longo e cinza formado pela porta ao primeiro ambiente do porão. Mais uma vez, tive a sensação desorientada de que os sons não vinham dali. Senti um toque suave no meu ombro: Stefan. Eu me virei, olhando o breu.

Para a minha surpresa, percebi que, onde reinara total escuridão, no outro lado do quarto, havia, naquele momento, uma mancha irregular de um tom suave, cinza-amarelado. Enquanto eu me esforçava para entender o que via — seria algum tipo de reflexo do portal? —, ela se tornou mais forte e mais intensa, levando-me a perceber que aquele borrão claro representava outra entrada para lá, um buraco estreito, com contornos toscos, grande o bastante para que um homem passasse. Aonde levava, eu não fazia ideia. Pensamentos apinharam-se na minha mente como um cardume de peixes em disparada. O terror e o frio haviam banido o julgamento racional, embora até mesmo um animal, incapaz de ponderar, soubesse quando estava em perigo. Alguém, com uma luz, cruzara aquela passagem uma vez, antes, e me fechara no poço, para que eu morresse; aquela pessoa voltava.

Num pânico cego, arranhei as lajotas, lutando para me levantar; nesse ínterim, minha bota atingiu algo no chão: a lanterna. Com um estrépito que ressoou alarmantemente alto na fria escuridão, ela rolou pela beira do poço. Escutamos o *tibum* quando ela caiu na água.

Instantes depois, a luz que aumentava apagou. Fez-se um silêncio tão profundo que, sem querer, prendi a respiração. Então, ouvi o barulho provocado por alguém passando com esforço pelo buraco, virando-se num espaço limitado com dificuldade, movendo-se pesadamente, talvez

O DESAPARECIMENTO DE KATHARINA LINDEN • 267

por estar com algo que lhe dificultasse os movimentos. Escutamos sons de passos irregulares, o barulho de alguém se deslocando o mais rápido possível no piso desigual, em meio ao breu.

Houve uma exclamação abafada de *Herr* Düster e um *clique*. Quando a luz foi acesa, vi que ele segurava a lanterna de Stefan. Com a cabeça, ele fez um gesto para o meu amigo.

— Vamos. — Em seguida, olhou de soslaio para mim. — Fique aqui, Pia.

— *Não!* — Eu não podia imaginar nada pior que ser deixada ali, sozinha, no escuro.

Levantando aos trancos e barrancos, cambaleei com o corpo rígido, parecendo um espantalho. *Herr* Düster não tinha esperado para ver se eu obedecera à sua ordem: já passava pelo buraco, seguido de Stefan. Com total determinação, caminhei mancando pelas lajotas, apesar de cada movimento parecer refletir dolorosamente no meu corpo inteiro, e me meti, cambaleante, no buraco, atrás deles.

Capítulo 49

Ao passar pelo buraco irregular na parede, eu podia ver apenas os contornos escuros de Stefan e *Herr* Düster, iluminados à contraluz da lanterna. Ainda assim, dava para eu notar o formato do túnel em que a gente se encontrava, tanto por causa da luz amarelada e fraca quanto por sentir as paredes com as mãos: elas pareciam incrivelmente regulares, tanto que eu sentia os tijolos, encaixados com a precisão de um caminho de jardim.

Por algum motivo eu tinha imaginado o buraco como um troço orgânico, um túnel toscamente escavado na terra, como se feito por uma toupeira monstruosa. Afinal de contas, não devia estar ali. Mas aquele era significativo. Alguém se dera ao trabalho de construir uma passagem secreta debaixo da Orchheimer Strasse, embora, por que razão, eu não fizesse a menor ideia.

Era longo; já não devíamos estar sob a casa de *Herr* Düster, àquela altura. O movimento trouxe um pouco de vida aos meus braços e às minhas pernas congeladas, embora elas ainda estivessem tão frias quanto a bancada de um açougueiro, as calças ensopadas grudando desagradavelmente na minha pele. Eu estava com a sensação de ter voltado a ser eu mesma; o pavor e a emoção tinham feito eu cair em mim, como se tivesse levado um tapa na cara.

De repente, Stefan parou, e acabei espremida contra as costas dele.

O DESAPARECIMENTO DE KATHARINA LINDEN • 269

— O que foi? — perguntei, empolgada. Eu não conseguia ver nada, exceto a auréola formada pela luz da lanterna ao redor da cabeça dele.

— É um quarto — avisou *Herr* Düster. Seu tom de voz parecia estranhamente monótono.

Dei um empurrão em Stefan: — Anda.

Meu amigo deu um passo à frente, movendo-se com cautela: acho que pensava na minha queda no poço. Naquele momento, com ele fora do caminho, pude entrever o quarto em que estávamos, iluminado pela lanterna.

— É o porão de alguém. — Não consegui ocultar a decepção na minha voz. Eu esperara algo mais dramático: a cripta de um vampiro ou o laboratório de um cientista louco. Não aquele ambiente, à primeira vista, sem graça, com seus conteúdos guardados de forma impecável.

Um dos lados do porão estava cheio de prateleiras, por sua vez repletas de caixas e engradados. Do outro lado, havia móveis velhos, bem-enfileirados, com os recostos voltados para a parede, como criadas de antigamente num chá dançante. Diversas ferramentas de jardim tinham sido penduradas em ganchos, a uma distância perfeita umas das outras, como uma exibição num museu. A única coisa fora do lugar estava perto dos meus pés: uma pilha de tijolos, ainda com pedaços desiguais de argamassa.

Herr Düster se encontrava no meio do quarto, movendo devagar a luz da lanterna pelas prateleiras sobrepostas. Ele não parecia estar disposto a continuar a busca por seja lá quem ou o que ouvíramos fugindo pelo túnel.

— *Herr* Düster, a gente tem que ir — disse Stefan, de forma imperativa.

O velho ergueu a cabeça e o olhou.

— Ele está fugindo! — Meu amigo parecia transtornado. — Temos que ir logo.

Herr Düster moveu a cabeça. Acho que queria balançá-la, mas o movimento foi tão leve que se tinha a impressão de que ele apenas virara o pescoço, como se não quisesse ouvir algo. A luz da lanterna oscilou na série de prateleiras.

— A gente tem que... — começou Stefan.

— Acho — disse *Herr* Düster, com tom de voz incrivelmente triste —, acho que temos que chamar a polícia.

— Não — protestou Stefan, na hora. Em seguida, deu um suspiro exasperado. — Se... se a gente voltar para chamar os policiais, ele vai *escapar*.

O velho sussurrou algo tão baixo que nenhum de nós conseguiu entender. Então, ressaltou, em voz alta:

— Isto é um trabalho para a polícia, não para... crianças.

— *Verdammt!* — disse Stefan. E bateu o pé, tal qual um menininho. As mãos agarraram o ar, frustradas, como se ele quisesse rasgar algo. — A gente não é *bebê*. — Ele o fitou. — *Nós* vamos. Devolve a minha lanterna.

Herr Düster não se moveu. Meu amigo deu um passo rumo a ele, e o velho, involuntariamente, recuou. A luz da lanterna traçou um arco amplo. Talvez os dois tivessem de brigar pela posse do objeto. No entanto, quando o piso do porão foi iluminado, vi algo.

— Olhem.

Os dois seguiram a direção apontada pelo meu dedo. Havia algo no chão de pedra, perto da perna em forma de pata de uma escrivaninha horrorosa. Uma única bota. De menina, feita de camurça rosa-claro, com um adorno elegante de pele falsa. O zíper lateral estava aberto e o calçado encontrava-se exposto, mostrando o cano de pele.

— O que é isso? — perguntou *Herr* Düster, com a voz carregada de apreensão.

— Uma bota — respondeu Stefan, como quem diz algo óbvio. Ele não notara o verdadeiro significado da pergunta do idoso: *o que, Diabos, isso está fazendo aqui?* Meu amigo se inclinou e a pegou. *Herr* Düster se virou para nós e estremeceu. Olhava para a bota como se fosse um objeto repulsivo, uma aranha gigante ou um rato em decomposição. À luz da lanterna, seu rosto marcado se mostrava mais enrugado que nunca. À primeira vista, a miríade de linhas em seus traços anciões tremulava e se alterava por causa de uma forte emoção, embora eu não soubesse exatamente qual.

O DESAPARECIMENTO DE KATHARINA LINDEN • 271

— Na certa, é de uma das garotas, das que... — comecei a dizer, mas parei. Estava prestes a comentar: *das que desapareceram*. Mas aquelas meninas já não podiam ser consideradas sumidas; nós sabíamos onde estavam.

— Talvez — salientou Stefan devagar, girando a bota nas mãos. Ele me olhou. — Ou talvez seja uma nova.

Eu o fitei, boquiaberta. De repente, uma imagem surgiu na minha mente: meu pai na cozinha, segurando o telefone, dizendo "Kolvenbach?" e "*Mein Gott*". Se a minha mãe não tivesse dito "*simplesmente vai*", ele teria falado, "desapareceu outra garota".

— *Lieber Gott* — exclamou o velho, em voz baixa.

— *Herr* Düster...? — começou Stefan.

O idoso olhou para ele, com uma expressão indecifrável no rosto. Daí, assentiu devagar.

— Nós vamos. — E acrescentou de forma sombria, antes que meu amigo partisse como um galgo: — Mas assim que der, vamos chamar a polícia. *Verstanden*?

— Sim — respondeu Stefan, na hora. Ele entregou a bota a *Herr* Düster, mas, como o velho estremeceu e se recusou a tocá-la, meteu-a dentro da própria jaqueta.

Com cautela, caminhamos para fora do porão. À direita, havia uma abertura do tamanho de uma porta, só que sem ela. Uma escada de pedra ia em espiral até o alto, sem que víssemos o final. Stefan encontrou um interruptor na parede próximo a ela e tentou acendê-lo, sem sucesso. Ou a lâmpada tinha queimado ou a energia tinha sido desligada.

Meu amigo fez menção de subir a escada, porém *Herr* Düster colocou a mão no seu ombro, impedindo-o.

— Eu vou primeiro — disse, com firmeza. Havia um toque desafiador em sua voz, que me fez pensar na reação de *Oma* Kristel sempre que meu pai ou *Onkel* Thomas lhe diziam para ir com calma e pensar na própria idade. *Herr* Düster começou a subir a escada e nós fomos ao seu encalço, o mais perto dele possível.

Após uma curva acentuada, a escada parou de forma abrupta diante de uma porta estreita e bem-trancada. O velho empurrou-a com o ombro, e ela se moveu um pouco, mas não abriu. No entanto, o fato de não ter ficado totalmente imóvel serviu de estímulo; se estivesse trancada por fora, duvido que teria se movido.

Stefan passou por *Herr* Düster e se jogou na porta, batendo com o ombro como um jogador de futebol americano, fazendo com que chocalhasse no caixilho. Porém, nada aconteceu. Eu e o idoso ficamos nos degraus mais baixos para ceder-lhe mais espaço.

Daquela vez, Stefan deu um chute forte na fechadura. Escutei impressionada a madeira estilhaçar. Cada vez mais eu tinha a impressão de que o meu amigo vivia numa espécie de filme de ação imaginário. Com um segundo chute e um ruidoso *craque*, a porta cedeu e abriu, quase lançando meu amigo no outro ambiente. Ele se controlou e fez menção de prosseguir, mas foi impedido, de novo, pela mão de *Herr* Düster em seu ombro; o idoso levou um dedo ao lábio para indicar que deveríamos ficar calados e ouvir primeiro.

Eu quase não podia ver o que havia do outro lado da porta, já que os dois se encontravam sob o portal. Só consegui discernir um papel de parede com uma estampa bem antiga e a lateral de uma luminária acesa, com uma lâmpada de baixa voltagem. Era um objeto de decoração comum; já o papel de parede me fez hesitar: parecia, de alguma forma, familiar. Guirlandas de folhagens estilizadas, em tons de marrom e verde-claro, com um fundo marfim. De vez em quando surgia uma folha arqueada, que lembrava um peixe.

Com suavidade, empurrei Stefan.

— Deixa eu sair.

Quando ele se moveu para a frente, entrei ali. Ficamos parados, lado a lado, alheios a *Herr* Düster. Dava para ouvir a respiração ofegante de Stefan, por causa do esforço de arrombar a porta; parecia que estivera correndo. Ele observava o ambiente como um turista numa catedral, dando a impressão de não poder captar tudo que via. Por fim, meu amigo se virou para mim, com as palavras na ponta da língua, mas eu falei primeiro.

— Eu conheço esta casa.

Capítulo 50

— Como é *possível*? — perguntou Stefan, pasmo. — Como podemos estar... *aqui*?

Olhei de esguelha para *Herr* Düster, como se, por ser o único adulto, ele pudesse dar uma explicação racional. Só o idoso não parecia estar totalmente embasbacado e surpreso. Sua expressão mostrava-se grave e bastante pesarosa, como um médico ao lado de um moribundo.

— Meu irmão... — Ele pronunciou as palavras de um jeito estranho, parecendo ter algo de sabor amargo e desconhecido na boca. — A casa do meu irmão — acrescentou, por fim.

— Mas não pode ser... — comentei, como se estivesse ressaltando um fato óbvio para idiotas completos. — Não pode ser a casa de *Herr* Schiller. Sabem...

Não terminei de falar. Olhei ao redor de novo. Estávamos num corredor estreito, que eu conhecia. Eu ficara parada perto daquele lugar centenas de vezes, talvez mais, tirando a jaqueta do ombro para que *Herr* Schiller pudesse pendurá-la no cabide. Estendi a mão e toquei na superfície escura e reluzente do porta-casaco. Pareceu rígido e gelado sob os meus dedos.

— Ele... vocês sabem de quem estou falando... — eu não queria dizer *o assassino* —, enfim, *como* ele entrou aqui? Como conseguiu passar pelo porão sem que *Herr* Schiller... — olhei de *Herr* Düster para

Stefan, sem compreender suas expressões —, sem que *Herr* Schiller soubesse?

Fez-se um longo silêncio. Os dois, o idoso e o garoto, entreolhavam-se. Transmitiam alguma informação que eu não entendia.

— Ele foi embora — disse Stefan, com voz tensa.

— Foi — confirmou *Herr* Düster, mal movendo os lábios e falando superbaixo.

— Vou olhar... — começou meu amigo, indo até a porta da frente e pegando a maçaneta. Ela girou com facilidade e a porta abriu. Ele se inclinou rumo à saída. Percebi que uma considerável quantidade de neve caíra desde que tínhamos entrado na casa de *Herr* Düster; tudo estava coberto de cristais de gelo brancos. Ainda nevava; quando Stefan voltou a meter a cabeça dentro da casa, os flocos cobriam seus cabelos. Meu amigo se dirigiu ao velho como um soldado de infantaria apresentando-se ao sargento.

— Ele sumiu de vista, mas deixou pegadas.

Herr Düster anuiu, quase distraído.

— Não tenho certeza, mas acho que elas contornam a lateral da casa.

— Ah, o carro — disse o velho, de um jeito quase inaudível. Aparentava estar mergulhado em pensamentos.

— Que carro? — quis saber eu, contudo, ninguém me respondeu.

— Você sabe aonde... — perguntou Stefan, e eu o olhei frustrada; eles pareciam estar falando em códigos.

Herr Düster assentiu.

— Acho que sei. É, acho que sei.

— Do que estão falando? — Eu começara a ficar brava. — Olhem, por que a gente não acorda *Herr* Schiller?

— Pia...

— Afinal de contas, a gente está na casa dele.

— Sim, na casa dele — salientou *Herr* Düster, com suavidade. Ainda assim, boiei.

— Pia — disse Stefan, com a voz cansada —, é o *Herr* Schiller. Você não vê?

— O que está querendo dizer? — Eu o fitei. — Como assim, é o *Herr* Schiller?

— É ele que... — Meu amigo mudou de tática no último instante, como se se virasse de forma brusca, para se desviar de um obstáculo. — É ele que temos que seguir e que foi embora.

— Não entendo... — comecei, mas, de repente, caí em mim. Senti uma onda de náusea. Recostei-me na parede com a estampa de folhagens. — Não! — exclamei, num tom sufocado.

Stefan me observou, desamparado. Em seguida, virou-se para *Herr* Düster.

— Nós temos que ir. A gente precisa ir *agora*. — Eu estava sendo dispensada.

— Stefan, isso é uma piada, não é? — quis saber eu. Minha voz pareceu hesitante até para mim. — Aonde a gente vai? Não seria melhor chamar a polícia? Se alguém...?

— Não temos tempo — salientou meu amigo. Ele falou com frieza, porém não por ser desagradável. Destacava um fato: se havia a mais remota chance de encontrar a dona da bota antes que fosse tarde demais, tínhamos que sair *naquele momento*. Se esperássemos, perderíamos a chance de pegar *aquela pessoa*. A responsável pelo sequestro de todas aquelas garotas. A que tinha me deixado no poço para me afogar junto com os horrores que se encontravam ali. Eu só podia pensar nele como *a pessoa*, não *Herr* Schiller. Era impossível.

— Pia, fica aqui.

— Não! De jeito nenhum, não... — Cheguei até a balbuciar de indignação. — Não vão me deixar aqui! Eu vou junto!

— Pia... — *Herr* Düster parecia incrivelmente calmo, embora devesse estar tão ciente quanto Stefan dos segundos passando e dos minutos transcorrendo pouco a pouco, com os flocos de neve caindo em redemoinho do céu escuro e cobrindo as pegadas. — Você está encharcada. Não pode sair lá fora, na neve. Vai congelar.

— O senhor mencionou um carro — salientei, com teimosia.

— O carro *dele* — disse Stefan.

— Certo, mas não podem segui-lo, a menos que usem um, também — retruquei. Olhei com raiva para o meu amigo. Ele me observou por um momento, daí se virou para *Herr* Düster.

— A gente tem que ir.

O velho me fitou por um longo tempo. Se fosse qualquer outro adulto do mundo, acho que teria insistido para que eu ficasse num lugar quente. Mas, ou ele estivera afastado por tanto tempo da companhia dos outros adultos que se esquecera de como tudo devia ser feito, ou era um daqueles raros indivíduos que não tratavam as crianças como se elas fossem totais incapazes. Ele anuiu com veemência para mim e disse:

— Pia, você vem com a gente, mas *não sairá de* dentro do carro. *Verstanden?*

— A-hã. -- Perdi o fôlego, agradecida.

— Fiquem aqui, vocês dois, enquanto pego o carro.

— Mas... — comecei, porém *Herr* Düster me interrompeu.

— Ele não vai voltar. Não por um tempo, pelo menos. Vocês estão bastante seguros aqui — disse o idoso.

Calei a boca, mas me senti pouco à vontade. Minha objeção de ficar na casa não se relacionava ao temor do retorno de *Herr* Schiller, mas à chance que *Herr* Düster teria de ir sem a gente. De qualquer forma, entendi a lógica do plano do velho assim que ele abriu a porta da frente: a corrente fria no meu jeans molhado foi tão congelante que tive a sensação de que a pele da perna queimava. Fechei com mais firmeza a jaqueta acolchoada ao redor do corpo. Meus dentes tiritaram.

— Isso é loucura — comentou Stefan, preocupado. — Você deveria ficar aqui, Pia. Vai acabar congelando.

— De jeito nenhum — repliquei, fechando a boca com força para tentar fazer com que os meus dentes parassem de bater.

— Eu me pergunto como ele sabe aonde o... bom, aonde *ele* foi?

— Hum. — Não soube o que responder. Que *Herr* Schiller estivesse de alguma forma envolvido nos desaparecimentos das minhas colegas de escola já era aterrador o bastante; tentar imaginar aonde ele poderia ter ido e o que o levara a fazer isso ultrapassava a minha compreensão. Eu ainda tinha a sensação de que acordaria e descobriria que tudo não passara de um sonho esquisito.

O DESAPARECIMENTO DE KATHARINA LINDEN • 277

Pelo que pareceram séculos, nós dois ficamos parados no corredor da casa de *Herr* Schiller, esperando que *Herr* Düster chegasse com o carro. Reinava um sentimento de desânimo cheio de expectativa quanto à situação, como se fôssemos os sobreviventes de algum maldito acidente, aguardando a ambulância chegar. Como não me ocorria nada para dizer e, pelo visto, a Stefan tampouco, por um longo tempo continuamos no mesmo lugar, quietos.

Eu começava a pensar que talvez *Herr* Düster tivesse ido sem a gente, quando ouvi um leve ruído atrás de mim. Embora tivesse sido um barulho suave, como o farfalhar de uma cortina de veludo no piso, gelei. Não sei se é verdade que, em situações assim, os pelos da nuca se arrepiam, porém tive a sensação de que alguém me tocara ali com a mão gelada. Antes que eu me virasse e dissesse algo, o movimento leve foi seguido de um som semelhante ao de alguém pigarreando.

— Ste-fan... — Achei que ia desmaiar ou passar mal.

— O quê?

— Tem algo... — Eu me obriguei a dar a volta.

Lá, na entrada do porão, estava Plutão, observando-nos sinistramente com os olhos cor de mel enormes. Enquanto eu o fitava, ele bocejou, revelando uma língua rosada, e deixou escapar outro som ronronante. Em seguida, virou-se com incrível rapidez e desapareceu na escada espiralada.

Stefan soltou um suspiro, devagar, próximo ao meu ombro.

— Gato *Verdammter*. — Anuí, recuperando-me aos poucos.

— Tudo bem? Ele assustou você?

— Na verdade, não. Só pensei... — Mas eu não tinha certeza do que tinha passado pela minha cabeça. Inútil tentar descrever as ideias grotescas que cruzaram a minha mente quando ouvi o sibilo suave e o som de pigarro. Eu ingressara no mundo da magia naquela noite e, então nada poderia ser terrível demais para ser verdade. As bruxas estão à solta, pensei, recordando-me sistematicamente do que eu vira no poço.

— Foi assim que ele entrou na casa de *Herr* Schiller — disse Stefan, de repente, tocando no meu ombro. — Você se lembra daquela vez que ele deu um susto danado na gente? — Lógico que ele se esquecera, convenientemente, de que fora *ele* que se assustara e não *eu* que berrara. Ainda assim, não me dei ao trabalho de corrigi-lo. Apenas assenti. Meu amigo continuava fitando o portal, onde o felino tinha estado. Por fim, soltou um assobio baixinho. — Não foi à toa que *Herr* Schiller ficou bravo quando viu o gato. Sabia que Plutão tinha passado pelo porão. Na certa, ele não fechou a porta direito. — Balançou a cabeça, com incredulidade. — Aposto que achou que o bichano tinha revelado os seus segredos.

Eu não estava escutando. Fiquei me lembrando do momento antes de cair no poço, dos ruídos que eu escutara e do que roçara na minha perna e me apavorara tanto que eu caíra no nada. Plutão. Imaginei que, se um dia pegasse aquele gato, agarraria aquele pescoço peludo e o estrangularia.

Capítulo 51

As luzes diante da porta e o ronco suave de um motor anunciaram a chegada de *Herr* Düster e do carro. Fechei bem o zíper da minha jaqueta acolchoada, em busca da maior proteção possível contra o frio e, em seguida, Stefan e eu saímos. Estava escuro na rua. Continuava a nevar, e os flocos caíam com tamanha intensidade, que a visibilidade era quase nula; ainda assim, ficamos impressionados quando observamos o carro.

— Uau — disse Stefan.

O velho inclinou-se e abriu ligeiramente a porta do carona.

— Entrem — gritou ele.

Stefan foi na frente, e eu tive que me sentar atrás. Antes mesmo que meu amigo afivelasse o cinto de segurança, *Herr* Düster arrancou.

— Precisamos aquecer o carro — ressaltou ele, olhando de esguelha, por sobre o ombro, para mim.

— Eu estou bem — disse, abraçando-me.

— Este carro é muito legal — comentou Stefan, contemplando o interior como se examinasse o teto da Capela Sistina. — Qual é?

— Um Mercedes 230 *Heckflosse* — respondeu o velho, sem se virar. Ele fitava o caminho em meio a um manto em redemoinho de flocos de neve.

— É *seu* mesmo?

Naquele momento, *Herr* Düster o olhou.

— *Natürlich*. Não costumo roubar carros.

— É que... eu nunca tinha visto este antes.

— Não o dirijo muito — salientou o idoso. Deu uns tapinhas no volante. — Foi por isso que levei algum tempo para trazê-lo. Tive que tirar a capa e algumas coisas do caminho.

— Se eu tivesse um carro assim, iria com ele pra todos os lugares — disse Stefan.

— Então, você vai precisar de uma conta bancária bem polpuda — acrescentou o velho, secamente.

Fiquei contemplando a rua escura pela janela. Estávamos dobrando à direita, rumo à Klosterplatz, onde a fogueira fora acesa na véspera do Dia de São Martinho e onde *Frau* Mahlberg me sacudira, gritando pela filha perdida, até os meus dentes tilintarem. Dava para ver os contornos esbranquiçados e vagos dos veículos cobertos, com os flocos de neve caindo ao seu redor. Eu me inclinei perto demais do vidro e, de súbito, a janela ficou embaçada.

— Aonde a gente está indo? — perguntei.

— Para o Eschweiler Tal — respondeu *Herr* Düster. Seu tom de voz era frio e formal.

Eu me endireitei.

— Por que o Eschweiler Tal? Como sabe que ele está indo para lá?

O idoso não disse nada. Já tendo passado pela Klosterplatz, rumávamos para a igreja protestante. Dali a alguns momentos cruzaríamos a rua sob o arco da muralha da cidade. *Herr* Düster ia o mais rápido possível, porém a superfície da estrada mostrava-se traiçoeira. Eu podia sentir o velho Mercedes deslizando na neve e no gelo.

— *Herr* Düster? — Eu tinha a sensação desagradável de que estava sendo grosseira, mas não pude resistir à tentação de fazer a pergunta. — Como *sabe* que ele está indo para o Eschweiler Tal?

— Não sei — comentou o velho, sombriamente.

— Então, por quê...?

— Ele é meu irmão, e eu o conheço.

Percebi o tom inflexível em sua voz e me recostei, sem ousar fazer mais perguntas, embora elas fervilhassem na minha mente. Como ele podia afirmar que conhecia *Herr* Schiller, quando nunca falava com ele? Como podia ter tanta certeza do lugar ao qual se dirigia o irmão?

Assim que passamos pela muralha da cidade, *Herr* Düster rumou para a estação de trem, no sentido norte. Não havia ninguém por lá. Cidadezinhas pequenas como Bad Münstereifel ficam sem nenhum movimento já à meia-noite; naquela madrugada, o frio e a neve tinham levado até os taxistas e os jovens entediados das esquinas a ficarem dentro de casa.

Vi uma viatura estacionada do lado de fora da delegacia; no início, achei que não tinha ninguém dentro, porém notei que os para-brisas adquiriram vida e limparam a neve do vidro, formando um arco. *Herr* Düster hesitou. Senti o carro ir mais devagar; daí, de repente, ele acelerou e o carro prosseguiu com uma guinada. Antes que eu conseguisse observar quem estava dentro da viatura, ela ficou para trás, e nós continuamos a sair da cidade. O interior do veículo começara a aquecer; em breve minhas roupas molhadas estariam soltando vapor.

— Dá para chegar no Eschweiler Tal com a neve? — indagou Stefan.

Herr Düster não respondeu.

Levamos uns cinco minutos para chegar ao caminho de acesso ao Eschweiler Tal; nesse ínterim, não vimos nenhum outro automóvel. No último trecho de estrada asfaltada, as marcas de um veículo sobressaíam como sulcos, na neve acumulada. Havia uma fábrica ali, no final da rua, com um estacionamento e um portão de segurança na lateral, mas as marcas passavam direto por aquela área, rumo ao Eschweiler Tal. Tive a sensação de ter levado alfinetadas na pele quando as vi, e me inclinei por sobre o ombro de Stefan com o intuito de espiar pelo para-brisa.

Havia algumas casas naquela região, porém eu sabia que, quem quer que tivesse passado antes de nós, não seria um morador honesto a caminho do lar. Estava escuro, frio e era tarde demais.

A estrada se inclinava ligeiramente no ponto em que o asfalto acabava e a trilha iniciava. Por um instante, achei que o velho Mercedes não aguentaria subir ali, mas *Herr* Düster sabia o que estava fazendo e acelerou o suficiente para obter a propulsão necessária, sem derrapar.

Quem quer que tivesse ido na nossa frente não tivera tanta sorte, a julgar pelas marcas frenéticas diante de nós.

— Onde ele *está*? — perguntou Stefan.

Herr Düster ficou calado. Percorremos o vale em silêncio. O idoso diminuiu a marcha e passamos com sucesso pela ligeira elevação da velha mina. Havia uma entrada à direita naquele ponto, que dava acesso ao vilarejo de Eschweiler, lá no alto, onde os jovens supostamente estiveram sentados quando viram a luz infernal do Homem Assustador de Hirnberg seguindo em sua direção; na certa, nem daria para passar por ali, por causa da neve. De qualquer forma, as marcas de derrapadas na nossa frente não seguiram por ali, mas continuaram a ingressar no Eschweiler Tal.

— Ele não pode ter escapado — disse Stefan, num tom que mais perguntava que afirmava. Ainda não tínhamos visto nenhum sinal do veículo à frente, somente marcas. Se não alcançássemos o carro adiante, elas seriam tão úteis quanto relíquias arqueológicas. Fiquei tentando lembrar onde a trilha terminava. Eu estivera ali inúmeras vezes, quer com a escola, quer com meus pais, porém, sempre usávamos a entrada perto da fábrica ou o caminho de pedestres, que vinha de Hirnberg. Eu não sabia bem onde a trilha principal terminava. Se ela vinha de uma estrada grande, em algum lugar, então o carro que seguíamos já teria sumido de vista, sem deixar rastros, quando chegássemos ao final do Eschweiler Tal.

— Lá está — comentou Stefan, de repente, e *Herr* Düster deve ter se sobressaltado, porque o carro deu uma guinada, e eu bati a testa com força na janela.

— Onde? — perguntei.

Meu amigo apontou. O velho parou o carro, e nós observamos pelas janelas. A menos de cem metros de nós havia um cruzamento, do qual se podia ir direto para o alto, rumo ao Tal, ou pegar a curva acentuada à esquerda, sobre uma ponte de pedra, em direção à encosta arborizada. Estacionado próximo à ponte havia um carro, com a porta do motorista aberta. Na verdade, nem se podia descrevê-lo como estacionado: pelo visto, o veículo derrapara e batera na mureta de pedra da ponte. A porta escancarada dava ao automóvel um aspecto de abandonado. Não havia sinal de ninguém perto dele.

Um rangido ressoou quando *Herr* Düster puxou o freio de mão. Ele desligou o carro e, enquanto o motor parava de roncar, o velho se inclinou para a frente como se estivesse rezando, até a testa quase encostar no volante. Manteve-se imóvel por alguns momentos, pensando. Stefan começou a remexer na maçaneta da porta do carona; entretanto, a mão retorcida do idoso tocou-o com firmeza, porém gentilmente, no ombro.

— Não — disse *Herr* Düster, virando-se para fitá-lo. O gesto fora feito com exaustão, o que me fizera lembrar de Sebastian quando ele não parava de chorar. — Fiquem aqui. Eu vou.

— Eu quero ir também — disse Stefan, teimosamente.

— Não. — *Herr* Düster balançou a cabeça. — Eu é que tenho que me encarregar disso. — Fez uma pausa. — Você precisa ficar aqui, cuidando de Pia. — Fiquei furiosa com isso e fiz menção de dizer que não era uma bebezinha nem precisava de babá, mas o velho simplesmente acrescentou: — Se alguém aparecer... é mais seguro estarem vocês dois.

Ele abriu a porta do Mercedes e saiu. O barulho da porta do carro batendo foi seguido de imediato pelo som do punho de Stefan no estofado.

— *Scheisse... Mist...!* — A raiva dele espalhou-se pelo ambiente do carro como uma mosca zunindo dentro de uma garrafa.

— Calma! — Observei pela janela a figura escura de *Herr* Düster dirigindo-se para a traseira do carro e abrir a mala. Ele pegou algo, julguei que um casaco, e fechou-a em seguida. Enquanto o idoso se afastava do carro, comentei, num sussurro: — Vamos esperar que ele vá.

Ficamos olhando *Herr* Düster andar com certa dificuldade na neve, erguendo o casaco para poder meter as mangas e fechando-o com firmeza em torno do corpo.

— Stefan?

— Hein? — Meu amigo aparentava estar distraído.

— O que é que está acontecendo? Estou falando do *Herr* Düster. Por que ele está ajudando a gente? — *Ajudar* nem era o termo certo; *assumir o controle* se aplicaria melhor, mas não consegui pensar numa maneira mais apropriada de indagar. — Ele não ficou bravo quando encontrou você na casa dele?

Naquele momento, quando eu começava a pensar mais no assunto, as perguntas brotavam de todos os lados, como ervas daninhas.

— Ele não devia estar fora, de qualquer forma?

— *Mensch*, Pia! Sei lá. — Stefan pareceu irritado. — Olha, ele simplesmente voltou pra casa. Não sei onde é que ele estava, nem tive tempo de perguntar. Quando eu e você ouvimos alguém entrando no porão, corri e me escondi. Escutei quando você caiu no poço, mas não pude fazer nada até ele, seja lá quem fosse, sair. Daí, como não consegui empurrar a lajota, *tive* que ir buscar ajuda. Subi, e *Herr* Düster estava entrando.

— Ele ficou bravo quando você viu?

— Não, sim, quer dizer, ficou pasmo, não bravo. Ficou calmo. Mas comentou que teríamos muito o que explicar depois.

— *Scheisse.*

— O que é que eu podia fazer? Não consegui empurrar a lajota sozinho.

— Você não ficou com medo, achando que talvez tivesse sido ele que havia fechado o poço?

— Não podia ter sido — ressaltou Stefan. — Ele estava lá em cima. Não tinha como estar lá em cima e no porão ao mesmo tempo.

— Hum. — A tranquilidade do meu amigo sempre me impressionava. Duvido que eu tivesse pensado com tanta clareza no seu lugar.

— Stefan?

— Hein?

— Você viu aquelas... figuras... no poço? — Eu sabia que sim.

— A-hã. — Pelo visto, ele não queria dizer mais nada.

— Bom... como sabe que não foi *Herr* Düster quem as colocou ali?

— *Não poderia* ter sido, Pia, ou ele não teria ajudado a gente a sair do poço. Na certa nos deixaria... — Não terminou a frase.

Concluí que Stefan pensava o mesmo que eu: se *Herr* Düster tivesse colocado os corpos no poço, teria sido a coisa mais fácil no mundo ir até o porão e, sem que meu amigo suspeitasse, empurrá-lo também, para que ficasse lá comigo. Senti um calafrio ao pensar no risco que Stefan correra. Com um esforço, tentei voltar ao assunto do qual tratávamos.

— Você acha que ele sabia da existência do túnel?

— Não... — Stefan balançou a cabeça. — Acho que ele nem conhecia direito o quarto com o poço. Bom, com certeza sabia que estava lá, mas já devia ter se esquecido dele. Não acho que ia muito ao porão.

Pensei na desordem, nos restos de móveis poeirentos, nas tentativas sem entusiasmo de pendurar alguns objetos nas paredes.

— É, acho que não.

— *Herr* Düster não teria entrado lá se eu não tivesse ido primeiro. Ele fez um comentário curioso, tipo "Vejo que tem andado bastante ocupado, meu jovem" ou algo assim.

Arqueei as sobrancelhas, esquecendo que Stefan mal podia me ver no escuro. Era quase impossível imaginar *Herr* Düster fazendo um comentário daqueles. Antes daquela noite, ele parecera o sujeito mais taciturno do planeta. Descobrir que ele era dono de um Mercedes enorme, com para-choques de cromo e cauda já tinha sido uma grande surpresa. Se ele tivesse rasgado a camisa xadrez velha e desbotada para mostrar uma fantasia de super-herói debaixo, eu não teria me surpreendido mais.

— Ele odeia crianças — salientei, estupefata.

Stefan deu de ombros. Ele ficou calado por alguns instantes, mas, em seguida, disse:

— *Herr* Düster já foi. Veja.

Nós dois observamos pelo para-brisa. Ao que tudo indicava, a nevasca cessara; pudemos ver com clareza os contornos escuros do outro carro, em contraste com a luminosidade branca da neve. Não havia nenhum sinal de *Herr* Düster ou de ninguém perto dele.

— E então? — Percebi que os meus dentes começaram a bater de novo. Como o motor já não estava ligado, a temperatura no interior do carro baixava e, com a roupa molhada, eu começava a sentir muito frio.

— A gente sai e dá uma olhada. Ou melhor... — Ele parou de repente.
— Você fica aqui. *Eu* vou. Daí volto e conto para você se vir algo.

— Por que você?

— Porque está um frio de rachar lá fora. — Stefan estendeu a mão e tocou na parte posterior da minha mão. — *Mensch*, Pia, parece até um bloco de gelo.

— É o frio úmido — comentei, com tristeza.

— Olha, vou sair e ver se consigo encontrar *Herr* Düster. Vou fechar a porta o mais rápido possível. Mantenha tudo bem fechado, está bom?

Assenti, chateada.

— Talvez... talvez seja melhor você trancar as portas também — acrescentou ele.

Não quis ponderar com cuidado no assunto.

— Está bom.

— Vou tentar ser rápido.

Ele abriu a porta e, no mesmo instante, entrou uma corrente de ar gelada. Eu me encolhi toda, como uma planta murchando durante uma geada. Logo depois, a porta fechou, e Stefan passou diante da janela. Em seguida, meu amigo sumiu de vista, e fiquei sozinha.

Capítulo 52

Depois do que pareceu meia hora, mas, na certa, foram apenas dez minutos, olhei para o relógio e não consegui ver nada: tinha entrado água, e o ponteiro de segundos parara no 6.

Eu me abracei e tentei soltar baforadas nos meus dedos congelados. As janelas do carro começavam, aos poucos, a embaçar. Eu as esfregava, fazendo caretas ao sentir o frio úmido, porém não havia nenhum sinal de vida fora dos círculos que eu formava. Também me inclinei rumo ao banco do motorista, para ver se *Herr* Düster deixara a chave na ignição, perguntando-me se eu me atreveria a ligar o motor; no entanto, ela não estava lá.

— Andem logo — sussurrei, tremendo, com os dentes tiritando. Mesmo supondo que era o carro de *Herr* Schiller na ponte, parecia bastante improvável que Stefan e *Herr* Düster o trouxessem com as mãos e os pés amarrados juntos e com resquícios de sangue. Eu estava começando a achar que deveríamos ter aceitado a primeira sugestão de *Herr* Düster e chamado a polícia. Se eu tivesse que ficar muito mais tempo no carro, na certa, congelaria e acrescentaria meu nome à lista de vítimas. A imobilidade realmente piorava tudo. Se ao menos eu conseguisse bater os pés ou levantar bem os braços, conseguiria fazer o sangue circular melhor nas extremidades. Olhei para o relógio de novo, mas em vão.

Por que não sair dali? O pensamento vinha pairando na minha mente nos últimos cinco minutos. A ideia tinha lá seus atrativos: a temperatura caía dentro do carro e em breve não faria diferença continuar ali. Se eu saísse, poderia bater os pés, agitar os braços e correr, se quisesse. A neve já não caía e, pelo que eu podia ver, não havia vento para esfoliar minhas pernas congeladas. Se eu visse *Herr* Düster ou Stefan, podia chamá-los e dizer para eles que tínhamos que ir buscar ajuda, antes que eu morresse de frio.

Havia também um pensamento sorrateiro nos recônditos da minha mente: talvez *eu* pudesse assumir o papel principal naquele drama; talvez *eu* descobrisse onde *Herr* Schiller tinha se metido ou achasse uma pista na neve, outra bota forrada ou um laço de cabelo caído. A ideia persistiu até se tornar mais forte que a de permanecer onde eu estava, em segurança, no carro. Era enervante ter recebido a ordem de ficar ali, enquanto os homens saíam e se encarregavam dos atos heroicos, como se eu não fosse da mesma idade que Stefan e tão corajosa quanto ele. Mordi os lábios, ponderando. Daí, com determinação, deslizei no banco e abri a porta.

Sair naquele gelo foi como bater numa parede. Só o impacto físico me fez titubear. Fiquei parada por um instante com a mão na porta, então, fechei-a. Tinha que continuar a me mover. Bati os pés com força na neve, tentando descongelar os pés. Já não escorria água das minhas botas, mas os forros continuavam ensopados. Meu jeans parecia papelão.

Eu sabia que era uma má ideia, mesmo sem a lembrança de *Oma* Kristel rodeando à altura do meu ombro como um anjo da guarda, dizendo-me para entrar e tomar algo quente antes que eu morresse. Chutei a neve, para afugentar o pensamento. *Frau* Kessel, Hilde Koch, meus pais e até mesmo a coitada de *Oma* Kristel: sempre me diziam o que era bom para mim. Só naquela vez eu queria abrir meu próprio caminho, fazer algo audacioso. Na verdade, desejava ser *eu* a pessoa cercada de rostos admirados quando voltasse para a escola, com todos me implorando que contasse como conseguira.

Abraçando-me por causa do frio, segui as demais pegadas dos dois até o outro carro: as longas e estreitas de *Herr* Düster e as pequenas e sulcadas de Stefan. Em algumas ocasiões, meu amigo caminhara bem em cima das do velho, e não dava para distingui-las; porém, quando os dois se aproximaram do carro estacionado, elas se separaram. Ao que tudo indica, *Herr* Düster havia quase contornado por completo o veículo, tendo retrocedido diversas vezes; supus que ele checara bem o interior do carro, caso ainda houvesse alguém dentro. Depois, ele subira rumo ao Tal. Pelo visto, Stefan passara a não acompanhar as pegadas de *Herr* Düster um pouco antes que elas chegassem ao carro; meu amigo fora para cima, na direção do bosque.

Fiquei buscando outras pegadas. No início, não vi nada, daí percebi que havia um terceiro conjunto de marcas saindo do carro. Aquelas deviam ser de *Herr* Schiller, supondo que realmente era *ele*, e não uma pessoa inocente tentando chegar a casa no escuro. Logo notei por que os outros não tinham conseguido segui-las: elas faziam uma curva e desciam rumo ao rio, com suas águas negras e morosas sob placas de gelo.

Não foi difícil entender o raciocínio por trás da empreitada: o fugitivo passaria por alguns momentos de grande desconforto com os pés e os tornozelos congelando, porém, a água meio rasa cobriria seus passos por completo. Podia ter ido para a esquerda ou para a direita das águas e saído de qualquer parte das margens.

Olhei para um lado e para o outro do rio, mas não havia sinal nem de *Herr* Düster e de Stefan. Observei o carro de novo. O frio nas minhas pernas úmidas era tão intenso que tive a sensação de que minha pele descascava. Eu me abracei outra vez e tentei cobrir mais o queixo com o colarinho da jaqueta acolchoada. Deixei escapar um soluço sufocado, mas me dei conta, desolada, de que não havia ninguém para ouvi-lo. Não restava nada a fazer, senão continuar me movimentando.

Decidi andar ao longo do rio, pegando um caminho pouco usado do outro lado da trilha principal. Nos meses de verão, o sendeiro ficava cheio de capim e ervas daninhas, mas, naquela época do ano, não havia folhas, só a brancura da neve, como em todas as outras partes.

Comecei a caminhar com as passadas mais rápidas possíveis, desesperada para aquecer os braços e as pernas. Como o tempo abrira, e a lua pálida de inverno brilhava, eu podia ver muito bem. Os troncos molhados das árvores que ladeavam as margens destacavam-se como listras negras em contraste com a brancura da neve. Contei cinco árvores, depois dez. Quando passasse por vinte, daria a volta.

O silêncio reinava absoluto, exceto por minha própria respiração e o ruído da neve pisoteada por mim. Os bosques ao redor de Münstereifel estavam cheios de animais selvagens — veado, lebre, raposa — mas, naquele momento, nada se movia entre as árvores desfolhadas. Ao olhar de soslaio para trás, tive a impressão de que o carro se encontrava incrivelmente longe. Contei a vigésima árvore e fiquei quieta, escutando.

Por algum motivo, o silêncio era pior do que qualquer outro som, por mais ameaçador que fosse. Havia um toque de expectativa no ar. Pensei em Hans, o Inabalável, o moleiro intrépido, aguardando os gatos espectrais e tomando cuidado com eles. Pensei no fantasma sem cabeça do pecador, condenado a vagar pelo vale até que alguém ousasse falar com ele.

Parei abruptamente, inalando de forma dolorosa o ar glacial. Havia pegadas na minha frente, que vinham do meio do nada e iniciavam na metade do caminho. As pegadas de um homem: vi as marcas do calcanhar e do dedão bem definidas na neve fofa.

Por um instante, prendi a respiração. Então, com uma onda de alívio, exalei. Claro, as pegadas não começavam *realmente* no meio de nada. Quando examinei melhor, vi tufos de folhagem amarronzada sobressaindo da neve rebuscada, no ponto em que ele saíra da margem do rio e fora até a trilha. *Herr* Schiller.

Observei o caminho adiante, olhei para trás, em direção à ponte e aos carros e, em seguida, para o percurso que tinha pela frente, de novo.

A uns 50 metros adiante, havia um afloramento pedregoso, no local em que o declive da colina chegava à área nivelada, tapando um pouco a minha visão do caminho. As pontas negras de arbustos destacavam-se como cerdas. Enquanto eu observava, um brilho amarelo reluziu detrás da mata, iluminando-a com um halo cintilante de surpreendente esplendor. Fiquei tão chocada quanto se o mundo tivesse inclinado para o lado e me feito deslizar como dados num copo. Minha mente simplesmente se recusou a processar o que via. Estupefata e paralisada, fiquei olhando para aquele clarão sombrio no alto, cujo brilho dourado refletia na neve. Então, soube: era o *Homem Assustador de Hirnberg*.

Acho que dei um passo aturdido para trás, porém não consegui correr. De olhos arregalados e boquiaberta, vi uma figura em chamas ofuscantes sair detrás do afloramento e ir até a metade do caminho, com os braços abertos, como se crucificada pelo fogo que ardia em todas as extremidades.

Ao longe, ouvi alguém gritando. Stefan? Não ousei virar a cabeça, receando que, se desviasse o olhar horrorizado por um instante sequer, a figura em chamas se precipitaria sobre mim com as garras ardentes estendidas. Dei outro passo hesitante para trás.

A imagem assustadora vinha na minha direção, aproximando-se *cada vez mais*, embora cada passo fosse vacilante, prosseguindo com dificuldade pelo inferno que a circundava. Embora eu ainda não sentisse o calor, vi quando a figura incandescente esbarrou num galho de árvore quebrado, fazendo um bolo de folhas ressecadas pegar fogo no mesmo instante, tostando e faiscando.

Fui tomada por um pânico crescente. Eu tinha noção de que balbuciava tolices, porém não tinha o menor controle da minha própria voz. *Não, não, vai embora, eu não chamei você, não chamei, não chamei.* O terror se espalhava no meu corpo, mas eu não conseguia correr.

Paralisada de medo, observei a Morte se aproximar com pés que faziam arder a terra exposta debaixo da neve. Pensei poder sentir o calor mortal das mãos em chamas, que se estendiam para mim, como se suplicassem. Fechei os olhos diante do brilho abrasador do fogo, os punhos presos ao corpo com força, como se eu pudesse de alguma forma encolher e escapar do calor escaldante daquele toque assustador. Até mesmo de olhos fechados, eu podia entrever o clarão amarelo. Um som similar a um rangido escapuliu de uma garganta apertada demais de pavor para gritar. Eu podia ouvir a figura naquele momento, ardendo e crepitando.

— Vai embora — sussurrei e aguardei, os olhos ainda fechados com toda força, o corpo inteiro tremendo. Esperei. Nada aconteceu. Daí, de súbito, ouvi um ruído massivo, porém suave, o som de uma fogueira em chamas desmoronando. Senti calor nas minhas pernas.

Abri os olhos. A figura queimada estava esticada na neve derretida na minha frente, a mão esquerda similar a uma garra quase tocando na minha bota. As chamas ainda ardiam naquele ser de aparência horrivelmente queimada e chamuscada. Dei um passo para trás, daí outro e, então, de repente, a paralisia se foi e eu me virei para correr, para correr pela minha vida. Eu ofegava e respirava dolorosamente. O ar glacial da noite parecia perfurar meus braços e minhas pernas congeladas com milhares de faquinhas. Escorreguei com as botas na neve, quase caí, daí me endireitei como um potro galopante, o coração batendo como se fosse estourar. Tudo para escapar e colocar a maior distância possível entre mim e a figura que eu tinha visto.

Virei-me para olhar para trás, cambaleei, mas só vi um pedaço vertiginoso de céu estrelado e galhos de árvore escuros em contraste com a neve; então, deparei com algo no caminho. Por vários segundos, ataquei o empecilho, desesperada para passar, gritando de frustração, até me dar conta de que tinha esbarrado numa pessoa. Meus braços descontrolados vinham sendo segurados com suavidade, mas firmeza, por mãos enluvadas. Senti um tecido de lã roçar na minha face. Alguém dizia algo; atordoada por causa do pânico, eu não conseguia entendê-las, porém o efeito foi apaziguante, como se eu fosse um animal apavorado.

Afastei-me um pouco e observei a jaqueta de lã do tipo tradicional, com colarinho alto e botões de osso polidos. Devia ser verde-musgo, porém, à luz da lua, parecia quase preta. Olhei para o alto: o rosto estava ensombrecido, sob o chapéu em estilo tirolês. Respirei profundamente.

— Hans — disse eu, e sentindo uma onda de emoção ao reconhecê-lo.
— Hans, é você.

— Sou eu — confirmou ele, embora o tom de voz fosse surpreso.

Eu o cingi com os braços e abracei com força. Enfim, salva.

— Hans, o Inabalável — murmurei diversas vezes, encostada na lã áspera da jaqueta, como se o nome em si fosse um talismã. — Hans, o Inabalável. Por fim.

Capítulo 53

Seja lá o que se dissesse sobre Boris, o primo de Stefan, cuja carreira duvidosa, na certa, a essa altura do campeonato, resultou numa condenação formal em algum lugar, ao menos ele fizera uma boa ação na vida. Fora esse rapaz que, ao sair da casa de *Herr* Düster com a mesma facilidade com que entrara, havia ido até a aleia para sair de forma sorrateira, e caíra em cima das nossas bicicletas, rasgando o jeans e cortando a panturrilha ao fazê-lo.

Protegido naquela passagem, ele pegara a lanterna para inspecionar a ferida. Não reconhecera a minha bicicleta, mas a de Stefan, sim. A do meu amigo tinha uma buzina idiota, um troço de borracha no formato da cabeça de Drácula, com os caninos expostos. Era bem diferente — eu mesma nunca vira uma parecida. Stefan a ganhara quando pequeno e a adorava, apesar da aparência tão patética que o rebaixava um pouco mais no conceito da galera legal toda vez que ele saía com ela.

Apesar de Boris não ser nenhum Sherlock Holmes, ficara intrigado com a bicicleta. Talvez outra pessoa, ao vê-la, tivesse suposto que Stefan a houvesse abandonado ali por algum motivo específico ou que fora largada naquele local por haver sido roubada de brincadeira. Porém, Boris acabara de entrar na casa de *Herr* Düster, e o fizera pelo seguinte: ele achava que o idoso raptara as meninas na rua, como um velho vampiro, e estava decidido a descobrir. Encontrar as bicicletas simplesmente confirmara seus piores temores.

Boris voltara para casa pensativamente, ponderando sobre o assunto, enquanto fumava um cigarro atrás do outro, supostamente pela capacidade do fumo de estimular o raciocínio. Eu ainda não acredito que ele chegou a chamar a polícia, porém, quando a tia dele, a mãe de Stefan, ligara para a casa dele uma hora depois, acusando-o de abrigar o filho, que sumira, o primo somara dois mais dois e, pela primeira vez na vida, obtivera quatro.

O rapaz, seguindo os instintos que, sem dúvida, lhe serviriam bem nos futuros encontros com a polícia, negara saber do paradeiro de Stefan. No entanto, sem conseguir deixar de pensar no assunto, decidira tomar uma atitude. Talvez já não estivesse mais gostando da garrafa de *Jägermeister* que pegara do bar do pai ou talvez tivesse sido essa bebida que houvesse falado mais alto quando ele ligara para a polícia (anonimamente, claro) e contara o que vira.

A polícia tinha outros assuntos dos quais cuidar naquela noite; ainda assim, um policial fora enviado para checar o local. Enquanto o tira estava de pé, dando um chute na roda frontal da minha bicicleta (infelizmente amassada sob o peso da pisoteada de Boris) com a ponta da bota, fora chamado por Hilde Koch, que se encontrava ao portal de sua casa, medonha com a touca de cabelo, a camisola coberta apressadamente por um sobretudo e os chinelos Birkenstock horrorosos e velhos.

Frau Koch não estava interessada nas bicicletas abandonadas; queria saber o que a polícia faria com o barulho e o incômodo sofrido pela gente de bem da cidade, acordada no meio da noite por um bando de crianças dirigindo um carro gigantesco com cauda, na rua.

A menção de *crianças* pode ter sido o que chamou a atenção de alguém. Acontece que os dois policiais sentados dentro do carro próximo à delegacia também tinham visto um carro enorme com cauda passando, com passageiros na frente e atrás, sendo conduzido por um idoso. Na certa, não era nada demais (e essa fora a opinião dominante), porém, por via das dúvidas, uma patrulha tinha sido despachada para checá-lo. Como, com a nevasca, não houvera outros carros na estrada, tinha sido relativamente fácil seguir os rastros do Mercedes de *Herr* Düster até o Eschweiler Tal.

Os dois policiais na viatura eram o amável *Herr* Wachtmeister Tondorf e um sujeito mais jovem, que eu não conhecia; acho que se chamava Schumacher, como o piloto de corrida. *Herr* Wachtmeister Tondorf não se sentira tão feliz quanto de costume, ao ser obrigado a deixar a garrafa térmica de café e seguir uma pista durante a tempestade. Quando eles chegaram ao automóvel de *Herr* Düster, estacionado no meio do caminho, *Herr* Wachtmeister Tondorf supusera que as "crianças" mencionadas por *Frau* Koch tinham pegado o carro para dar uma volta e o haviam abandonado ali. Ele mandara Schumacher sair da viatura e averiguar.

O rapaz fizera menção de perguntar por que tinha que ser *ele*, porém, quando vira a expressão do outro, o cenho franzido e o bigode arrepiado, decidira seguir a escolha mais fácil. Saíra e fora dar uma olhada no Mercedes. Como as janelas estavam embaçadas por causa da condensação, ele abrira a porta de trás e observara dentro.

Não encontrara ninguém ali. O policial fechara a porta; dirigia-se à parte de trás do veículo para anotar a placa quando Stefan chegara correndo. O menino estava com um aspecto febril e estranho, duas manchas avermelhadas destacando-se nas maçãs do rosto, o restante da face ceráceo e pálido.

— Você tem que vir — disse o garoto, ofegante.

Foi necessário algum tempo para convencer os dois policiais de que ele não era um menor de idade que pegara o carro para se divertir. Sentado no banco de trás, com neve derretendo da roupa e da bota e a voz entrecortada de emoção, quase pulando no banco em virtude do desespero para sair dali, Stefan não havia sido lá uma testemunha convincente, sobretudo quando *Herr* Wachtmeister Tondorf o reconhecera.

— Você é o garoto Breuer, não é? — O policial fitara Schumacher — Da mesma família do Boris Breuer — salientara.

— É o meu primo — dissera Stefan, com impaciência.

— Tem certeza de que *ele* não estava dirigindo esse veículo, meu jovem? — perguntou *Herr* Wachtmeister Tondorf, sério.

— Tenho! — respondera meu amigo, desesperado, remexendo-se inquieto, no banco.

— Então, quem dirigiu o veículo? — quisera saber o policial.

— *Herr* Düster — dissera Stefan. Os dois tiras se entreolharam.

— Düster? Da Orchheimer Strasse?

— Isso mesmo.

— E você diz que tem uma garota com ele, Pia Kolvenbach? — *Herr* Wachtmeister Tondorf falara com gravidade.

— Sim. — Stefan percebera aonde o policial queria chegar e, de repente, atrapalhara-se. — Não. Quer dizer...

Porém, *Herr* Wachtmeister Tondorf já estendia a mão para girar a maçaneta.

— Fique aqui, meu jovem — ordenara ele, severamente.

— Mas eu quero ir com vocês — dissera o garoto, na mesma hora. O policial lhe lançara um olhar intransigente.

— Você vai ficar aqui. Será que vou ter que deixá-lo trancado?

— Não — respondera ele, com tristeza, acomodando-se atrás.

Os dois policiais saíram da viatura e caminharam em direção ao automóvel de *Herr* Schiller. A porta ainda estava escancarada; havia neve no banco do motorista, porém nenhum sinal dele nem de ninguém. *Herr* Wachtmeister Tondorf não soubera direito se lidava com adolescentes arruaceiros, com alguns velhos senis que decidiram caminhar no bosque no meio da noite ou com um criminoso de fato: a pessoa responsável pelos desaparecimentos. Achara que Stefan dissera o que lhe viera à mente na tentativa de se livrar de problemas, pois como o policial não vira nenhum sinal de mim, não se convencera de que eu estava lá. Ele decidira dar uma olhada ao redor.

E foi assim que os dois policiais me encontraram no Eschweiler Tal, a poucos metros do moinho assombrado, em estado quase catatônico por causa da hipotermia, desesperadamente aferrada a... *Herr* Düster.

O idoso me segurara com firmeza perto de sua jaqueta de lã verde, apertando-me de tal forma que depois fiquei com a marca de um dos botões de osso na face. Evitara que eu me virasse de novo para ver a figura carbonizada e solitária caída ali, num trecho de terra chamuscada, em decorrência de toda a neve que derretera, as garras enegrecidas esticadas, como se numa derradeira tentativa de me pegar. Quando os policiais o alcançaram, *Herr* Düster virara a cabeça e os fitara com muita tranquilidade.

— Johannes Düster? — perguntara *Herr* Wachtmeister Tondorf, e o idoso inclinara a cabeça.

O policial fitara o parceiro, porém Schumacher não olhava nem para ele nem para *Herr* Düster. O jovem dera um passo à frente para observar o que estava no solo, o objeto disforme e enegrecido, e começara a vomitar ruidosamente nos arbustos cobertos de neve.

Só algum tempo depois de termos saído dali — *Herr* Düster e Stefan rumo à delegacia e eu ao hospital de Mechernich — a polícia descobrira o corpo de Daniella Brandt. *Herr* Schiller, que eu pensara ser meu amigo, aquele velho amável que me dera café e me dissera que se a pessoa precisasse fazer algo, tinha que ir em frente, com ou sem medo, aquele idoso carregara Daniella Brandt nos braços, quando seu carro não andara mais na neve e colocara o cadáver na pequena caverna, que os habitantes locais chamavam de *Teufelsloch*, a Cova do Diabo. Eu tinha odiado Daniella no dia em que ela fora lá em casa, e chegara a gritar com ela. Aquela menina me deixara revoltada com a óbvia vontade de se aproximar do cerne da dor da minha família. Agora, ela mesma seria o centro das atenções, e teria seu nome pronunciado em cada esquina, juntamente com a dor de sua família deslindada, examinada por todos.

As pessoas comentaram mais tarde que era inacreditável um homem da idade dele carregar uma criança daquele tamanho. Mas as emoções fortes podem nos dar muita força, e *Herr* Schiller carregava muito ódio no coração. Acharam que ele queria queimar o cadáver para que nada o ligasse ao crime, da mesma forma que não houvera nada reconhecível naquelas figuras que se moviam e rolavam no poço debaixo da casa de *Herr* Düster. A intenção de *Herr* Schiller era culpar o irmão pela existência *daquelas*, se elas fossem descobertas.

Ninguém sabe exatamente o que aconteceu lá, na neve, nem mesmo eu, embora eu fosse a pessoa mais próxima quando a gasolina que ele levara para a pira funerária de Daniella incendiou como uma bomba e o enviou gritando e cambaleando na minha direção, um ser humano ardendo em chamas. Será que, ao erguer a lata de gasolina para jogar o líquido no cadáver, em seu féretro de neve, *Herr* Schiller se molhara sem querer? Será que se dera conta de que se enchera de líquido inflamável e, se sim, por que acendera o fósforo? Ninguém sabe as respostas a essas perguntas.

Daniella não chegara a ser queimada; seu corpo fora poupado dessa indignidade. O policial que examinara o *Teufelsloch* com a lanterna, encontrara-a deitada de costas, com os braços dobrados e as mãos apoiadas na barriga, como se deitada cerimoniosamente. Um odor letal de gasolina a circundava. Ainda assim, ela aparentava estar dormindo, exceto pela palidez sepulcral na face: uma perfeita princesa da neve, com cristais de gelo reluzindo na tez branca e nos cabelos claros. O policial que a encontrara achara que talvez ainda restasse algum resquício de vida naquela bela figura gelada. Foi só quando ele afastara a gola da jaqueta dela em busca do pulso que se dera conta de que não havia mais o que fazer.

Capítulo 54

Eu estava no meio de um sono irrequieto, em que ora acordava ora dormia, quando meus pais chegaram ao hospital. Minha mãe irrompeu no quarto, seguida do meu pai e de uma médica de expressão atormentada, trajando jaleco azul.

— Posso pedir que a senhora... — pedia a doutora em tom queixoso, mas minha mãe a ignorou.

— Pia? Ah, meu Deus, Pia! — Ela se inclinou sobre mim com todo o furor maternal, beijando a minha testa e as maçãs do meu rosto, acariciando os meus cabelos. — Você está bem, *Schätzchen*?

— Estou — comecei a dizer, embora minha voz parecesse um grasnido. Até sorrir parecia requerer um esforço grande demais; a ansiedade da minha mãe era esgotadora.

De súbito, ela desatou a chorar. Meu pai pôs a mão, com hesitação, em seu ombro.

— Kate? Pia está bem.

— Não está *não* — disse minha mãe, soluçando. — Olhe só para ela. Olhe só para essa... essa...

Deixou escapar um gemido; a médica ergueu a mão em sinal de protesto. Havia outros pacientes em que pensar, e se ela simplesmente...

Acho que teria dito para minha mãe sair, mas, como soou um alarme em algum outro lugar da enfermaria, teve que se retirar

Em silêncio, meu pai abraçou minha mãe. Vi quando ele a cingiu, acariciou suas costas, beijou seus cabelos. E ela *deixou*, percebi, até mesmo no meu estado esgotado, senti a primeira onda de esperança.

— A nossa filha está bem, Kate, a nossa filha está bem — sussurrou meu pai, diversas vezes, com ela aferrada a ele. Minha mãe chorou pelo que pareceu um longo tempo, até o último soluço virar uma tosse e ela tentar limpar o nariz com os dedos. Mamãe ergueu a cabeça, por fim, a face a apenas alguns centímetros da de meu pai. Por um instante, os dois se entreolharam.

Daí, ela disse com muita suavidade:

— Sinto muito, Wolfgang. — Então, ergueu as mãos e afastou-o com delicadeza.

Mal consegui olhar o rosto do papai.

— Kate — disse ele, num tom de interrogação.

Ela balançou a cabeça bem devagar. Ficou ali parada por alguns momentos, sem o fitar, a face virada para o lado. Em seguida, comentou, falando alto demais:

— Um de nós tem que ficar aqui. Por que não pega a mala no carro? — As últimas palavras foram ditas num tom hesitante.

Meu pai veio à cama, pegou a minha mão por um instante e apertou-a com os dedos fortes. Então, virou-se e saiu do quarto. Deve ter voltado depois com a mala da minha mãe, mas, àquela altura, eu já estava dormindo.

Passei dois dias no hospital de Mechernich, e possivelmente teria ficado mais, se a minha mãe não houvesse me tirado de lá. Se você é admitido num hospital da Alemanha, pode esperar ficar sete dias — ou, ao menos, assim se fazia quando eu era pequena e o seguro de saúde ainda cobria todo o necessário. Minha mãe, porém, não quis saber. Guardou meus pertences, deu-me uma jaqueta nova, forrada de pele, daí, levou-me até o carro.

— *Oma* Warner está chegando hoje de tarde — explicou, enquanto dava ré no estacionamento com tanta rapidez, que temi pelos outros veículos parados lá.

— A gente vai buscar a vovó no aeroporto? — perguntei.

— Não. — Mamãe passou a marcha e acelerou o carro. — A sua avó vai pegar um táxi desta vez; eu disse que ia pagar a corrida.

— Ah. — Supus que por minha causa; a inválida tinha que ir logo para casa e ficar lá.

A menção de *Oma* Warner me deixou pouco à vontade; ainda havia a questão da conta de telefone, embora eu esperasse que, de alguma forma, tivesse sido esquecida em face dos acontecimentos recentes. Observei Mechernich passando depressa pela janela. A paisagem se assemelhava à de Middlesex: ruas cinzentas e calçadas molhadas. Por algum motivo, o tempo nunca ficava tão ruim ali quanto em Bad Münstereifel, e a neve que caíra já derretera. Uma lama amarronzada enchia as calhas. Apoiei a testa na janela gelada e suspirei.

Capítulo 55

Só voltei a estar com *Herr* Düster mais uma vez na vida. E nem o teria visto mais, não fosse a insistência do meu pai. Minha mãe foi inflexível, insistindo que eu não tivesse mais nada a ver com ele. Mesmo quando ficou óbvio que o velho era totalmente inocente em relação aos sequestros e aos homicídios, atuais e de outrora, ela continuou furiosa por ele ter me levado ao Eschweiler Tal, onde eu poderia ter morrido de hipotermia — ou de algo pior.

Na verdade, a seu ver, a cidade inteira podia ser considerada culpada por tabela. Era típico, dissera a minha mãe, todos os habitantes locais passarem o tempo livre falando da vida dos outros e ainda assim não ver o que acontecia bem debaixo dos próprios narizes. O quanto antes eu, ela e Sebastian arredássemos os pés dali, para sempre, melhor.

Oma Warner nada disse a esse respeito, limitando-se a fazer beicinhos e andar para lá e para cá em silêncio, dobrando toalhas, guardando utensílios e empacotando objetos para a mudança. Ela e meu pai se comportavam como se fossem dois embaixadores de países hostis, educados demais para declarar guerra, ainda que incapazes de serem calorosos um com o outro. Por incrível que parecesse, ela ficou do lado do meu pai quando perguntei se eu veria *Herr* Düster.

Minha mãe respondeu que eu só iria por cima do cadáver dela, mas tanto meu pai quanto minha avó acharam que seria uma boa ideia.

Hoje a palavra *desfecho* se popularizou, porém *Oma* Warner simplesmente disse que me ajudaria dar um basta naquela história, de forma definitiva.

Não me deixaram ir até a casa de *Herr* Düster. Em vez disso, permitiram que ele viesse à nossa, onde minha mãe (ao abrir a porta) o olhou com desconfiança. Ela o deixou parado à soleira mais tempo do que o necessário, antes de dar um passo atrás e permitir que entrasse. O idoso tirou o chapéu e entrou com certa cautela no corredor.

— *Guten Tag*, *Herr* Düster — disse minha mãe, sem conseguir evitar o tom de voz frio.

— *Guten Tag*, *Frau* Kolvenbach — saudou ele, com educação. Não tentou conquistá-la com sorrisos nem cumprimentos; o charme nunca fora seu ponto forte, de qualquer forma, e minha mãe mostrara-se nitidamente resistente. Mal lhe dirigira a palavra antes de conduzi-lo até a sala, onde eu aguardava.

— Pia? Se quiser algo, simplesmente... *grite* — comentou ela de forma bastante enfática, ao fechar a porta. Não respondi. Suponho que, como *Herr* Düster morava lá havia muito, já se acostumara com as indiretas; considerando que *Herr* Schiller já não estava mais lá, ele se tornara o único alvo possível de fofoca e especulação. *Onde tem fumaça, tem fogo* era o lema da cidade: deveriam ter posto esse lema num brasão e colocado na frente da *Rathaus*. Duvido que a reputação de *Herr* Düster de malfeitor da cidade melhorasse, mesmo se divulgassem que ele lutara sozinho contra meia dúzia de assassinos e os levara à delegacia.

O velho pôs o chapéu na mesa de centro e se sentou numa poltrona, um pouco afastado de mim. Não pareceu inclinado a dizer nada.

— *Herr* Düster, muito obrigada — falei num impulso.

Um esboço de sorriso surgiu em suas feições esqueléticas.

— Já se recuperou totalmente?

— Já, obrigada. — Fiquei calada por um instante. Embora eu tivesse muitas perguntas a fazer, não consegui pensar numa forma de entrar no assunto. Se eu fosse um pouco mais velha, como agora, teria sabido o que dizer. Porém, na época, a enorme diferença de idade se estendia entre nós.

— Sinto muito — disse o idoso, por fim. Eu o olhei, perguntando-me por que *ele* se desculpava.

— *Herr* Düster? — Não consegui evitar o tremor na voz. — Por que o senhor acha que ele fez aquilo?

— Meu irmão Heinrich era doente — respondeu ele, com suavidade. — Acho que esteve assim por um longo tempo.

— Certo, mas *por que* fazer aquilo?

O velho soltou um suspiro.

— Não acho que seja um assunto adequado para uma mocinha...

Fiquei triste; ele viria com aquela conversa favorita dos adultos e me diria que eu era nova demais para entender.

— Mas, ainda assim, creio que tem o direito de saber — concluiu *Herr* Düster. Seu olhar se dirigiu, por alguns momentos, a algum ponto na parede. Suspeitei de que ele estava vendo fatos ocorridos havia muito tempo.

— Você sabia que Heinrich foi casado? — perguntou.

Anuí.

— Sabia, e também que teve uma filha. *Frau* Kessel disse que eu parecia um pouco com ela — acrescentei, e vi uma sombra cruzar a face de *Herr* Düster.

— Um pouco, é verdade. Acho que Gertrud pesava menos que você. Mas isso porque estamos falando da época da guerra, claro... — Fez uma pausa, lembrando. — Meu irmão Heinrich nunca foi uma pessoa fácil, nem quando jovem. Tinha o coração endurecido, por algum motivo. Quando colocava uma coisa na cabeça... bom, podia ser bem inflexível com as pessoas, se chegasse a uma determinada conclusão.

Fiquei quieta; não parecia se tratar do *meu Herr* Schiller. Por outro lado, o *meu Herr* Schiller não teria estado no Eschweiler Tal numa noite congelante, tentando derramar gasolina no corpo de uma garota. Estremeci.

— Hannelore, a esposa de Heinrich, era muito linda, sabe? — prosseguiu *Herr* Düster.

Pensei em *Frau* Kessel, jogando veneno, na cozinha: *Os dois irmãos eram loucos pela moça, mas ela escolheu Heinrich. Quem podia culpá-la?*

O DESAPARECIMENTO DE KATHARINA LINDEN • 305

— Tem uma foto dela na sua casa? — perguntei, sem pensar.

O velho me fitou.

— Não. Não creio que exista nenhuma fotografia dela. — Porém notei que ele não questionou: *Por que eu haveria de ter uma foto dela?* Pensei ter detectado uma leve ansiedade em sua voz, como se quisesse ter uma. — Heinrich, bom, ele cometeu um erro com Hannelore — continuou ele, fazendo uma pausa, os dedos nodosos formando círculos no braço da poltrona. — Achou que ela realmente queria deixá-lo. Costumava ficar... muito bravo com a esposa. Pensava que Gertrud não era... que era... — Não terminou a frase. Afinal de contas, estava velho, por sinal incrivelmente velho aos meus olhos, na época apenas uma criança. Pertencia a uma geração diferente, que considerava que assuntos desagradáveis não deveriam ser discutidos na frente dos pequenos. De qualquer modo, pensei tê-lo ouvido dizer bem baixinho: *Meine. Ele pensava que ela era minha.* Não fiz nenhum comentário.

— Estão dizendo por aí — prosseguiu *Herr* Düster, quase para si mesmo — que devem exumar Hannelore. Acham que talvez ela não tenha morrido de causa natural.

Lembrei-me da cena que *Frau* Kessel afirmara ter presenciado, entre *Herr* Düster e a esposa do irmão. Os gritos, o afastamento, a tentativa dele de beijar a mão de Hannelore. *Ele achou que ninguém os veria, mas eu vi.* Será que o idoso realmente encurralara a cunhada e tentara beijá-la? Ou será que a discussão tinha sido sobre outra coisa? Sobre proteger a esposa do marido? *Não sei o que é que Hannelore tinha... pode ter sido qualquer coisa.*

— E Gertrud? — perguntei, hesitantemente.

— No poço — respondeu *Herr* Düster. Parecia fatigado, como se quisesse dar um basta naquela história. — Disseram que vão ter que confirmar, mas que sim, acham que é ela. Creem que foi a primeira, a mais velha... — O idoso me fitou com olhos injetados. — Como ele pôde fazer isso é o que todos querem saber. Como pôde fazer isso?

— A própria filha — comentei, a ideia terrível, detestável, permeada por palavras que eu queria soltar o mais rápido possível, como a garota da história, de cuja boca saíam sapos toda vez que falava. *A própria filha.*

— Sim, mas essa é a questão, sabe? — continuou *Herr* Düster, com amabilidade. — Ele não achava que ela *era* a própria filha. Pensou, que quando ela sumisse, atingiria a *mim*. Julgou estar eliminando qualquer chance que eu tinha de... — Não terminou a frase. Ficou calado por uns instantes e, então: — Heinrich não era do tipo que aguentaria um filho que não fosse dele. Que amaria uma criança, mesmo se ela o chamasse de pai.

— Que horror — disse eu, atraindo o olhar sério de *Herr* Düster.

— Ele era o pai dela. — Falava de um jeito vulnerável. — E ela, a filha dele; ainda assim, Heinrich a matou. — Os olhos dele anuviaram e ficaram marejados até uma lágrima por fim escorrer pela maçã do rosto esquelético.

Nós nos sentamos em silêncio por um tempo. Já estava na hora do crepúsculo, e o sol se punha. A sala ficava obscura, com suas janelas diminutas. Se eu não me levantasse logo para acender a luz, ficaríamos no escuro.

— Não entendo o que Katharina Linden pode ter feito contra ele — comentei, por fim. — Nem Julia Mahlberg nem ninguém.

— Elas não fizeram nada — salientou *Herr* Düster, com tristeza.

— Então, por quê...?

— Acho que ele estava tentando me atingir. Creio que julgou que, toda vez que outra garota desaparecesse, eu pensaria em Gertrud. Heinrich era muito doente, sabe? E claro que sabia o que todos diriam sobre quem estaria raptando aquelas meninas.

Eu fiquei sabendo *mesmo* do que todos disseram, ao menos os personificados por *Frau* Kessel. As pessoas achavam que *Herr* Düster as tinha sequestrado. Ele teria sido linchado se alguns indivíduos mais sensatos não houvessem insistido em deixar tudo a cargo da justiça — gente como o meu pai. Daí, quando conseguissem expulsar o velho da cidade ou o prendessem por algo que não fizera, alguém vasculharia sua casa e encontraria as provas de que precisavam no porão. *Herr* Schiller só teria que cimentar o túnel que usara, e ninguém o acharia.

Ouvi dizer depois que o tal túnel estava ali havia séculos. Os moradores mais antigos da cidade disseram que não era o único; havia vários nas ruas da parte velha, um favo putrefato debaixo das fileiras de casas ordenadas. Antes havia uma sinagoga na Orchheimer Strasse, na área em que, atualmente, não resta nada além de um monumento em homenagem à comunidade judaica desaparecida na guerra. As pessoas acham que os túneis permitiam que os judeus circulassem no Shabat, quando eram proibidos pela doutrina religiosa de sair à rua. Como e quando *Herr* Schiller descobrira o que havia debaixo de sua casa era agora impossível saber.

Fiquei impressionada com a magnitude do que ele fizera. As pessoas faziam coisas de que eu não gostava, e até *odiava*, todos os dias. Se eu ficasse sabendo que Thilo Koch fora pisoteado por cavalos selvagens ou caíra na gaiola dos grandes ferinos no Köln Zoo, sendo devorado aos poucos enquanto implorava por perdão, eu não teria lamentado. Porém, não o teria empurrado para que caísse lá.

— Continuo não entendendo — insisti. — *Por que* ele fez aquilo?

Herr Düster ficou calado por tanto tempo, que cheguei a pensar que não houvesse escutado a pergunta. Então, disse apenas uma palavra, baixinho. *Hass*. Ódio.

Capítulo 56

Ficamos mais algumas semanas em Bad Münstereifel, tempo suficiente para iniciarmos o ano ali: 2000, embora nem tivéssemos participado das celebrações da passagem do milênio. Nunca mais vi *Herr* Düster, e ouvi dizer que ele só viveu mais alguns meses após a morte do irmão. Quando Boris contara a Stefan que o velho estava doente, tivera razão: o idoso tinha câncer e, no fim das contas, a enfermidade o levou depressa. E fico grata por isso.

Vira e mexe penso nele e no irmão, em como o ódio entre os dois pode ter desencadeado tudo e na forma como, no final, a raiva parecia ter aumentado: quatro garotas raptadas em um ano. Acho que *Herr* Schiller se deu conta de que ambos estavam prestes a morrer e decidiu vingar-se do irmão Johannes antes que nunca mais tivesse a oportunidade.

Eu me pergunto se o fato de *Herr* Düster nunca haver reagido o enfurecia ou incentivava. Embora Johannes fosse considerado o vilão da cidade, nunca chegara a ter ataques emotivos impróprios. Nem mesmo quando a mulher que amava esmorecera e falecera. Nem quando o irmão mudara o nome, numa forma dissimulada de acusação. Nem mesmo no dia em que ele (tal como divulgado depois por aquela fornecedora inesgotável de informações locais, *Frau* Kessel) abrira a porta da frente e encontrara um pacotinho à soleira, o qual continha a tiara com laço de uma criança. Nem quando lhe mandaram uma única luva, de uma menina. Se o irmão esperava provocá-lo, não conseguira, ou, ao menos, não pudera fazer com que *Herr* Düster desse demonstrações públicas de pesar e raiva. Ele simplesmente chamara a polícia, tal como qualquer cidadão de bem faria, e fora com os policiais na viatura — com a face impassível, aparentemente inalterado — para ajudá-los na investigação. O fato de aquilo haver sido interpretado pelos vizinhos como uma prisão por sequestro e assassinato só podia ter alegrado o pedaço de gelo em que se transformara o coração de *Herr* Schiller. Heinrich teria gostado de ver o irmão Johannes despecaçado pelos cidadãos de Bad Münstereifel, que fariam de seus punhos, suas unhas e seus dentes instrumentos de vingança. Deve tê-lo consumido por dentro nunca haver conseguido chocar o irmão nem fazer com que reagisse.

A polícia rastreara a ligação feita por Boris na noite da nossa aventura; o primo de Stefan, apesar de seu talento quase profissional para arrombar, não tomara a simples precaução de ligar de um telefone público. Ou talvez a culpada por esse descuido tivesse sido a *Jägermeister*. Boris fez algumas tentativas de esconder os motivos de sua presença na Orchheimer Strasse naquela noite, porém a dissimulação não era o seu ponto forte. Acabou deixando escapar uma observação infeliz, tentou mudar a versão e caiu em contradição de novo.

Mais tarde, toda a história foi revelada. Fora Boris que obtivera um dos sapatos de Marion Voss, simplesmente ao pagar Thilo Koch para roubar um da prateleira na *Grundschule*. Foram Boris e os amigos os responsáveis por queimá-lo, tarde da noite na colina de Quecken. Fora na tentativa de conseguir mais pertences das garotas mortas que Boris invadira a casa de *Herr* Düster naquela noite.

Com vergonha, Boris havia sido obrigado a admitir que ele e os comparsas vinham tentando conduzir uma espécie de missa negra, inspirada mais em programas de TV populares que num conhecimento arcano. Encurvados em torno do círculo de pedras que o grupo montara nas ruínas do castelo, eles haviam cantado, tocado tambor, fumado bastante (nem tudo era cigarro) e tentado invocar o espírito de Marion Voss.

Você fazia isso com frequência?, perguntara a polícia a Boris, com incredulidade, e rapaz fora obrigado a admitir que sim, que tentara após o desaparecimento de Katharina Linden; como nada acontecera, ele tivera a ideia de usar objetos das meninas sumidas no ritual. Quando a polícia descobrira os restos queimados de um sapato e ligara o fato aos desaparecimentos, Boris ficara apavorado, antevendo que seu envolvimento o faria encabeçar a lista de suspeitos.

Infelizmente, ele nem conseguira oferecer quaisquer pistas psíquicas relacionadas aos assassinatos, já que os espíritos das meninas mortas se recusaram a aparecer. Quem poderia culpá-los? Se os mortos voltassem para nos dizer algo, com certeza não o fariam para um grupo decadente de estranhos puxando fumo à meia-noite no bosque; um dos participantes, inclusive, enchera tanto a cara que mal pudera se levantar. Boris alegara que tentara descobrir onde os corpos estavam, perguntando para as próprias garotas, porém, depois se comentou que ele queria que elas lhe revelassem os números da loteria da semana seguinte. Não sei qual seria a história verdadeira, mas essa última ficou associada ao primo de Stefan e, na certa, o perseguirá pelo resto da vida.

Passei um longo tempo me preocupando secretamente com a conta de telefone de *Oma* Warner. Até a véspera de Natal ela não dissera nada, mas eu não gostava da forma como ela olhava de soslaio para mim, com as sobrancelhas arqueadas, sempre que o telefone tocava e minha mãe dizia: "É para você, Pia". Eu tinha visões dela esperando até estarmos todos reunidos para a ceia de Natal, daí anunciando na frente de toda a família: *Vocês sabiam que a Pia deixou uma despesa de MIL LIBRAS aqui, na conta de telefone de uma aposentada como eu?* Eu tentava evitá-la, como se minha avó fosse uma bomba-relógio ambulante. Se passássemos tempo demais juntas, talvez ela dissesse algo.

Na Alemanha, todos abrem os presentes de Natal no dia 24, não no 25, algo que a minha mãe sempre deplorara: dizia que era ridículo deixar as crianças abrirem os presentes às 20h00 e, depois, esperar que fossem direto para a cama feito carneirinhos. Mas, também, minha mãe nunca aprovara de todo os costumes alemães.

O DESAPARECIMENTO DE KATHARINA LINDEN • 311

Quando, por fim, nos reunimos para a troca de presentes anual, *Oma* Warner não disse nada. Sentei propositalmente o mais longe possível dela. Ainda assim, era provável que eu escapasse sem ter, ao menos, algum contato com ela. Tive que levantar e entregar-lhe um pacotinho de sabonete perfumado, um suposto presente meu e de Sebastian, e ela precisaria me dar seu presente, em retribuição.

Como não nos encontrávamos muito com *Oma* Warner no Natal, ela costumava me mandar um envelope com um cartão divertido e uma nota de vinte marcos dentro; ela a obtinha com o agente de viagens em Hayes. Portanto, não fiquei surpresa quando minha avó me entregou um pequeno envelope, meio gordo, como se houvesse algo dobrado dentro.

— Agradeça, Pia — mandou minha mãe.

Obedientemente, agradeci.

— Obrigada.

Oma Warner esperou a filha olhar para o outro lado e ergueu a mão cheia de anéis, num gesto indicando *pare. Pare, não o abra.* Então, meti o envelope na pequena pilha de presente que eu já abrira. Mais tarde, quando minha mãe estava na cozinha xingando o peru em dois idiomas, fui para o meu quarto, no andar de cima

Sentada na cama, abri o envelope que *Oma* Warner me dera. Dele saiu o que pensei ser, a princípio, confete, mas daí eu me dei conta de que eram fragmentos de uma conta de telefone atrasada, totalmente rasgada. Sentada na minha cama com o colo cheio de pedacinhos de papel, lendo um cartão que dizia *Feliz Natal para a minha neta favorita*, fiquei sem saber se ria ou chorava.

Esse período da minha vida já está encerrado agora. Depois de mais de sete anos na Inglaterra, as palavras em alemão estão adquirindo um gosto desconhecido na minha boca. Quando penso nas minhas conversas com Stefan, com os meus colegas de sala e com *Herr* Schiller, às vezes o faço em inglês. É estranho pensar que, se eu tiver filhos um dia, quando eles visitarem o avô, falarão em inglês com ele, que responderá nesse mesmo idioma, com um sotaque estranho para os ouvidos deles.

Abriremos os nossos presentes de Natal no dia 25 de dezembro. Não comemoraremos o dia de São Martinho.

Pensar nos meus amigos na Alemanha é sempre um pouco doloroso, porque não posso evitar a lembrança das despedidas, tal como não se consegue ver um filme triste pela segunda vez sem pensar no final. Seja como for, não penso muito em Bad Münstereifel, Stefan, *Herr* Schiller e *Oma* Kristel. Nem em *Herr* Düster, na última vez que o vi, de pé à soleira da nossa porta, na Heisterbacher Strasse, segurando o chapéu estilo tirolês com a mão enrugada e nodosa.

— *Auf Wiedersehen, Herr* Düster — dissera eu, muito educadamente, antes de ele sair da minha vida para sempre. O velho me olhara com muita seriedade e pedira:

— Hans. Por favor, me chame de Hans.

Glossário de termos e de frases em alemão

Aber	Mas
Abitur	Prova feita após o término do Ensino Médio, similar ao Vestibular
Ach, Kind	Ah, criança!
Ach, so!	Ah, entendo!
Alte Burg	O castelo medieval
Angsthasen	Medrosos, covardes
Apfelstreusel	Maçã com uma farofa preparada com farinha, manteiga e açúcar
Auch	Também
Auf Wiedersehen	Até logo (formal)
Bis gleich!	Até mais
Bitte	Por favor
Bitte schön	De nada
Blöder	Idiota, burro (pessoa, masculino)
Blödsinn	Traquinagem, asneira
Böse	Terrível; zangado
Bürgermeister	Prefeito
Danke	Obrigado(a)
Dein, deine	Seu, seus, sua, suas
Doch	Sim, com certeza
Dornröschen	Rosa, o nome dado pelas fadas à Bela Adormecida
Du bist pervers	Você é uma aberração
Dummkopf	Idiota, estúpido

Etwas seltsam	Algo estranho
Fachwerk	Construção em madeira aparente
Fettmännchen	Moedinha (atualmente obsoleta)
Fettsack	Gíria para obeso
Frau	Senhora
Fräulein	Senhorita
Furchtbar	Terrível, assustador
Gänsebraten	Ganso assado
Gerne	De bom grado, com prazer
Gott	Deus
Grossmutter	Avó, vovó
Grundschule	Escola de ensino fundamental
Guten Abend	Boa-noite
Guten Morgen	Bom-dia
Guten Tag	Bom-dia, boa-tarde
Gymnasium	O tipo mais acadêmico de ensino médio, que oferece a prova de ingresso à universidade
Hass	Ódio
Hauptschule	O tipo menos acadêmico de ensino médio, direcionado ao treinamento profissionalizante
Heckflosse	Cauda decorativa de carro
Herr	Senhor
Herr Wachtmeister	Guarda
Hexe	Bruxa
Hilfe!	Socorro!
Himmel!	Caramba!
Hör auf!	Pare!
Ich gehe mit meiner Laterne	Eu vou com a minha lanterna
Ich hasse euch beide	Odeio vocês dois
Ich kenn' dich nicht, ich geh' nicht mit	Como não o conheço, não vou com você

O DESAPARECIMENTO DE KATHARINA LINDEN • 315

Ich meine	Quero dizer
Ihr beide seid auch	
Scheisse	Vocês dois são uns babacas também
Ihr seid total blöd	Vocês são totalmente idiotas
In Gottes Namen	Em nome de Deus
Jägermeister	Um licor alemão preparado com ervas e especiarias
Kaufhof	Famosa loja de departamentos alemã
Kind	Criança
Klasse	Fantástico
Köln	Colônia
Kölner	
Stadtanzeiger	Jornal regional
Komisch	Esquisito
Kristallnacht	Noite de Cristal
Leberwurst	Linguiça de fígado
Lederhosen	Calça de couro
Lieber, liebe	Querido(a)
Maibaum	Vidoeiro-branco, mastro enfeitado para celebrações
Mäuselein	"Ratinho(a)"; expressão carinhosa
Meerschaum pipe	Cachimbo de sepiolita
Mein, meine	Meu, minha
Meine Gute!	Minha nossa!
Mein Licht ist aus,	
ich geh' nach	
Haus	A minha luz está apagada, vou para casa
Mensch!	Uau! Caramba!
Mist	Bosta
Natürlich	Claro
Na, und?	E daí?
Nee	Não (informal)
Nun	Agora, bem, bom
Oberlothringen	Alta Lotaríngia (atualmente Lorena)
Oder?	Certo? Não é?
Oma	Vovó

Onkel	Tio
Opa	Vovô
Pause	Recreio, intervalo
Pech gehabt!	Que azar!
Pfarrer	Padre
Quälgeister	Peste
Quatsch	Bobagem
Ranzen	Mochila escolar da Alemanha
Rathaus	Câmara municipal
Rosenmontag	Segunda-feira de carnaval
Sankt	Santo
Sankt Martin ritt durch Schnee und Wind	São Martinho enfrentou neve e vento
Schätzchen	Queridinho(a)
Scheisse	Merda
Scheissköpfe	Idiotas
Schön	Ótimo, perfeito
Schrulle	Encarquilhada
Seltsam	Estranho
Sicher	Certamente
Stollen	Rosca de frutas cristalizadas feita no Natal
Strasse	Rua
Tal	Vale
Tante	Tia
Teufelsloch	A cova do diabo
Tor	Portão ou arcada; em Bad Münstereifel cada *Tor* é uma torre sobre uma arcada
Tschüss!	Tchau! (informal)
Tut mir Leid	Sinto muito
Um Gottes Willen!	Pelo amor de Deus!
Und	E
Unverschämt	Descarado, sem-vergonha
Verdammt!	Droga!

Verdammter	Maldito
Verflixten	Enervante; maldita
Verstanden	Entendido
Vorsicht!	Preste atenção! Cuidado!
Weggezaubert	Fazer desaparecer num passe de mágica
Werkbrücke	Ponte do trabalho — local importante de Bad Münstereifel
Wie, bitte?	*Perdão?*
Wo ist meine Tochter?	Cadê a minha filha?
Wurst	Linguiça
Zöpfe	Rabo de cavalo, trança

Barão de Münchausen foi um senhor rural alemão, do século XVIII, famoso por suas histórias fantásticas e exageradas.

Decke Tönnes é um santuário de Santo Antônio, situado no alto de uma colina, em uma floresta perto de Bad Münstereifel.

Frau Holle é a personagem de um conto de fadas alemão. Trata-se de uma velha que vive debaixo de um poço; ela recompensa a criada trabalhadora com um banho de ouro e a preguiçosa com um banho de piche.

Karneval é a temporada de carnaval, que tem início no dia 11 de novembro e chega ao auge na Rosenmontag, a segunda-feira anterior à Quarta-Feira de Cinzas. Costuma ser comemorado com *Sitzungen*, espetáculos de dança, música e apresentações teatrais burlescas, bem como com desfiles, os quais ocorrem nessa segunda ou nos dias próximos a ela.

Kristallnacht foi a noite deplorável, entre 9 e 10 de novembro de 1938, em que os nazistas não só saquearam diversos estabelecimentos judaicos e sinagogas como também assassinaram e deportaram os judeus que

residiam na Alemanha. O termo *Kristallnacht* (Noite de Cristal) refere-se
à grande quantidade de vidraças quebradas nas vitrines das lojas.

Ruhrgebiet é uma região bastante industrializada, associada à produção
de aço e à extração de carvão. Fica no mesmo estado alemão em que se
situa Bad Münstereifel (Renânia do Norte-Vestefália), mas ao norte
do Eifel.

Agradecimentos

Gostaria de agradecer o apoio, o encorajamento e a sinceridade da animada Camilla Bolton, da Darley Anderson Agency. A Amanda Punter, editora-chefe da Puffin, e a todos os demais funcionários desta e da Penguin Books: é um prazer enorme trabalhar com vocês. Sou grata também ao meu marido, Gordon, pelo incentivo incansável e por acreditar em *O desaparecimento de Katharina Linden* desde o início. Por fim, e igualmente importante, gostaria também de agradecer aos meus amigos de Bad Münstereifel, por terem me ajudado a aprender tanto sobre a história, as lendas e a cultura da região do Eifel.

Impresso no Brasil pelo
Sistema Cameron da Divisão Gráfica da
DISTRIBUIDORA RECORD DE SERVIÇOS DE IMPRENSA S.A.
Rua Argentina 171 – Rio de Janeiro, RJ – 20921-380 – Tel.: 2585-2000